happygirl
해피걸

해피걸 (happy girl)

초판 1쇄 찍은 날 § 2005년 3월 25일
초판 1쇄 펴낸 날 § 2005년 4월 5일

지은이 § 이영채
펴낸이 § 서경석

편집장 § 문혜영
편집 및 디자인 § 이종민

펴낸곳 § 도서출판 청어람
등록번호 § 제1081-1-89호
등록일자 § 1999. 5. 31
어람번호 § 제5-0039호

주소 § 경기도 부천시 원미구 심곡1동 350-1 남성B/D 3F (우) 420-011
전화 § 032-656-4452 팩스 § 032-656-4453
http://www.chungeoram.com
E-mail § eoram99@chollian.net

ⓒ 이영채, 2005

ISBN 89-5831-482-6 03810

이영채 지음

happygirl

해피걸

도서출판 청어람

제1장
작은 스토커

'언제까지 쫓아다닐 작정이지?' 남자의 싸늘한 말에 영희는 순간 어쩔 줄 몰랐지만 일단 잡아떼기로 마음먹었다. "네? 무슨 말씀인지……." 영희는 주춤주춤 뒤로 물러섰다. 하지만 남자는 호락호락하지 않았다. "어느 신문사지?" 그녀는 어리둥절해 되물었다. "신문사라니요?" "잡지산가?" "아닌데요." '에이씨, 도망가야겠다!' 영희는 돌아서서 뛰려고 했지만, 핸드백을 낚아채는 남자로 인해 멈춰 서야만 했다. 이내 남자는 영희의 핸드백을 뒤지기 시작했다. '이게 뭐야. 립스틱, 티슈, 휴대폰, 사탕, 다이어리…… 소형 녹음기?'

영희는 스토커가 된 기분이었다. 몸을 이리저리 숨기며 남자를 따라다닌 지 벌써 세 시간이 넘어서고 있었다. 남자는 한참을 상대방과 얘기하는 듯하더니 일어섰다. 그녀는 남자를 주시하며 신문으로 얼굴을 가렸다.

마침내 남자가 호텔 커피숍을 빠져나가자, 들고 있던 녹음기를 급히 가방에 넣고 마시지도 않은 주스 값을 계산한 뒤 재빨리 따라나섰다. 남자가 모퉁이를 지나는 게 보이자 그녀는 뛰다시피 해서 쫓아갔다. 하지만 모퉁이를 돌자마자 영희는 엉거주춤 물러서야만 했다. 남자가 벽에 기대어 그녀를 바라보고 있었기 때문이다.

호텔 로비에 남자의 목소리가 조용히 울려 퍼졌다.

"언제까지 쫓아다닐 작정이지?"

남자의 싸늘한 말에 영희는 순간 어쩔 줄 몰랐지만 일단 잡아떼기로 마음먹었다.

"네? 무슨 말씀인지……."

영희는 주춤주춤 뒤로 물러섰다. 하지만 남자는 호락호락하지 않았다.

"어느 신문사지?"

그녀는 어리둥절해 되물었다.

"신문사라니요?"

"잡지산가?"

"아닌데요."

'에이씨, 도망가야겠다!'

영희는 돌아서서 뛰려고 했지만, 핸드백을 낚아채는 남자로 인해 멈춰 서야만 했다. 게다가 어디에서 나타난 건지 그의 보디가드로 보이는 두 명의 남자가 나타나 그녀의 뒤를 지키고 있었다.

"왜 이래요? 놔줘요."

"놔주면 도망가려고?"

"안 도망가요. 놔줘요."

영희는 눈앞에 보이는 건장한 남자들을 보며 생각했다.

'젠장, 도망갈래야 갈 수도 없겠구만.'

"좋아. 믿어보지."

남자의 조롱하는 얼굴에 영희는 눈을 찔끔 감았다.

"저, 오, 오해하시는 것 같은데요."

그녀의 말에 아랑곳하지 않고, 남자는 영희의 핸드백을 뒤지기 시작했다.

"이게 뭐야. 립스틱, 티슈, 휴대폰, 사탕, 다이어리…… 소형 녹음기?"

남자의 목소리가 얼음장처럼 차가워졌다. 그렇지 않아도 살벌한 분위기가 더욱 싸늘해졌다. 영희는 그의 행동에 화가 나 소리 질렀다.

"그건 제 개인 용품이에요! 당신이 뭔데 남의 가방을 뒤져요?"

하지만 남자는 막무가내였다. 남자가 녹음기를 앞으로 돌려 재생시키자 영희의 목소리가 울리기 시작했다. 그녀가 세 시간 가까이 남자를 관찰하며 그때그때 녹음한 내용이 여과없이 흘러나왔다.

─키는 185㎝, 몸무게 75㎏ 정도. 구릿빛 피부에 조각같이 생긴 남자가 호텔로 들어섰다. 음음, 남자 이름은 음…… 그래, 철수. 킥킥. 잿빛 양복을 입고, 분홍색 타이를 맨 철수가 바이어로 보이는 서양 남자와 이야기를 하기 시작했다. 철수의 얼굴엔 무언가 못마땅한 기색이 간간이 비추었다. 화났나? 화나도 잘생기면 용서가 되지. 킥킥. 아! 무슨 말이 저렇게 많지? 풋, 남자들

수다가 여자보다 더 심한가? 드디어 철수가 외국인 남자와 함께 일어서서 악수를 하고, 커피숍을 빠져나갔다…… 빠져나가? 젠장! 큰일났다! 남자를 쫓아가야겠다.

영희는 멍하니 자신의 목소리를 듣고 있었다. 들을 때마다 느끼는 거지만, 녹음된 자신의 목소리는 참 낯설었다. 가수도 그럴까? 자신의 노래를 들을 때마다 목소리가 생소할까? 그녀는 그렇게 자신만의 공상으로 빠져들고 있었다.

"지금 뭐 하는 거지?"

갑자기 남자의 얼굴이 바짝 다가오자, 그녀는 소스라치게 놀랐다.

"왜, 왜 그러세요?"

남자가 녹음기를 들어 올리며 서늘한 목소리로 물었다.

"이게 뭐지?"

"뭐가요?"

"왜 나에 대해 녹음한 거지?"

'젠장, 눈치도 빠르군. 어떻게 자기인 줄 알았지? 아, 양복 색이랑 타이 색이 같구나. 에이, 양복 색을 다른 걸로 할 걸. 아니, 타이 색을 다른 걸로 할 걸 그랬나? 들킨 이상 어쩔 수 없이 사실대로 말해야겠군.'

그녀는 비장한 표정을 지으며 입을 열었다.

"사실대로 말하죠."

"당연히 사실대로 말해야 할 거야. 하나라도 거짓으로 말할

땐 나도 가만히 있지 않을 테니까.”

영희는 그의 위협에 몸을 떨었다.

“제가 사실은 작가거든요. 댁이 제 로설에, 아, 로설은 로맨스 소설이라는 뜻이에요. 음…… 당신이 제 남주와 흠흠, 남주는 남자 주인공이라는 뜻이구요. 하여튼 로설의 주인공과 비슷하게 생겨서 당신을 모델로 삼고 싶어서요. 아니, 모델로 삼는다기보다 그러니까…….”

그녀의 횡설수설한 말에 남자의 인상이 구겨졌다.

“음, 그러니까 음…….”

남자가 답답한 듯 성마르게 물었다.

“언제 끝낼 작정이지?”

하지만 그녀는 불쑥 자르고 들어온 남자로 인해 간신히 정리된 생각이 흐트러지자 짜증이 났다.

“지금 말하고 있잖아요. 말 좀 끊지 말아주세요.”

그녀의 당돌한 말에 남자가 어이없다는 얼굴을 했다.

영희는 드디어 생각을 정리한 후 어깨를 으쓱하며 아무 일도 아닌 것처럼 말했다.

“그러니까 로설의 주인공 같은 사람은 어떤 하루를 지내나 궁금해서 따라다닌 것뿐이에요.”

남자가 여전히 의심스러운 눈으로 물었다.

“정말 그게 단가? 당신이 작가라는 증거가 어디 있지?”

영희는 자신의 필명을 쑥스럽다는 듯이 몸을 비비 꼬며 말했다.

"헤헤, 제 이름이 이영채예요. 혹시 들어보셨나요?"

남자가 그게 뭐냐는 얼굴로 눈썹을 올리며 되물었다.

"이영채?"

그때 뒤에 서 있던 두 명의 보디가드 중 좀 더 덩치가 있는 남자가 입을 열었다.

"혹시 '바람의 향기' 작가 말씀이세요?"

"어머, 저를 아세요?"

영희는 반갑게 그 남자의 손을 잡았다.

"정말 '바람의 향기' 작가 맞으세요?"

"네, 쑥스럽게도 제가 맞답니다. 드라마 원작자이기도 하지요."

그녀가 살며시 얼굴까지 붉히며 말하자, 우락부락하게 생긴 보디가드는 외모에 맞지 않게 감격스러운 얼굴로 그녀가 잡은 손을 바라보았다.

그녀가 철수라 불렀던 남자는 지금의 상황이 마음에 안 드는지 날카롭게 물었다.

"이 여자를 압니까?"

남자의 질문에 보디가드는 열렬히 고개까지 끄덕이며 말했다.

"네, 요즘 방영 중인 인기 드라마 '바람의 향기'의 원작자세요. 저 그 드라마 정말 열심히 보고 있거든요. 책으로도 읽었어요. '가을 이야기' 도 영화로 만들어진다면서요?"

영희는 예기치 못한 장소에서 만난 자신의 팬에게 감사의 인사를 했다.

"감사합니다. 네, 운 좋게도 그렇게 됐어요."

남자가 얼굴을 찌푸렸다.

"여기가 팬 사인회인 줄 아나? 그렇다고 미행한 게 무마되는 건 아닐 텐데?"

영희는 팬이라는 든든한 아군에 용기를 얻어 당당하게 말했다.

"신경에 거슬렸다면 죄송한데요, 그렇다고 제가 댁한테 피해를 준 것도 없잖아요."

"당신이 '이영채' 인지 어떻게 증명하지?"

'속고만 살았나. 하여튼 이런 사람들 때문에 항상 의심만 가득한 사회가 되는 거야. 그렇다고 하면 그런 줄 알아야지. 에휴. 얼굴값을 하는 거야, 뭐야.'

그녀는 속으로 구시렁거렸다.

"사기칠 궁리 하나?"

남자의 말에 영희는 가방 속에 있던 소설책을 꺼내 들었다.

"여기 보이죠? 제 사진하고 이름. 이영채라고 써 있는 거 보이시죠?"

남자가 그녀의 사진과 이름을 보더니 픽 웃으며 다시 책을 건네주었다.

영희가 책에 사인을 해서 팬에게 선물하자, 책을 받아 든 그녀의 팬은 감격스러워했다. 영희는 그녀가 철수라고 부르던 남자를 향해 돌아섰다.

"그럼 전 이만 가도 되죠?"

그녀의 말에 남자가 코웃음을 쳤다.

"누구 맘대로? 그리고 누가 나한테 피해를 안 줬다는 거지? 몇 시간째 쫓아다니는 당신 때문에 신경 쓰여서 오늘 계약한 거래가 틀어졌으면 어쩌지? 게다가 여기서 보낸 시간은 그냥 시간이 아냐. 나한테는 돈이나 다름없다고."

영희는 눈앞에 서 있는 남자를 황당한 눈으로 쳐다보았다.

영희가 철수라 부르던 남자인 재혁은 앞에 서 있는 자그마한 여자를 노려보았다. 그는 몇 시간 전부터 그를 따라다니며 그의 신경을 거슬리게 한 이 여자를 어떻게 할지 고민하고 있었다.

"그래서 어쩌란 거예요?"

"생각 중이야."

그의 말에 여자가 기가 막힌 눈으로 노려보았다.

"저 바빠요. 빨리 말씀하실 거 아니면 그만 가겠어요. 제 시간도 그냥 시간이 아니라 돈이거든요."

재혁은 할 말을 잃었다. 그와 마찬가지로 여자도 그의 말을 따라 한 것이다.

"그럼."

여자는 고개를 까딱하더니 유유히 사라졌다. 게다가 그의 충직한 보디가드는 선뜻 고개를 숙이며 자그마한 마녀에게 인사까지 하고 있었다. 재혁은 여자가 사라진 곳을 망연히 서서 한참 동안 바라보았다. 사실 그도 오늘 여자에게 한 자신의 행동에 놀랐다. 그는 여태까지 누군가에게 이렇게 막무가내의 행동을 한 적이 없었기 때문이다.

처음 여자를 발견한 것은 호텔 로비에서였다. 붉은 꽃무늬 원피스를 입고 빨간색 샌들을 신은 그녀는 왠지 위태로워 보였다. 얼굴의 절반을 차지할 것 같은 여자의 눈이 멍하니 자신을 항해 있었다. 그는 이런 시선들에 익숙해져 있었고, 그래서 별 관심을 두지 않았었다. 그렇지만 그녀의 위태로운 모습 때문이지, 아니면 커다란 눈망울 때문인지 그녀에게 시선이 갔다. 어디를 가든 목적지에만 관심을 두는 그에게 여자가 시선을 끈 것이다. 그러나 그는 곧 자신의 목적지로 향하면서 그녀에 대한 생각을 잊어버렸다.

재혁이 다시 그녀를 발견한 것은 미팅 중간에 한숨 돌릴 때였다. 웨이트리스를 부르려 고개를 드는 순간, 획하고 올라간 신문이 눈에 띄었다. 처음엔 별로 눈여겨보지 않았지만, 그가 고개를 들 때마다 대각선으로 보이는 곳에서 신문이 팔랑팔랑거리니 눈에 띄지 않을 수 없었다. 아무리 무딘 사람도 그 어설픈 미행을 알아차렸을 것이다.

마침내 미팅이 끝나고 만족스러운 결과를 끌어냈지만, 신경은 계속 그 신문으로 가 있었다. 분명 로비에서 만난 그 여자였다. 왜 그를 미행했을까. 그를 지겹게도 따라다니는 파파라치일지도 몰랐다. 아니면 그와의 인터뷰에 목숨을 건 잡지사 기자일 수도 있었다. 실제로 그는 여성지에서 들어온 끈질긴 인터뷰 요청을 거절한 적이 있었다.

그는 그녀를 시험해 보기로 했다. 언제까지 그를 쫓아다닐지 모르지만, 쫓아온다면 그가 붙잡고야 말리라.

아니나 다를까, 여자는 그의 미끼에 걸려들었다. 여자의 가방 속에서 나온 소형 녹음기에 녹음되어 있던 말은 그의 웃음보를 건드리고 있었다. 자신에게 철수라는 이름을 붙이다니. 그는 흘러나오려는 웃음을 참은 채, 여자를 추궁했었다.

'로맨스 소설 작가라.'

재혁은 로맨스 소설이라면 딱 질색이었다. 그는 허무맹랑한 이야기로 독자들을 현혹시키고, 쓸데없는 꿈을 꾸게 하는 그런 류의 소설은 아무짝에도 소용없다고 생각하는 사람이었다. 그런 쓸모없는 책을 읽느니 차라리 잠이나 자는 게 낫다고 생각하는 그가 여자의 이름을 알 리가 없었다. 그런데 여자는 당연히 그가 알 것이라는 착각을 하며, 자신의 이름을 자랑스레 말했다. 게다가 그의 우직한 보디가드는 얼굴까지 붉히고, 그녀에 대해 주절주절 읊어댔었다. 여자가 내민 책 속에는 사진이 실려 있었다. 커다란 눈을 동그랗게 뜨고, 어색한 미소를 짓고 있는 여자의 모습에 재혁은 픽하고 웃었었다.

재혁은 고개를 흔들어 생각을 털어버렸다. 그녀는 자신이 더 이상 볼 여자가 아니었다. 그의 인생에 잠시 스쳐 간 사람 중의 하나를 계속 생각하고 있을 시간이 없었다. 그는 다음 목적지를 향해 이동했다.

"휴우, 큰일날 뻔했네."

영희는 그 길로 뛰어나와 택시를 잡아타고 가슴을 쓸어 내렸다. 다행히 남자가 어이없어하는 순간에 재빨리 도망 나왔으니 망정이지, 기가 막히게 잘생겼지만 성격 이상사인 그에게 갇혀 있었다면 어떻게 됐을지 상상하고 싶지 않았다.

역시 사람들의 이야기가 맞았다. 얼굴 잘생긴 것들은 성격이 나쁘다더니, 그 남자 철수는 나쁘다 못해 아예 성격 파탄자 같았다.

처음 그와 로비에서 마주쳤을 때, 영희는 그녀의 소설 주인공들과 유사한 그의 외모 때문에 너무 놀라 멈춰 설 수밖에 없었다. 마치 자신을 향해 걸어오는 듯한 그를 한동안 바라보고 있어야 했다.

꽃비가 흐르는 배경으로 그가 유유히 걸어왔다. 주위의 아무 소리도, 움직임도 느끼지 못한 채 그녀는 멍하니 서 있어야 했다. 마침내 그가 그녀를 지나쳤을 때야 비로소 정신을 차렸다. 영희는 그를 놓칠 수 없었다. 그래서 무작정 쫓아갔다.

커피숍에서 그를 살펴보면서도 그녀는 꿈이 아닌가 여러 번 볼을 꼬집어야 했다. 그의 외꺼풀 눈도, 날카로운 콧날도, 육감

적인 입술도, 예술적인 턱 선도, 그리고 양복 속에 숨겨져 있을
탄탄한 몸도 그녀의 상상 속 인물과 동일했다.

'아! 그 탄탄한 가슴! 아까 어떤 수를 써서라도 만져나 볼걸.
킥킥. 소설처럼 넘어지는 척이라도 했어야 했을까? 아냐아냐,
그건 너무 뻔해. 차라리 섹시한 눈빛으로 확 사로잡은 후 천천
히 만져 보는 건데. 킥킥.'

영희가 혼자 상상하며 킥킥대자 택시 운전사가 그녀를 이상
한 눈으로 힐끔힐끔 쳐다보았다.

"흠흠."

그녀는 못 본 체하며 창밖을 내다보았다.

어느새 그녀의 동네에 도착해 있었다. 택시에서 내려서자 봄
이라고는 하지만 밤의 서늘한 공기가 영희의 몸을 움츠리게 했
다. 영희는 아까 택시에서 못다 한 상상을 마저 펼치며 골목길
을 걸었다. 새로운 주인공에 대한 상상으로 그녀의 마음은 분주
했다. 영희의 발걸음은 빨라졌다. 얼른 집에 가서 새로운 소설
에 대해 구상을 하고 싶었기 때문이다.

하지만 집에 거의 도착했을 때, 발걸음을 멈추게 하는 음습한
기운이 느껴졌다. 이 막강한 검은 오로라.

"헉!"

영희는 대문 앞에서 자신을 노려보며 서 있는 두 인영(人影)
때문에 숨을 삼켜야 했다.

"너. 뭐. 야."

지혜가 또박또박 말을 끊으며 입을 열었다. 훤칠한 키와 가무잡잡한 피부를 가진 지혜가 어둠 속에서 눈만 번쩍이며 그녀를 노려보고 있었다. 그 모습은 마치 야차(夜叉) 같아서 영희는 잔뜩 겁을 집어먹을 수밖에 없었다.

"미, 미안해. 내, 내가 뭔가를 발견하느라 깜빡했어."

그녀의 소설이 영화화된다는 기념으로 오늘 풀코스를 약속했었다. 그래서 처음으로 무궁화 다섯 개짜리 호텔에서 저녁 식사를 하고, 지하에 있는 호텔 나이트클럽으로 친구들을 먼저 보낸 후, 영희는 일층 화장실에 들렀었다. 그러다가 나이트클럽으로 가기 위해 로비를 지나던 중 철수를 만난 것이었다.

"깜. 빡?"

지혜의 살벌한 목소리가 골목을 울려 퍼지고 있었다.

"그, 그게 있잖아. 내가 내 소설 주인공이랑 정말 똑같이 생긴 사람을 만나는 바람에……."

그녀는 가늘게 몸을 떨며 열심히 변명했다.

"그. 래. 서? 우리를 그곳에 세워두고 넌 이름도 모르는 놈팡이를 쫓아다녔다는 거야?"

영희가 떨리는 목소리로 물었다.

"어? 어떻게 알았어?"

"그럼 우리한테 전화라도 줬어야지. 네 전화기는 꺼져 있고, 바로 온다는 사람은 안 오고, 우리가 얼마나 걱정했는 줄 알아?"

옆에 조용히 서 있던 연서가 그제야 중재하기로 마음먹었는지 지혜를 막아섰다. 역시 생긴 모습만큼이나 부드러운 연서였다. 그런 연서로 인해 영희는 한결 살았다는 기분에 서서히 긴장이 풀리기 시작했다.

"헤헤, 미안해. 전화기가 꺼져 있는 줄 몰랐어. 난 그냥 내 소설 주인공 같은 사람은 하루 종일 뭘 할까 해서 따라다닌 건데, 그러다 보니까 너희를 잊어버렸어. 미안해."

"휴우, 무사하니 다행이다. 다음부터는 그러지 마. 갑자기 사라져서 우리가 얼마나 걱정했는데."

영희는 친구들의 비위를 맞췄다.

"알았어. 미안, 미안. 화 풀어? 알았지?"

밉게도 지혜가 눈을 부라리며 다짐시켰다.

"야, 이영희! 오늘은 그냥 넘어가지만, 다음부터는 국물도 없어. 알지? 그리고 오늘 못 쏜 것은 다음에 쏜다. 알간?"

영희는 지혜가 자신의 실명을 부른 것이 화가 났지만, 상황이 상황인만큼 참을 수밖에 없었다.

"알았어, 알았어. 염려 마. 다, 당연히 내가 쏴야지."

영희는 친구들에게 웃으며 다짐했다. 하지만 등줄기에서는 땀이 주르륵 흘렀다.

"그럼 우린 갈게."

"그래. 미안해. 알라뷰."

애교있게 다시 사과하고 머리 위로 하트까지 만드는 영희를 보며 친구들은 절레절레 고개를 저으며 떠났다.

"어휴, 죽는 줄 알았네. 지혜 고년만 있었으면 최소한 전치 이 주인데 그나마 연서가 있어서 다행이었네."

안도의 숨을 내쉬며 영희는 집으로 들어섰다.

집 안은 조용했다. 그녀는 간단히 샤워하고 방으로 들어가 머리 속을 맴도는 철수에 대한 생각으로 얼른 노트를 펼쳤다. 그녀는 노트 안에 빼곡히 남자에 대한 묘사를 적기 시작했다.

'키 크고, 잘생기고, 보디가드가 있는 걸로 보아서는 능력도 있어 보이고, 게다가 빠질 수 없는 그 싸가지. 킥킥. 로셜에 니오는 남자들은 모두 싸가지를 상실했지, 아마.'

영희는 킥킥대며 그녀만의 세계에 빠져들었다.

제2장

오해의 시작

저, 저 남자?" "응. 왜? 너 알아?" 연서가 궁금해하며 재촉했다. "저 남자야, 내가 말한 로설 주인공." 연서는 신기한 듯 말했다. "하긴 생긴 건 정말 잘생겼지." 영희는 지혜의 말에 뭔가 여운이 있어 물었다. "그런데?" "저 남자 소문이 얼음왕자야. 여자 보기를 돌같이 본댄다." "어머, 어쩜 완전히 로설 남주야." "그런데 소문이 그것뿐만이 아니야." 영희는 호기심에 가득 찬 눈을 하며 지혜 옆으로 바싹 다가갔다. "또 있어?" 지혜는 누가 들을까 봐 목소리를 낮췄다. "게이라는 소문이 있어." 영희는 깜짝 놀라 목소리를 높였다. "헉! 진짜?"

영희는 레스토랑 앞에서 숨을 고르려고 애썼다. 달려온 탓에 땀에 젖은 원피스를 흔들며 손목을 들어 올렸다.

'이런, 지각이다!'

벌써 약속 시간을 십 분이나 넘어서고 있었다. 일주일 전에도 친구들을 팽개치고 온 일 때문에 가뜩이나 지혜가 벼르고 있었는데, 오늘도 늦으면 어떻게 나올지 걱정이었다. 영희는 흐트러진 머리를 쓸어 올리며 잰걸음으로 레스토랑에 들어섰다.

"방가, 방가."

영희는 손을 흔들며 앉았다.

"시댕, 너 한 번만 더 그딴 소리 지껄이면 내가 가만히 안 둔다고 했냐, 안 했냐?”

지혜가 눈을 부라리며 말하자 영희는 금세 꼬리를 내렸다. 지혜는 영희가 그런 말 쓰는 걸 싫어했다. 나이에 걸맞지 않는다는 이유였지만, 정작 본인은 항상 욕을 달고 다녔다. 영희는 고개를 흔들었다.

“설레설레.”

또다시 나오는 인터넷 용어에 지혜가 더욱 눈을 부라리자 영희는 얼른 정정했다.

“미안, 미안.”

연서가 지혜를 만류했다.

“훗, 그만 해라. 난 재미있구만.”

“하여튼 한 번만 더 나이에 걸맞지 않게 말해. 그땐 나도 나 자신을 제어 못할 테니까.”

지혜의 경고는 무시무시했다. 학창시절 지혜의 폭력에 나가떨어진 아이들이 몇 명이었던가.

“아, 알았어. 안 그러면 되잖아.”

연서가 조용히 지혜를 질책했다.

“지혜 너도 그만 해. 누가 널더러 큐레이터라 하겠니? 좀 고상하게 말해라.”

사실 지혜는 성격과 전혀 어울리지 않는 직업을 택해 친구들을 놀라게 했다. 하지만 큐레이터로서의 지혜는 의외로 섬세한 면을 그들에게 보여주었다.

지혜가 구시렁거렸다.

"젠장, 지는 고상한 말투 쓰는 줄 알아요. 그렇게 내숭 떨면 좀 고상해 보이냐?"

지혜가 주먹까지 쥐어 보이면서 협박했다.

"너 오늘도 도망가면 죽음이다. 알간?"

영희는 애써 웃으며 고개를 끄덕였지만 지혜의 서늘한 눈빛에 손수건을 꺼내 손에 묻은 식은땀을 닦았다.

"다, 당연하지. 그날은 어쩔 수 없었다니까."

"도대체 무슨 일이 있었던 거야?"

연서의 물음에 영희는 그날 있었던 일을 주절주절 얘기하기 시작했다. 영희의 목소리가 꿈결같이 변했다. 마치 그날을 재연하듯이 대화 하나하나까지 상세히 설명하고 있었다.

꿈속에 있는 듯한 영희에게 호기심을 드러내며 연서가 물었다.

"진짜 그렇게 잘생겼어?"

"응, 진짜 소설 주인공처럼 생겼다니까."

영희는 말을 하다가 갑자기 킥킥대며 웃었다.

"뭔데 혼자 웃냐?"

그제야 지혜도 궁금함을 참지 못하고 물었다.

"진짜 똑같았어, 성격도. 어쩜 잘생기고 싸가지까지 없을 수 있을까?"

영희의 몽롱한 눈빛을 본 친구들은 고개를 흔들었다. 천사같이 생긴 친구는 가끔 가다 자신만의 세계에 빠져 주위를 의식하지 못할 때가 있었다.

"정신 차려, 이것아. 그리고 넌 아직도 모르냐, 잘생긴 것들은 싸가지가 없다는 걸?"

"어우, 아냐. 안 그런 사람도 있어."

"누구? 누가 안 그러는데?"

집게손가락을 편 영희가 몸을 배배 꼬며 말했다.

"한 명 있잖아."

연서도 궁금한지 고개를 갸웃하면서 물었다.

"누구?"

"선우 선배."

"선우 선배? 강선우?"

연서의 물음에 영희가 고개를 끄덕이며 자신있게 대답했다.

"그래, 선우 선배."

그녀의 답에 친구들은 서로 눈을 마주치며 한숨을 쉬었다.

"이것아, 아직도 그놈이냐? 그놈은 다른 여자랑 사귄다며? 아니, 아니지. 아무한테나 잘해주는 게 더 나쁜 거야. 그래서 혹시나 하는 감정을 갖도록 우유부단하게 행동하는 게 더 나쁜 거란 말이야."

"그게 뭐? 그건 선배가 워.낙. 매너가 좋아서 그런 거지. 그리고 선배 혼자 유학 간 걸로 보아서 그 언니하고는 헤어졌을지도 몰라."

"너, 바보냐? 바보야? 애가 왜 이렇게 맹추 같을까?"

지혜의 이죽거림에 영희는 모른 척하며 귀 후비는 시늉을 했다.

"후비적, 후비적."

자신도 모르게 또다시 튀어나온 말에 영희는 손으로 입을 가리고 지혜의 눈치를 살폈다.

"그 짓거리 하지 말라고 한 지 한 시간이 지났냐, 두 시간이 지났냐? 이 붕어야."

"헤헤."

"바보처럼 웃는 것도 하지 마. 하루 종일 글은 안 쓰고 채팅만 하냐?"

지혜가 타박하는 듯 말했지만 항상 영희를 걱정하고 있다는 것은 영희도, 연서도 알고 있었다. 친구들은 항상 물가에 내놓은 어린애마냥 영희를 위태롭다 생각했다.

"어우, 아니야. 오해야. 그냥 재밌어서 따라 해보다 보니 입에 붙어서 그런 거야."

손까지 저으며 부정하는 영희에게 지혜가 말했다.

"됐어. 우리 나이 서른을 바라보고 있다. 언제까지 그럴래?"

"풋, 그건 너도 마찬가지 같은데?"

자신도 올바른 말을 쓰지 않으면서 영희에게 훈계하는 지혜의 행동이 연서의 웃음을 자극하고 있었다.

"뭬야?"

"이봐, 네가 지금 한 말도 바른말은 아니잖아. 괜히 TV 흉내나 내면서."

연서의 비아냥거림에 지혜의 눈이 살벌하게 변했다.

"그만 하자. 내가 잘못했어. 제발 싸우지 말자."

영희는 잽싸게 막아섰다. 그녀는 언제나 차분한 연서가 한 번 화가 나면 어떻게 변하는 줄 너무나 잘 알고 있었다. 힘으로 겨룬다면 당연히 지혜가 앞서겠지만, 변호사란 직업을 갖고 있는 연서의 혀는 매우 날카로웠다.

사실 이런 친구들 때문에 영희는 학창시절을 편하게 다닌 편이었다. 태권도 사범이신 아버지를 둔 덕분에 지혜는 웬만한 남자들보다 강했고, 항상 일등만을 했던 연서는 감히 선생님들도 터치하지 못했다. 그들 사이에 있던 영희는 평범하고 보잘것없었지만 아무도 건드리지 않았다.

"쳇, 알았다. 먼저 식사나 시키자."

테이블에 평화가 찾아오자 영희는 안도의 한숨을 내쉬었다. 항상 지혜와 연서는 만나기만 하면 토닥토닥 싸웠다. 오히려 싸우지 않을 때가 더 이상하게 느껴질 정도였다. 하지만 이런 것도 오랜 친구였기에 익숙했다.

"야, 이영희. 난 A 코스다."

"영희라고 하지 말라고 했지. 영채라고 불러달라니까? 내가 백만 번은 얘기했겠다."

영희는 지혜를 흘겨보았다. 그녀는 늘 자신의 이름이 불만이었다. 그래서 항상 자신의 필명인 영채라고 불러달라고 했는데, 지혜 요것은 항상 본명으로 부르고 있었던 것이다.

지혜가 이해 안 간다는 얼굴로 물었다.

"부모님이 지어주신 이름을 두고 왜 가명을 쓰려고 그러냐?"

"가명이 아니라 필명이지. 그리고 네가 내 이름으로 살아봐, 그런 말이 안 나오나."

영희는 법원에 개명신청이라도 하고 싶었지만, 부모님이 아시는 날엔 그날로 죽음에 이르는 것임을 알기에 참고 또 참았다. 마침내 자신의 소설이 책으로 나오자 즉시 필명을 자신이 원하던 '이영채'라는 이름으로 쓸 수 있었다. 그리고 가까운 사람들에게 그녀의 이름을 영채라고 불러달라 부탁했다. 하지만 그녀를 영채라고 불러주는 사람은 연서 한 명밖에 없었다.

"영희가 어때서? 난 좋기만 하구만."

"그래, 영희야. 나도 영희란 이름이 예쁘다고 생각해. 뭔가 고상해 보이잖아."

간만에 지혜와 연서는 마음이 맞았는지 서로 맞장구치고 있었다.

"난 싫어! 학교 다닐 때부터 얼마나 놀림을 당했는데. 거기다 철희까지 같이 있으면 난 기억도 안 나는 '아이젠버그'라고 놀림까지 당해야했어."

영희는 생각만 해도 몸서리가 쳐졌다. 연년생인 동생도 자신의 이름에 불만이었다. 초등학교를 같이 다닌 죄로 그들은 항상 놀림감이 되어야 했다. 교과서에 나오는 '영희야, 놀자' 도 부족해서, 한참 유행이었던 '아이젠버그'란 만화영화에서 나오는 '영희, 철이. 크로스' 라는 멘트를 따라하며 그들을 놀렸던 아이들이 생각나자, 영희는 치가 떨렸다. 만화에 나오는 이름은 '철이' 였으나, 그들은 남매라는 이유로 장장 오 년을 그런 놀림 속에서 살아야 했다. 물론 '영희' 라는 이름으로 놀림감이 된 것은 그녀의 인생 이십팔 년 내내었지만.

"쿡, 그렇긴 했겠다. 하지만 네 이름, 그렇게 이상하지 않아. 너 혼자만의 생각일 뿐이야. 그리고 요즘엔 교과서에도 '영희' 는 안 나온다더라."

'저걸 위로라고 하는 건지.'

지혜는 영희의 부아를 더욱 북돋아놓고 있었다.

"네가 원한다면 영채라고 불러줄게. 하지만 네 이름이 이상하다고 생각하지는 마. 네 이름, 다시 한 번 말하지만 예쁘니까."

연서는 자주 영채라고 부르려 노력했지만 무심결에 영희라고 부르는 건 어쩔 수 없었다. 하지만 친구의 간절한 얼굴을 보니 더욱 신경 써서 이름을 불러야겠다는 생각이 들었다. 영희도 동생 이름이 철희가 아니었다면, 자신의 이름을 그렇게까지 싫어하지는 않았을 것이다. 대부분의 사람이 그들 남매의 이름을 같이 부를 때면 웃곤 했으니까. 연서도 처음 영희의 동생 이름을 듣고 생각났던 게 바로 '영희, 철이. 크로스' 였다. 하지만 연서는 현명하게 그 말을 입 밖으로 내지 않았다.

“그래도 영채라고 불러줘. 부탁이야.”

애처롭게 말하는 그녀를 보자 지혜는 하는 수 없이 고개를 끄덕였다.

“젠장, 알았다. 신경은 쓰겠지만 나도 모르게 튀어나오는 건 어쩔 수 없다.”

“알았어.”

영희는 그것만으로도 충분해 고개를 열렬히 끄덕였다.

“좋아. 이영채, 기념으로 A코스, 오케이?”

“오키오키.”

또다시 튀어나온 채팅 용어에 지혜의 눈이 험상궂게 변하자, 영희는 서둘러 손을 들어 웨이터를 불렀다.

‘치사한 년. 저번에도 A 코스 먹어놓고선, 또 시키는 주제에 째려보긴.’

하지만 영희는 지혜의 눈빛에 고개를 숙이며 말했다.

“여기 A 코스 셋이요.”

“참, 영희야. 아니, 영채야. 이번에 ‘가을 이야기’는 언제 제작에 들어가는 거야?”

연서는 자신도 모르게 영희란 이름이 나오자 얼른 바꿔 물었다.

“그렇지 않아도 제작 발표회에 오라고 연락 왔더라. 같이 갈래?”

영희는 다음 달에 있을 제작 발표회를 떠올리며 말했다.

"연서, 넌 나랑 꼭 같이 가야 해. 네가 내 법정 대리인인데 같이 가야지."

변호사인 아버지와 철희가 있었으나 아무래도 마음에 맞는 것은 친구 연서였다. 연서가 하는 일과는 분야가 달랐지만, 연서가 같이 있으면 힘이 될 것 같았다.

"야, 그럼 난 쓸모없으니 같이 안 가도 된단 말이냐?"

그녀는 속으로는 욕하면서도 얼른 지혜의 비위를 맞춰주었다.

"어우, 아니지. 지혜 너도 꼭 같이 가야지."

"흠, 내가 시간은 내보마."

지혜의 말에 그녀는 입을 삐죽였다.

"표정이 왜 그러냐?"

영희는 눈을 동그랗게 뜨며 순진한 표정으로 물었다.

"뭐가?"

"속으로 씹으면 죽는다."

"쿡쿡, 그만 좀 해라. 넌 만날 영채를 못 잡아먹어서 그러냐? 영채 덕에 우리가 맛있는 저녁도 먹잖아."

"쟤가 꼭 사람 복장 터지게 하니까 문제지."

지혜가 영희를 쳐다보며 눈을 부라렸다.

"쳇, 내가 뭘 어쨌다고 그래? 이렇게 맛있는 밥도 두우~우 번이나 사고. 영화배우도 고오~옹짜로 보여주겠다는데 뭐가 불만이야?"

"알았다. 고맙다. 됐지?"

"어."

영희는 생긋 웃으며 말했다.

그 모습이 너무나 귀여워 연서와 지혜는 다시 픽 웃고 말았다. 아직도 소녀 같은 영희가 친구들에겐 철이 덜 든 어린 동생 같았다. 그래서 더욱 그녀를 보호하려 드는 것인지도 모른다.

"어? 저 남자, 대한 장남 아냐?"

영희는 주위를 두리번거렸다.

"누구?"

지혜가 입구로 들어오는 남자를 가리켰다.

"저기 저 남자, 회색 양복 입은 남자. 지금 창가 쪽으로 간다."

영희는 지혜가 가리킨 남자를 보곤 눈을 동그랗게 떴다. 그곳엔 그녀가 철수라 부르던 남자가 있었다. 그녀는 놀라서 물었다.

"저, 저 남자?"

"응. 왜? 너 알아?"

"아니, 안다고 하기보단."

"보단?"

연서가 궁금해하며 재촉했다.

"저 남자야, 내가 말한 로설 주인공."

연서는 신기한 듯 말했다.

“어머, 우연이네.”

지혜가 남자를 보며 영희가 했던 말을 인정하듯 고개를 끄덕였다.

“하긴 생긴 건 정말 잘생겼지.”

영희는 지혜의 말에 뭔가 여운이 있어 물었다.

“그런데?”

“저 남자 소문이 얼음왕자야. 여자 보기를 돌같이 본댄다.”

“어머, 어쩜 완전히 로설 남주다.”

영희는 눈을 반짝이며 말했다. 상상 속의 인물과 유사한 남자가 실제로 존재한다니. 그 사실이 영희를 흥분케 했다.

“그런데 소문이 그것뿐만이 아니야.”

영희는 호기심에 가득 찬 눈을 하며 지혜 옆으로 바싹 다가갔다.

“또 있어?”

지혜는 누가 들을까 봐 목소리를 낮추었다.

“게이라는 소문이 있어.”

영희는 깜짝 놀라 목소리를 높였다.

“헉! 진짜?”

“쉿, 조용히 해.”

지혜가 집게손가락으로 입을 가리키며 말했다.

“절대 다른 사람한테 말하지 마. 소문일 뿐이니까.”

영희는 다짐하듯이 고개를 끄덕였다.

“알았어.”

“지혜, 넌 그 얘길 어디서 들었어?”

“우리 화랑에 온 손님들이 말하더라. 여자 손님들이었는데, 저 남자는 여자가 유혹해도 꼼짝 안 한대. 여자랑 스캔들난 적이 한 번도 없단다. 거기다 미국에서 유학 생활 중에도 게이라는 소문이 있었대.”

“그래도 그런 것만으로 게이라는 건 좀 그렇다.”

역시 변호사답게 연시는 확실한 물증이 없으면 믿질 않았다.

“나도 모르지. 하여튼 소문은 그래.”

지혜가 어깨를 으쓱하며 말했다.

“근데 저 남자가 대한 장남인 건 어떻게 알았어?”

연서는 자신들과는 사는 세계가 다른 남자를 어떻게 알았는지 궁금했다.

“대한에서 우리 화랑을 후원해 주고 있잖아. 전시회 할 때 몇 번 봤어. 근데 정말 장난 아니게 차갑더라. 그래도 영희 말대로 싸가지가 없는 건 아니던데. 뭐랄까, 너무 예의 바른 모습이라 차갑게 느껴진다고나 할까?”

지혜가 고개를 갸웃거렸다.

“아니야! 얼마나 황당했는데. 나를 파파라치 취급했다니까.”

영희는 그날만 생각하면 이가 갈렸다.

“그건 네가 스토커처럼 쫓아다녔으니까 그렇게 오해했나 보지.”

“어우, 몰라. 하여튼 깼다. 안 들을걸. 내 주인공은 날아갔네. 남자 주인공으로 저 남자를 상상하면서 쓰려고 했는데.”

영희는 속이 상한다는 듯이 말하며 물을 벌컥벌컥 마셨다.

“그래도 아깝다. 저렇게 잘생겼는데…… 저렇게 몸매도 근사한데…… 저렇게 돈도 많아 보이는데…….”

영희는 계속되는 아쉬움에 입맛을 다셨다.

친구들은 영희의 계속되는 한탄에 한숨을 쉬었다. 분명 친구의 머리 속엔 이미 저 남자에 대한 보고가 게이로 저장되어 있을 것임이 틀림없었다. 연서가 지혜를 살짝 흘겨봤다. 친구의 특성을 잘 아는 연서가 나무라는 시선을 보내자 지혜도 자신의 경솔함을 깨달았는지 눈을 피했다.

“정말 아깝다. 딱 남자 주인공감인데…….”

영희를 바라보는 친구들은 고개를 흔들었다. 아무래도 친구는 자신의 생각에서 빠져나오려면 한참의 시간이 필요할 것이다.

“아깝다.”

재혁은 누군가의 시선이 자신을 따라다니는 것을 느꼈다. 그는 그 시선을 찾아 눈을 돌리자마자 어디선가 봤던 행동을 또다시 목격하고 말았다. 그가 눈을 돌렸을 때, 획하고 내려간 머리가 낯익어 보여 그의 눈살을 찌푸리게 했다.

그는 다시 고개를 돌리면서도 그 낯익은 행동에 기억을 더듬었다. 의문은 곧 풀리고 있었다.

'또 저 여자군.'

의문의 주인공은 자신을 로맨스 소설 작가라 말하던 작은 마녀였다. 친구인지 테이블에 있던 다른 여자들은 당당한 시선으로 자신을 바라보고 있었지만, 여자는 그가 눈을 돌리자마자 고개를 숙였다. 그는 픽 웃으며 다시 맞은편에 있는 상대방을 바라보았다.

김 비서는 재혁의 미소에 흠칫 놀라 그의 시선을 끈 것이 무엇일까 주변을 둘러보았지만 특별한 것은 없었다. 주위에는 조용히 식사하는 사람들뿐이었다. 그의 상사는 항상 사람들의 눈길을 끌지만, 그가 그런 시선에 이끌릴 사람이 아니었기에 김 비서는 이내 고개를 돌렸다. 설마 자신의 상사가 여자를 보고 웃었으리라는 생각은 해보지도 않는 김 비서였다.

재혁은 간간이 김 비서에게 프로젝트 진행되는 상황을 질문하며 아버지인 한 회장을 기다리고 있었다.

"이번 매각 건은 어디서 진행하기로 한 거죠?"

"C&H에서 맡기로 했습니다. 그쪽에서는 최고로 알려진 회사입니다."

재혁의 질문에 김 비서가 긴장하며 대답했다.

"C&H라, 맘에 드는군요."

김 비서는 재혁이 고개를 끄덕이자 그제야 마음이 놓여 안도의 숨을 내쉬었다. 상사는 항상 완벽을 추구하는 사람이기에 언제나 그의 요구에 맞추기 위해서는 최고가 필요했다. C&H가 업계에서는 평판이 좋은 회사라 김 비서는 재혁의 마음에 들 거라는 확신이 들었지만, 그래도 긴장되는 것은 막을 수 없었다.

재혁은 여전히 자신을 따라다니는 시선으로 고개를 돌렸다. 여자는 이제 그를 대놓고 쳐다보기로 했는지 멍하니 바라보고 있었다. 하지만 그 시선은 종전과는 다르게 안타까운 눈빛이었다. 재혁은 여자의 시선이 마음에 들지 않았다. 이상하게 신경에 거슬리는 여자였다. 그는 눈살을 찌푸리다 아버지의 모습이 보이자 얼른 일어났다.

"오셨습니까."

재혁은 목례하며 인사했다.

"왜 밖에서 보자는 거냐? 집에 가서 얘기하면 될 것을."

"집에 가선 일 얘기를 못하잖아요."

한 회장은 한숨을 쉬었다. 도대체 누구를 닮은 건지 아들은 빈틈이 없었다. 재벌가라지만 어느 식구 하나도 완벽함을 추구하지는 않았다. 오히려 그것이 더 인간적이라고 생각하는 그의 집안에서 아들은 돌연변이에 해당되었다.

"또 일 얘기냐? 너는 이 아비한테 일 말고는 할 얘기가 없는 게냐?"

한 회장은 일 중독자인 아들을 바라보며 말했다.

"말해 보거라."

"식사 먼저 시키시죠."

재혁은 주문한 후 다시 입을 열었다.

"지난번에 아버지께서 말씀하시던 태국 공장의 문제를 해결할 방안을 찾았습니다."

'지독한 놈.'

한 회장은 아들을 바라보며 혀를 끌끌 찼다. 그는 아들에게 한 달의 기한을 주고, 문제 해결 방안을 찾으라고 했던 것을 기억했다. 물론 이렇게 빨리 찾아낼 것이라고는 예상하지 못했었다. 모두들 실패를 모르는 아들이 있음을 항상 부러워했시만, 한 회장은 오히려 그게 불만이었다. 비 온 뒤에 땅이 굳어지듯 실패도 해봐야 더 단단해진다고 생각하는 한 회장이었다. 때문에 종종 아들에게 어려운 숙제를 던져 주곤 했으나 아들은 여지없이 해내고야 말았다. 그리고 이번에도 그의 작전은 실패로 돌아갈 것이다. 한 회장은 체념을 하고 말했다.

"그래, 말해 보거라."

"이제까지의 OEM 생산방식을 EMS로 전환하는 겁니다."

김 비서가 한 회장 앞에 보고서를 펼쳤다.

"이 보고서를 보시면 아시겠지만, 이렇게 될 경우 생산 비용이 7~8% 정도 삭감되는 것을 예상할 수 있습니다. 또 여태까지의 문제점으로 거론되었던 생산 과정에서 발생되는 문제들을 동시에 해결할 수 있다는 장점이 있습니다."

한 회장은 보고서를 보며 고개를 끄덕이다 물었다.

"기존 방식일 경우는 수입억제 여론을 완화하고, 내수시장도 어느 정도는 확보되는 장점이 있었는데 그것보다 이익이 발생한다는 것이냐?"

한 회장의 지적에 재혁은 보고서를 넘기며 말했다.

"물론 그것도 이것에 포함시켜 유추한 것입니다. EMS로 전환할 경우 국내 업체를 선정해서 한다면, 한국의 브랜드 이미지로 인해 오히려 수출을 상승시키는 효과가 있으리라 봅니다. 게다가 생산에 소요되는 불필요한 인력 고용을 피할 수 있게 되므로 R&D(Research&Development), 디자인, 마케팅 등에 더욱 집중할 수 있게 될 것입니다."

"그럼 현지 공장을 매각해야 하는데?"

"공장 매각은 C&H에 맡기려고 합니다. 그쪽이 이쪽 방면에서는 최고니까요."

한 회장은 이번에도 자신의 계획이 무산되자 한숨을 쉬며 힘없는 목소리로 말했다.

"그럼 이건 이사회에 회부해서 결정짓는 걸로 해보거라."

"네."

한 회장은 아들이 이렇게 모든 일을 완벽하게 해내는 것을 자랑스러워해야 하는데도 불구하고 입맛이 썼다.

'그래, 이놈아. 내가 졌다, 졌어.'

한 회장은 우회의 길로 가보자 하는 마음에 식사를 하며 자연스럽게 화제를 돌렸다.

"너는 결혼할 마음이 있긴 있는 게냐?"

갑작스런 한 회장의 질문에 테이블에는 침묵이 흘렀다.

"결혼할 마음이 있냐고."

"아버지, 그건……."

"그건 네가 알아서 한다고?"

"네."

재혁이 딱 부러지게 잘라서 말했다.

"그러면 만나는 여자는 있는 게냐?"

한 회장의 추궁에 재혁이 고집스레 입을 다물었다.

"혹시 소문이 맞는 게냐?"

한 회장은 항간에 들리는 소문에 대해 물었다.

"저, 회장님."

김 비서는 어쩔 줄 몰라 하며 입을 열었다.

"김 비서도 그 소문은 들었겠지?"

"네? 아니, 전 모, 못 들었습니다."

"무슨 소문인데 이러시는 거예요?"

재혁은 눈에 띄게 당황하는 김 비서에게서 시선을 돌렸다. 그의 얼굴엔 자신에 대해 어떤 소문이 일고 있는지 궁금해하는 기색이 역력했다.

"내 입에 담기도 싫다. 하지만 난 내 아들이 그런 꼴은 못 본다."

한 회장은 오늘 아들에 대한 소문을 듣고 화가 났던 기억을 떠올렸다. 그렇다고 그 소문을 믿는 것은 아니었다. 항상 앞만

보고 달려온 아들은 이성에 대해 관심이 없었다. 그는 아들의
완벽주의가 낳은 결과라 생각했다. 그래서 그의 완벽함을 깨뜨
릴 무언가가 필요하다 생각하고 있었다. 한 회장은 여태껏 일로
깨뜨리려 했지만, 그것이 안 되자 다른 방도를 찾아야겠다고 생
각하고 있었다.

"어떤 소문인지는 모르겠지만, 소문은 소문일 뿐입니다."

재혁의 말에 한 회장과 김 비서는 한숨을 내쉬었다. 어떤 소
문인지 알게 된다면 아무리 무덤덤한 재혁도 기가 막힐 것이다.

"올해 안에는 결혼을 해라."

무심한 얼굴로 식사하는 재혁을 보며 한 회장이 결론을 내리
듯 말했다.

"아버지!"

재혁은 아버지의 말에 놀라 고개를 번쩍 들었다.

"아버지고 뭐고 만약 올해 안에 결혼하지 못한다면, 아버지가
정해주는 사람하고 결혼하겠다는 걸로 알겠다."

"하지만 지금 당장 여자도 없는데 어떻게 결혼을 하라는 겁니
까?"

"그럼 내가 정해주는 여자랑 결혼을 하든지."

한 회장은 무표정한 얼굴로 말했지만 마음은 훨훨 날아갈 듯
했다. 드디어 아들에게도 풀지 못할 숙제가 생긴 것이다. 그러
나 이어오는 재혁의 말에 한 회장은 다시 얼굴을 찌푸리고 말았
다.

"알겠습니다. 아버지 말씀대로 하세요."

한 회장은 재혁의 빈틈없는 얼굴에 고개를 흔들었다. 두 시간 가까이 이어진 식사 시간 내내 재혁은 사업에 관한 일만을 화제로 삼고 있었다. 그런 아들을 보는 한 회장의 눈은 걱정으로 가득했다. 재혁이 저렇게 된 것에 대해 누구를 탓할 수도 없었다. 장남이기에 너무 막중한 책임을 줬던 자신의 과오가 뒤늦게 후회될 뿐이었다.

한 회장은 집으로 돌아오는 내내, 후회를 넘어 은근히 부아가 치밀었다. 재혁 때문이었다. 도대체 다른 것은 화제로 삼을 것이 없는지, 모두 일에 관한 이야기뿐이었다. 평소와 다를 것이 없는 재혁의 태도였지만 오늘따라 한 회장의 심기는 불편했다.

집에 도착하자 재혁은 예의 바르게 인사하고 이층으로 올라갔다. 그의 뒷모습을 바라보는 한 회장의 얼굴엔 먹구름이 가득 꼈다. 아들의 어깨엔 어릴 때부터 막중한 무게의 짐이 실려 있었다. 그 짐을 덜어줄 운명의 짝이 얼른 나타나기만을 바랄 뿐이었다.

한 회장은 안방에 들어서자마자 한숨을 내쉬었다.

"왜 그래요? 밖에서 무슨 일이 있었어요?"

박 여사는 웃옷을 받으며 남편의 구름 낀 얼굴을 걱정했다.

"그건 아니고, 내 이번에는 재혁이한테 좀 어려운 숙제를 냈지."

한 회장이 자리에 앉으며 말했다.

"뭔데요?"

박 여사가 눈을 반짝이며 물었다. 아들은 집안에서도 어려운 존재였다. 어릴 때부터 어리광 한 번 부리지 않은 재혁은 털털한 재희나 항상 사고를 치고 다니는 막내 재영과는 달리 부모의 손이 갈 일이 없었다. 말수가 적은 재혁은 모든 일을 스스로 잘 알아서 했지만, 인간미가 너무 없었다. 그런 재혁에게 한 회장이 어려운 숙제를 냈다니 박 여사는 내심 기대가 되었다.

"올해 안으로 결혼하라고 했어. 못하면 내가 정해주는 사람하고 하라고 했지."

한 회장이 박 여사가 놓아준 찻잔을 들며 말했다.

"그랬더니 뭐라고 그래요?"

"알았다고 하더군."

"그게 뭐가 어쨌다고 그래요? 올해 안으로 결혼하겠다는 거잖아요?"

"이 사람아, 그게 아니라 안 되면 그냥 내가 정해주는 사람하고 한다는 거야."

한 회장은 생각만 해도 답답했다.

"네에?"

로맨티스트인 박 여사는 한 회장의 말에 충격을 받았다. 많은 재벌가가 정략결혼을 한다지만, 그들의 집안에는 정략결혼을 한 사람이 없었을 뿐만 아니라 그 단어 자체를 혐오했다.

"정말 재혁이가 그랬다는 거예요?"

"그러니까 내가 이렇게 걱정하는 거지. 너무 메말랐어. 게다가……."

한 회장은 아들에게 안 좋은 소문이 도는 것을 말하려다가 박 여사의 걱정스런 눈을 보자 얼른 말을 바꿨다.

"게다가 여자도 안 사귀잖아. 그놈이 여자 사귄다는 소리는 한 번도 들은 적이 없어."

"그건 일에 너무 빠져 있어서 그런 거겠지요."

한 회장은 아내의 태평한 말에 한숨이 나왔다.

"일단 올해 안으로는 결혼을 하라고 했으니까 지켜보도록 하지."

"재혁이 때문이라도 밝고, 명랑한 아가씨를 만나야 할 텐데……."

영희는 깨지는 머리를 부여잡고 침대에서 몸을 일으켰다.

"으음, 아이고, 머리야."

어제 나이트에서 광란의 밤을 보내고 들어온 영희는 씻지도 못한 채 곯아떨어졌었다. 그녀는 기지개를 켜며 화장대로 다가갔다. 거울에 어제의 여파를 그대로 반영한 듯한 몰골이 비쳤다.

"엉망이구만."

자신의 몰골에 고개를 저으며 영희는 욕실로 들어가 대충 고양이 세수만 한 채 나왔다.

"으윽, 죽겠다."

그녀는 쓰린 속을 붙잡았다. 지금은 속을 달래는 것이 시급했다. 영희는 휘청거리는 걸음걸이로 아래층으로 내려가며 엄마를 찾았다.

"엄마! 엄마!"

"네 엄마 안 죽었어."

염 여사가 도끼눈을 뜨며 말했다.

"너 도대체 어제 몇 시에 들어온 거야?"

"몰라."

영희는 울렁거리는 속을 가라앉히려 냉장고에서 물을 꺼내 마셨다.

"이렇게 늦게 다녀도 되는 거야? 거기다 지금이 몇 시니? 벌써 저녁이야."

"어우, 머리 울려. 엄마, 해장국은 없어?"

"몰라. 거기 식탁 위에 봐봐."

"땡큐, 마미."

영희는 엄마의 뺨에 뽀뽀를 한 후 식탁에 앉아 밥을 먹었다. 그녀는 콩나물국에 밥 한 그릇을 말아 순식간에 비우고, 트림까지 하며 거실에 들어섰다. 그녀의 얼굴엔 포만감이 가득했다. 그런 딸을 보는 염 여사의 시선은 걱정으로 메워졌다.

"너, 계속 이렇게 생활할 거야?"

영희는 눈을 동그랗게 뜨며 물었다.

"내가 뭘?"

"너도 이젠 시집을 가야지."

"에에? 웬 시집?"

영희는 갑작스럽게 결혼 이야기를 꺼내는 엄마를 어리둥절한 시선으로 바라보았다.

"그럼 혼자 살려고 그랬어?"

영희가 당연하다는 듯이 말했다.

"왜 혼자 살아? 엄마도 있고, 아빠도 있는데?"

"언제까지 엄마랑 아빠랑 살려고? 싫다, 난. 아빠랑 둘이서만 살고 싶어."

"그러시겠지. 만날 둘이서만 있고 싶겠지."

영희는 언제나 신혼부부 같은 엄마, 아빠가 부러우면서도 한 편으론 샘이 나서 이죽거렸다.

"어쨌든 이번에 희영 아줌마가 너 선보라고 하더라. 괜찮은 남자래. 뭐, 미국에서 박사 학위를 받았다나, 뭐라나. 하여튼 너도 선이나 한번 보자."

영희는 손사래를 치며 말했다.

"어우, 싫어. 나 좋아하는 사람 있다니까."

"짝사랑은 집어치우고 현실을 생각해야지. 네 나이가 벌써 몇이니?"

그녀는 염 여사의 말에 깜짝 놀라 눈이 휘둥그레졌다.

"엄마, 그게 무슨 소리야? 짝사랑이라니?"

"어? 아니, 그게, 네가 좋아한다는 사람이랑 만나는 걸 못 봤으니까, 짝사랑인가 싶어 그런 거지. 그래, 그래서 그런 거야."

염 여사가 당황해서 열심히 변명을 했지만, 영희는 의심스런 눈으로 그런 염 여사를 쳐다보았다. 뭔가 수상쩍은 냄새가 났다.

"엄마, 혹시 내 일기장 본 건 아니겠지?"

"어머, 애는. 엄마를 뭘로 보고. 내가 그렇게 무식한 사람인 줄 아니?"

염 여사는 짐짓 화를 내며 고개를 휙 돌렸다.

"아니, 혹시나 해서. 당연히 우리 엄만 그럴 사람이 아니지."

영희는 떨떠름했지만 염 여사의 비위를 맞추느라 팔짱을 끼며 말했다.

"근데 엄마, 선까지 볼 필요가 있을까? 내 나이 아직 스물여덟밖에 안 됐는데?"

"엄마는 스무 살에 네 아빠 만나서 스물한 살에 너를 낳았다. 그런데 너는 뭐니? 네가 지금 스물여덟이니까, 네가 애를 낳아서 너 같은 자식 하나 기르면 나이가 몇인 줄 아니? 쉰여섯, 일곱 되는 거야. 엄만 낼모레면 마흔아홉, 쉰인데……. 쉰?"

영희는 갑자기 불길한 예감에 온몸의 털이 쭈뼛 서는 것을 느꼈다.

"어, 엄마?"

“맙소사, 내 나이가 이젠 쉰이라니.”

염 여사는 이내 눈물까지 글썽거렸다.

“엄마, 엄만 절대 쉰처럼 안 보여. 진짜라니까.”

영희가 다급하게 위로했다. 영희의 말대로 염 여사의 외모는 그녀의 나이에 비해 상당히 젊어 보였다. 그러나 염 여사의 귀엔 아무것도 들어오지 않는 듯했다.

딩동―

‘젠장.’

영희는 욕지기를 하며 문을 열었다. 이제 아빠까지 오시면 일은 더욱 복잡해질 것이었다. 이 변호사와 철희가 현관으로 들어섰다. 부자는 같은 로펌에 다니고 있었고, 연서도 마찬가지였다.

“오셨어요? 왔냐?”

영희는 아빠의 눈치를 살피며 말했다.

“엄마는?”

역시 아버지인 이 변호사는 잉꼬부부 아니랄까 봐 들어오자마자 엄마인 염 여사부터 찾았다.

“아빠, 엄마는…….”

“소희야!”

그녀가 말을 끝내기도 전에 이 변호사는 염 여사의 모습에 달려갔다. 영희는 그 모습을 보고 고개를 저었다. 괜한 화제를 꺼내서 이젠 자신만 나쁜 딸이 되고 만 것이다.

철희가 사단을 일으킨 영희에게 안됐다는 듯이 어깨를 토닥거리며 물었다.

"또 왜 그러는데?"

"어우, 몰라. 결혼하라고 해서 내 나이엔 이른 거 아니냐고 했더니, 엄마가 나이를 계산하다가 내일모레면 쉰이라는 걸 깨달은 거지. 그리고는 뭐 알다시피."

영희는 어깨를 으쓱하며 염 여사를 가리켰다.

"소희야, 왜 그래?"

이 변호사가 염 여사의 어깨에 팔을 두르며 다정하게 말했다.

"영철 씨, 내가 내일모레면 쉰이래."

염 여사가 눈물을 흘리며 떨리는 목소리로 말했다.

"지금도 누가 소희를 마흔이 넘는 걸로 보겠어? 누가 그래? 영희가 그래?"

이 변호사가 아내의 눈가에 맺힌 눈물을 닦아주며 위로했다. 또한 영희에게 비난의 시선을 돌리는 것을 잊지 않았다. 영희는 그런 아빠의 눈을 슬그머니 피했다.

"소희는 쉰이라도 항상 스무 살 같을 거야."

"어우, 영철 씬. 그건 좀 오버다."

남편의 말에 염 여사는 언제 울었느냐는 듯 배시시 웃으며 이 변호사의 팔을 살짝 때렸다.

영희와 철희는 자라오면서 내내 들었지만 부모님의 이름을 부르는 행각은 항상 닭살이었다.

"어우, 정말 소름 돋는다."

영희는 철희에게 속닥거리며 오도독 소름 돋은 팔을 쓸었다.

"올라가자."

조용히 말하고 이층으로 올라가는 철희를 따라가며 영희는 불만을 토로했다.

"정말 너무하지 않냐? 다 자란 자식들 앞에서 영철 씨, 소희 야, 이게 뭐냐?"

"좀 소름은 돋지만, 그래도 보기 좋잖냐."

"어우, 짱나. 자기들은 이름이 그럴듯하니까 저렇게 이름을 부르겠지. 우린 이게 뭐냐? 영희야, 철희야."

그녀는 입을 삐죽 내밀며 말했다.

"그러게, 조합이라도 잘 맞추시지."

철희도 항상 자신의 이름에 불만이었다.

"내 말이. 어떻게 자기들 이름을 조합해서 만든 게 영희, 철희 냐. 차라리 소영이나 희철, 뭐 이런 게 좋지 않았겠냐? 정말 성 의없게 자식들 이름을 지어놓고 자기들은 영철 씨~ 소희야~ 으윽."

그들은 그동안의 불만을 토로했다.

"자신도 그렇게 이름 때문에 고달팠다면서 어떻게 자식들 이 름은 이렇게 지을 수 있냐고."

사실 염 여사도 학창시절 '염소희'란 이름 때문에 많은 놀림 을 당했었다고 들었다. 그런 그녀가 자식들의 이름을 '영희, 철희’란 이름으로 지었다는 것이 영희는 불만이었다.

“그래도 이제 어쩌겠냐. 벌써 서른이 다 돼가는데, 이렇게 살아야지. 우씨, 누나 너 때문에 난 저녁 굶어야 하잖아.”

“난 밥 먹었지롱.”

영희는 혀를 내밀며 말했다.

“방에 먹을 거 좀 없나?”

철희가 두리번거리며 먹을 것을 찾았다. 영희의 방엔 항상 군것질거리가 쌓여 있었기 때문이다.

“그렇지 않아도 군것질거리를 좀 사다 놓은 게 있었지. 같이 맥주 한잔할래?”

영희는 소형 냉장고에서 맥주를 꺼내 들며 물었다.

“오케이.”

영희는 맥주 캔을 철희에게 던졌다.

“근데 선은 볼 거야?”

“어우, 싫어. 나 좋아하는 사람 있다니까?”

“짝사랑은 그만 하고 새로운 사람을 만나는 게 낫지 않냐?”

“무슨 소리야? 네가 그걸 어떻게?”

영희는 말을 끊고 가만히 노려보았다. 어떻게 된 건지 자신이 짝사랑하는 것을 모르는 사람이 없었다.

“그거 모르는 사람 있냐? 너랑 나랑 같은 대학 나왔다는 걸 잊은 건 아니겠지? 너 우리 학교에서 유명했어, 선우 선배 쫓아다니는 애로.”

"그럼 선우 선배도 다 알았단 말이야?"

영희는 눈을 동그랗게 뜬 채 설마 하는 심정으로 물었다.

"바보냐? 모르면 그게 바보지 뭐냐? 만날 헤벌쭉해서 졸졸 쫓아다니는데."

영희는 충격받은 눈으로 멍하니 있다가 갑자기 침대에 머리를 박았다.

"어우, 몰라. 우씨, 쪽팔려."

계속되는 구시렁거리는 소리에 철희가 위로했다.

"괜찮아. 그래도 선우 선배는 잊었을 거야. 그러니까 그렇게 네가 쫓아다니는 걸 뻔히 알면서도 쭉쭉빵빵이랑 사겼겠지."

"야! 이철희!"

그녀가 소리를 질렀지만, 영희의 벌겋게 화난 얼굴을 보며 철희는 계속해서 놀려댈 뿐이었다.

"야, 이철희! 네가 지금 이런 말 할 군번은 아닐 텐데? 네가 연서 좋아하는 거 내가 모를 줄 알아? 연서한테 내가 분다?"

"누가 그래?"

철희는 찔끔했지만 시치미를 뗐다.

"어, 그래? 그럼 말고. 그럼 연서한테 괜찮은 남자 소개해 줘도 되는 거지?"

영희는 눈을 가늘게 뜨며 물었다.

"너, 죽을래?"

영희가 원하는 반응이 즉각 나왔다.

'자식, 그래도 좋아하긴 하나 보지?'

"그러면 그렇지. 하여튼 너도 입 조심해."

영희는 회심의 미소를 띤 채 말했다. 하지만 곧 그 미소는 사라지고 말았다.

"선우 선배 한국 왔다더라."

영희는 초조하게 앉아서 선우를 기다리고 있었다. 철희에게서 알아낸 전화번호로 몇 번의 망설임 끝에 전화를 했다. 그리고 오늘의 약속을 받아냈다. 오랜만에 만나는 그가 어떻게 변했을까 무척이나 궁금했다. 여전히 미소년 같은 외모를 지녔을지, 아니면 더욱 늠름하게 변했을지 설레는 마음으로 지난 며칠을 보냈었다.

손가락에 쥔 휴대폰의 폴더를 열었다 닫았다 하며 앉아 있기를 몇 분이 지났을까, 그녀의 테이블에 그림자가 드리워졌다.

"영희야."

"서, 선배!"

벌떡 일어나는 영희를 보며 선우가 여전히 사람 좋은 미소를 지었다.

"잘 지냈어?"

"네……."

팔 년 전 캠퍼스에서 처음 만났을 때처럼, 그는 한결같은 모습으로 영희 앞에 서 있었다.

“앉자.”

“네? 아…… 네.”

선우의 얼굴을 보느라 영희는 그만 팔걸이에 엉덩이를 부딪쳤다. 창피함에 아무렇지도 않은 척 바로 앉았지만, 영희의 얼굴은 발갛게 달아올랐다.

‘에이씨, 오늘은 절대 실수하지 말아야지.’

마음속으로 다짐에 다짐을 하며 다소곳하게 앉아 있는 영희를 바라보는 선우의 얼굴엔 미소가 걸렸다.

“영희 넌 변한 게 없구나.”

“네?”

“아니, 아주 유명한 작가가 됐다면서? 네 소문은 듣고 있었어.”

“어우, 아, 아니에요. 유명하긴요.”

몸을 배배 꼬며 영희가 손사래를 쳤다.

“저…… 선배는 잘 지내셨어요?”

“나야 뭐, 잘 지냈지.”

테이블 위에는 침묵이 흘렀다. 영희는 막상 그의 얼굴을 보니 할 말이 사라졌다. 선우는 언제나 그녀에게는 너무나 멀리 있는 존재였다. 대학을 다닐 때도 그랬고, 그가 유학을 간 사 년 동안은 더욱 그러했다.

“흠흠.”

그의 헛기침으로 영희는 빤히 바라보던 행동을 멈추고 고개를 숙였다. 제자리로 돌아왔던 얼굴이 다시 빨개졌다. 무슨 말이라도 하고 싶었는데, 머리 속이 백지가 된 듯 아무것도 떠오르지 않았다.

"앗, 내 정신 좀 봐. 채, 책을 드린다고 하고선…… 어마나!"

영희는 주섬주섬 종이 가방을 선우의 앞에 밀어놓다가 그만 물 컵을 넘어뜨렸다. 성급한 마음에 종이 가방을 들어 소매 끝으로 문지르고 있을 때, 선우가 손수건을 내밀었다.

"고, 고맙습니다."

영희는 손수건으로 대충 닦아 다시 건넸다.

"이게 뭐니?"

"저기…… 제 작품들이에요."

또다시 부끄러움에 몸을 배배 꼬며 영희가 말했다.

"고맙다, 그렇지 않아도 오늘 서점에 가려고 했었는데. 흠흠, 저기…… 영희야."

"네?"

"아니…… 정말 고맙다고."

선우는 하려던 말을 삼켰다. 영희의 전화를 받고 나오면서 챙겨두었던 청첩장이 그의 안주머니에 자리 잡고 있었다. 하지만 영희가 자신을 바라보자 차마 말을 꺼낼 수 없었다.

또다시 침묵이 흘렀다. 영희는 대화의 실마리를 찾으려고 애를 썼지만, 아무 생각이 나질 않았다.

'이런, 젠장.'

말이 없는 것은 선우도 마찬가지였다. 그는 영희의 마음을 잘 알고 있었기에 말을 할 수 없었다. 어떤 말이 그녀에게 기대가 될지, 상처가 될지 알 수 없었기 때문이다. 난감한 기색이 그의 얼굴을 스쳤다.

"철희는 잘 지내지?"

"네, 잘 지내요. 저기, 그분…… 아니, 미국에서 생활하시긴 괜찮으셨어요?"

영희는 선우가 사귀던 여자 친구를 물어보고 싶었지만 차마 그러지 못했다.

"그렇지 뭐."

다시 대화가 끊기고, 어색한 공기가 쌓여갔다. 영희는 서둘러 다른 화제를 찾으려 머리를 굴려보았지만, 생각나는 게 없었다. 대화를 해야 한다는 강박관념이 그녀를 지치게 하고 있었다.

영희는 눈앞의 남자를 찬찬히 바라보았다. 바뀌지 않은 외모 그대로, 그는 변함없이 그 자리에 있었다. 하지만 무언가 잡히지 않는 이질감이 깜빡거리고 있었다. 그것이 예전부터 있었던 것인지, 아니면 세월이 흐르는 동안 바뀐 것인지는 모르겠지만, 분명한 것은 지금 그가 생소하다는 것이었다. 영희는 혼란스러웠다. 그것이 무엇이든 간에 그는 자신이 사랑하던 선우였다. 그런데 이상하게도 그가 다른 사람처럼 느껴지는 것이다. 너무나 긴 공백 때문일지도 모른다고 생각하며 영희는 다시 대화를 시도했다.

"저기······."

그때 선우의 휴대폰이 울렸다.

"잠깐만."

선우가 양해를 구한 후 휴대폰을 들고 사라졌다. 영희는 선우의 뒷모습을 보며 왠지 모를 안도의 한숨을 내쉬었다.

"머리를 굴려, 이영희. 그렇게 할 말이 생각 안 나냐? 어떻게 만난 선우 선배인데······."

긴장된 몸을 풀며 영희는 창밖을 내다보았다. 봄의 끝을 알리듯 하얀 벚꽃이 바람에 흩날리고 있었다. 그 기세에 회색이었을 것이 분명한 보도블록이 하얀 눈밭을 이루고 있었다. 선우를 처음 보았을 때에도 이렇게 벚꽃이 흩날리던 어느 날이었다. 벚꽃 아래에서 처음으로 그에게 인사를 했었다. 그땐 선우가 오랜 짝사랑의 대상이 될 줄 몰랐었다. 희미한 미소를 지으며 벚꽃을 좋아한다던 그의 말에 영희도 덩달아 벚꽃을 좋아하게 되었다.

창밖엔 바람이 다시 한 번 훑고 지나갔는지 벚꽃이 우수수 떨어졌다. 나무 아래서 떨어지는 꽃잎을 잡으려는 교복 입은 여자아이들이 보였다. 떨어지는 벚꽃을 잡으면 사랑이 이루어진다는 말 때문일 것이다. 그녀도 선우와의 사랑을 꿈꾸며, 떨어지는 벚꽃을 잡으려 이리 뛰고 저리 뛰던 때가 있었다. 그때를 생각하니 저절로 미소가 흘렀다.

"밖에 재미있는 거라도 있니?"

선우가 자리에 앉으며 물었다.

“아뇨, 벚꽃이 다 떨어져서요.”

“그래? 길이 많이 지저분하겠구나.”

“그, 그러게요…….”

영희는 선우의 말에 동조하면서 예전과 다른 선우를 새삼스러운 눈으로 바라보았다. 무언가 뒤죽박죽 섞인 느낌에 갈피를 잡을 수 없었다. 하지만 들려오는 선우의 말에 금세 그 느낌을 털어버렸다.

“점심 전이지? 점심 먹으러 갈까?”

“네.”

영희는 점심 식사를 했다는 말을 속으로 삼키며 선우를 따라 일어섰다. 팔 년 전 그때처럼…….

지혜는 전시회 준비로 한창이었다. 이번 전시회는 국전 초대 작가인 이창수 화백의 개인전이었다. 워낙에 거물급이라 화랑에서도 신경을 날카롭게 곤두세우고 기획을 했다. 지혜는 작품 홍보와 디스플레이, 오프닝까지 도맡아 정신이 없었다. 게다가 화랑을 후원하는 대한 재단과의 교섭도 그녀가 해온 터라 더욱 그랬다.

오늘도 대한 재단의 한재희 실장과의 만남이 약속되어 있어 긴장했다. 한 실장이 다른 여타의 사람들보다 편하고 인심이 넉넉한 것은 알고 있지만, 아무래도 후원을 받는 입장이다 보니 그럴 수밖에 없었다.

"안녕하세요."

옅은 하늘색 원피스를 입은 한재희 실장이 화사한 미소를 머금고 화랑으로 들어왔다. 그녀의 등장으로 조용한 화랑에 생명력이 일어나는 것 같았다.

"안녕하세요, 한 실장님."

"지혜 씨, 잘 있었어요?"

언제 봐도 쾌활한 한 실장이었다. 지혜는 삼십대 후반이지만 균형 잡힌 몸매를 유지하는 한 실장을 부러운 눈으로 바라보며 대답했다.

"네, 덕분에요."

"이번에 개인전을 준비하느라 바쁘시겠네요."

자조적인 미소를 띠며 지혜가 말했다.

"항상 그렇지요 뭐."

"이번 개인전은 우리 재단에서도 홍보하는 방향으로 힘을 실어줄게요."

"어머, 정말이요?"

지혜는 재희의 제안에 눈을 동그랗게 떴다. 그녀가 맡은 홍보엔 아무래도 한계가 있기 때문에 한 실장의 제안이 반가웠다.

"감사드려요. 그렇지 않아도 홍보가 제일 힘이 들었었는데."

"걱정 말아요. 이번 이창수 화백은 그 이름 자체만으로도 커다란 홍보가 될 테니."

재희가 그녀의 어깨를 토닥이며 격려했다.

"참, 지혜 씨, 오페라 좋아해요?"

"네, 좋아해요."

지혜는 성격과는 어울리지 않게 섬세한 것을 좋아했다. 물론 직장 내에서의 그녀는 아무도 눈치채지 못할 만큼 유능하고 우아한 큐레이터의 모습을 하고 있었다.

"이번에 표가 생겨서요. 잠깐만요. 내가 표를 어디다 놨더라."

지혜는 재희의 이런 점이 좋았다. 빼어난 외모와 내한의 징녀로 누가 봐도 바늘 하나 들어갈 틈 없이 완벽해 보였지만, 실상은 그렇지 않았다. 약간은 어수룩해 보이는 모습이 인간적으로 보여 그녀를 더욱 친근하게 만들었다. 또 재단의 일에 항상 열의를 갖고 일하는 모습도 보기 좋았다.

재희는 아예 핸드백 속에 있는 것들을 꺼내기 시작했다. 그리커 보이지 않던 가방 안에서 끊임없이 무언가가 나왔다. 다이어리, 지갑, 화장품, 마지막으로 소설책이 나왔다.

"아, 여기에 껴 있었네."

재희는 겸연쩍은 웃음을 지으며 지혜에게 티켓을 건넸다.

"어머, 그거 '가을 이야기' 아니에요?"

지혜는 재희의 손에 들려 있는 책을 보며 물었다.

"지혜 씨도 이 책 봤어요?"

재희의 목소리엔 반가운 기색이 역력했다.

"그럼요. 이거 제 친구가 쓴 책이거든요."

지혜는 영희가 쓴 책을 보며 말했다.

"어머나, 세상에. 정말이에요?"

재희가 믿어지지 않는다는 눈으로 가슴에 손을 얹고 지혜를 바라보았다.

"정말 이영채 작가님을 알아요?"

지혜는 다른 사람한테 영희가 존칭을 받는다는 것이 새삼 신기했다.

"네, 저랑 고등학교 친구예요. 며칠 전에도 같이 식사했어요."

"저기…… 그럼, 제가 부탁 하나 해도 될까요?"

재희가 머뭇거리며 기대를 담은 눈빛으로 지혜에게 물었다.

"이 책에 사인 좀 받아줄 수 있어요? 제가 그분 팬이거든요. 저희 어머니도 이 작가님 팬이구요. 이 작가님 처녀작부터 이번 작품까지 모두 읽었어요."

너무나 열렬히 말하는 재희의 말에 지혜는 미소 지었다. 항상 걱정하던 친구였지만 실상은 누구보다 잘해내고 있었나 보다.

"그럴게요. 그럼 두 권이면 되나요? 아니, 그러지 말고 영채랑 한번 만나보시겠어요? 제가 소개해 드릴게요."

어차피 영희한테도 나쁘지 않으리란 생각이 들었다. 문화계 쪽의 인맥을 잘 알아두는 것도 유익할 것이다. 더구나 한재희 실장은 누구보다도 발이 넓었고, 그녀의 영향력은 생각보다 컸기 때문이다.

"저, 정말 그래도 돼요? 실례가 되는 건 아닐까요? 바쁘실 텐데……."

재희의 눈에는 열망이 가득 담겨 있었지만, 목소리는 망설이는 기색이 역력했다. 누구보다 남한테 피해 주기를 꺼려하는 재희의 성격이 그녀를 망설이게 한 듯했다. 하지만 그녀는 재희가 영희를 만나고 싶어하는 것을 쉽게 눈치챌 수 있었다.

"한번 물어볼게요. 요즘 영화사랑 계약한다고 정신이 없거든요."

재희가 반짝이는 눈으로 지혜를 바라보며 말했다.

"아, '가을 이야기' 말이죠? 저도 신문에서 봤어요. 요즘 드라마 '바람의 향기'도 열심히 보고 있어요. 시청률이 높게 나온다고 하더라구요. 그런 말을 들을 때마다 이 작가님의 팬으로서 너무나 기뻐요."

지혜는 너무나 좋아하는 모습의 재희를 보면서 자신의 제안을 흡족해했다.

"조만간 약속 자리를 잡을게요."

"고마워요, 지혜 씨."

재희는 진심을 담아 말했다.

"고맙기는요. 한 실장님 덕분에 이번 홍보 건도 짐을 많이 덜었는데요."

재희는 만면에 웃음을 가득 담고 화랑을 나섰다. 지혜는 재희가 나가자마자 전화기를 들었다.

재혁은 다른 날과 달리 일찍 퇴근해 집에서 쉬고 있었으나 시집갔지만 매일 집에 오는 누나 가족들을 보며, 그의 휴식이 끝났다는 생각에 한숨을 쉬었다. 하지만 예의 바른 그답게 내색하지 않았다.

재희가 현관에 들어서며 놀랍다는 듯이 눈을 크게 떴다.

"어? 너 일찍 왔네?"

재혁은 항상 누나에게 끌려다니는 매형을 안타까운 눈으로 바라보았다.

"어, 오늘은 일찍 왔어. 매형, 오셨어요?"

"어, 처남도 잘 있었어?"

명수가 커다란 덩치와 날카로운 얼굴에 어울리지 않게 부드러운 미소를 띠며 인사했다. 명수의 외모 때문에 대부분 거친 성격으로 오해하지만, 실상은 재희에게 꽉 잡혀서 사는 힘없는 남자에 불과했다.

"안녕하셨어요, 큰삼촌?"

깍듯이 인사하며 들어오는 조카의 모습을 보니 아무리 무덤덤한 재혁이라도 미소가 절로 나왔다.

"그래, 은진이도 잘 지냈어?"

"네."

열 살밖에 안 된 어린 아이였지만, 항상 예절 바르게 행동하는 은진이었다. 재혁은 은진을 볼 때마다 어떻게 저런 대책 없

어 보이는 부모 밑에서 저런 딸이 나왔나 싶은 생각이 들곤 했
다.

"할머니, 할아버지, 안녕하셨어요?"

은진은 다소곳하게 서서 한 회장 부부에게 인사했다.

"엄마, 엄마, 오늘 어떤 일이 있었는 줄 알아?"

재희는 박 여사의 얼굴을 보자마자 달려가 호들갑스럽게 말
했다.

"쯧쯧, 어째 제 딸보다도 못할까."

한 회장은 딸의 모습을 보며 고개를 흔들었다. 그 모습을 본
명수는 사람 좋은 미소를 지으며 앉았다.

재희는 박 여사를 끌고 안방으로 들어섰다. 오늘 지혜에게 들
은 이야기를 전하고 싶어 입이 근질거렸다.

"왜 그래? 엄마 숨 안 넘어가니까 천천히 말해."

박 여사는 자신을 안방으로 끌고 들어가는 딸을 의아한 눈으
로 바라보았다.

"엄마도 들어보면 깜짝 놀랄 내용인데?"

"뭔데?"

"엄마, 이영채 작가 알지?"

"'바람의 향기' 쓴 작가? 알지. 요즘 드라마도 내가 꼭 보잖
아. 근데 난 드라마보다 책이 더 재밌더라."

박 여사도 영희의 책을 좋아했다. 두 모녀는 영희의 책을 모
두 읽을 정도로 그녀의 골수팬이었다.

"그러니까, 나 그 작가랑 만날지도 몰라. 아, 떨려. 어떻게 생겼을까? 정말 사진처럼 귀엽게 생겼을까?"

"뭐? 진짜? 그럼 나도 같이 나가자."

박 여사는 딸이 자신이 좋아하는 작가와 만난다는 소리를 듣자 덩달아 흥분했다.

"그냥 나 혼자 갈래요."

새침하게 말하는 재희를 얄밉다는 듯이 쳐다보며 박 여사가 협박했다.

"너, 그러면 저번에 재혁이 방에 몰래 들어가서 걔가 모으는 영화 DVD 갖고 가서 잃어버린 거 내가 다 말한다? 그거 소장본이라나 뭐라나 해서 몇 장 안 찍었다며?"

박 여사는 자신의 물건에 손대는 걸 굉장히 싫어하는 재혁을 들먹이며 말했다. 어차피 재희에게 화를 낼 재혁이 아니었으나 가족들은 재혁의 침묵을 더욱 무서워했다. 박 여사의 예상대로 재희가 곧 두 손을 들었다.

"알았어요. 나참, 같이 가면 될 거 아니에요? '연' 갤러리의 정 실장 아시죠? 글쎄, 이 작가님이 정 실장 친구래요."

"어머, 세상에나! 이렇게 가까이에 아는 사람이 있었구나."

"그러게 말이에요. 일단 정 실장한테 부탁해서 이 작가님의 양해를 구해달라고 할게요. 아마 흔쾌히 허락할 거예요."

재희의 말에 박 여사는 싱긋 웃었다. 평소에 좋아하던 작가와의 만남을 상상하는 것만으로도 박 여사의 마음은 들떴다.

“처음부터 그렇게 나올 일이지.”

박 여사는 기쁜 마음으로 방을 나섰다. 콧노래를 흥얼거리며 거실로 들어서는 박 여사와 재혁의 시선이 마주쳤다.

“뭐가 그렇게 즐거우세요?”

재혁의 물음에 박 여사는 즐거운 마음으로 설명했다.

“내가 평소에 좋아하던 작가와 만남을 가질 수 있을 것 같아서. 아, 다음 작품에 대해 질문할 수도 있고 하니 얼마나 좋아? 정말 기대되는구나.”

“네.”

그녀의 들뜬 마음과는 달리 아들의 답은 너무나 짧았다. 박 여사는 재혁의 무표정한 얼굴을 보며 속으로 혀를 찼다.

‘애고, 저놈이 내 뱃속에서 나온 놈이 맞는지. 어째 저리도 무덤덤한지.’

박 여사는 바른 자세로 앉아 한 회장과 바둑을 두고 있는 재혁을 보며 한숨을 쉬었다. 아들의 나이도 벌써 서른이 넘었다. 하지만 한 회장의 말대로 누구를 사귀는 모습을 본 적이 없었다. 일에만 빠져 있는 그녀의 아들은 항상 회사와 집밖에 몰랐다. 그의 집안과 친구들 사이에서는 그를 완벽주의자, 결벽주의자, 바른생활맨, 일 중독자 등 다양하게 불렀다. 그것을 아는지 모르는지 아들은 그저 무덤덤할 뿐이었다. 감정을 내색하지 않는 아들을 보며 자신의 자식이지만 속을 모르겠다고 생각하는 박 여사였다.

'가만있자, 이번에 이 작가를 만나면 한번 물어봐야겠네. 아무래도 로맨스 소설을 쓰는 사람이니까 잘 알겠지. 조언을 부탁해 봐야지.'

박 여사는 며칠 뒤에 있을 이영채 작가와의 만남을 두근거리는 마음으로 기다렸다.

제3장

그 남자의 사정

은, 재혁이한테 이상한 소문이 돌아서요." 재희는 화난 박 여사의 앞이라 자신도 모르게 말을 높였다. "무슨 소문?" "엄마, 그게 소문은 소문일 뿐이잖아요. 그러니까 너무 걱정하지 않으셔도……." "너 내가 바보로 보여? 집에만 있으니까 아무것도 모르는 맹탕인 줄 아냐고?" 박 여사의 흥분한 목소리에 회장이 입을 열었다. "재혁이가 게이라는 소문이 돌고 있어."

한낮의 무더운 공기가 영희의 주위를 맴돌았다. 서늘한 아침저녁과는 다르게 뜨거운 햇볕이 그녀의 여린 피부를 분홍빛으로 물들였다. 약속 장소인 대한호텔로 향하며 영희는 휴대폰을 꺼내 시간을 확인했다. 아직 여유가 있었다. 며칠 전, 지혜의 전화를 떠올렸다. 처음엔 지혜의 말을 듣고 얼떨떨했지만, 시간이 지날수록 그렇게 유명하고 어려운 분들이 그녀의 소설을 좋아한다는 것이 그녀를 기쁘게 했다. 사실 어려운 자리일 수도 있으나 그녀에게 있어 자신을 사랑하는 독자가 무엇보다 중요했기 때문에 흔쾌히 이 자리에 나왔다.

호텔 레스토랑에 들어서서 이름을 말하자 지배인이 직접 안

내해 주었다. 아무래도 그녀에 대해 언급을 해놓은 것 같았다.

"안녕하세요. 이영채입니다."

영희는 자리에 앉기 전에 목례했다. 팬이기 전에 자신의 엄마보다 나이가 많은 연장자이기에 조심스런 마음이 들었다. 게다가 지혜가 다니는 화랑을 후원해 주시는 분들이기에 더욱 그러했다.

"안녕하세요. 한재희입니다. 이분은 저의 어머님이세요. 어머님도 이 작가님 팬이시라 이렇게 모시고 나왔습니다."

영희는 눈앞의 여자를 바라보았다. 지혜가 항상 칭찬하던 한 실장이란 분임을 한눈에 알 수 있었다. 삼십대 후반이라고 들었는데, 나이가 실감나지 않을 정도로 팽팽한 얼굴과 늘씬한 몸매를 유지하고 있었다. 몸에 딱 맞는 베이지 색 정장과 귀밑에서 찰랑거리는 단발머리가 커리어우먼다운 면모를 돋보이게 했다. 철수와 마찬가지로 한 실장의 외모 역시 뛰어났다. 그녀의 어머니라고 소개한 박 여사는 연한 보라색 톤의 주름이 풍성한 원피스를 입고 있었는데, 한 실장 남매와는 달리 아담한 체구에 소녀 같은 인상이었다. 박 여사 역시 나이를 짐작할 수 없을 정도로 고운 피부를 지니고 있었다.

"어머나, 세상에. 사진보다 실물이 훨씬 아름다우시네요."

박 여사는 영희의 얼굴을 실제로 본 것에 감동한 듯이 말했다. 사실 그들이 마음먹으면 영희를 보는 것은 얼마든지 할 수 있을 것이다. 하지만 돈으로 사람들에게 권위 의식을 갖는 것을 수치스럽게 생각하는 그들이기에 오늘의 이 자리는 더욱 값진 것이었다.

"감사합니다. 말씀 놓으세요. 저보다 더 어른들이신데요."

"그래도 그러면 안 되지요, 작가님한테."

영희는 박 여사의 말에 진땀이 났다. 자신보다 한참 어른이신 분이 계속 존대를 하니 어찌할 줄 몰랐다. 하지만 어느 정도 시간이 지난 후에는 그것도 익숙해져서인지 어색함을 잊게 되었다.

"난 제일 궁금한 게 그 남자 주인공들이 실제로 있는가 하는 거예요."

박 여사는 정말 궁금해 영희의 얼굴을 초롱초롱한 눈으로 바라보았다.

"저도 그게 가장 궁금해요. 어디서 보니까 연기자들을 모델로 설정해서 상상한다고도 하던데 맞나요?"

"그렇다고 볼 수도 있겠네요. 하지만 저는 실제 있는 인물들을 상상하는 게 아니라 예전에 봤던 만화나 로맨스 소설에 나왔던 인물들을 생각해서 그리는 편이에요. 사실 제가……."

영희는 말을 하려다 멈췄다. 철수의 이야기를 그의 어머니와 누나에게 말하는 게 되어버리는 것 같았기 때문이다. 그러나 박 여사와 재희는 이미 반짝이는 눈으로 영희의 다음 말을 기다리고 있었다.

"그러니까 얼마 전에 제 상상 속의 인물과 유사한 사람을 봤거든요. 호텔 로비에서 그 남자를 봤어요. 정말 멋있었어요. 왜, 있잖아요. 모든 것이 완벽해 보이는 사람이요. 얼굴의 모든 부분이 조화롭게 이루어져 있었어요. 쌍꺼풀은 없는데 깊어 보이는 눈매 하며, 시원하게 쭉 뻗은 콧날에, 가늘지도 두껍지도 않은 입술까지 정말 환상이었죠. 몸매도 황금 비율이었어요. 게다가 보디가드도 있는 걸로 봐서는 재력도 있어 보였고, 사실 로맨스에서는 남자들의 재력도 필수잖아요. 마지막으로 차가운 표정에 쌀쌀한 말투까지 딱 로맨스 소설 남자 주인공감이었어요."

영희는 일단 말을 시작하자 어려운 자리라는 것을 까맣게 잊은 채, 자신의 기억 속 인물에 대해 꿈꾸는 듯한 목소리로 주절주절 얘기하기 시작했다.

"어머나, 세상에! 그런 사람도 있군요."

박 여사는 손을 입가에 올리며 놀란 얼굴로 말했다.

"그래서요?"

재희는 흥분한 어조로 물었다. 소설 속에서나 볼 수 있는 사람이 현실에서도 있었다는 게 믿어지지 않았다.

"아, 아니, 그런데……."

영희의 회상은 거기서 끝났다. 그가 게이라는 것을 안 순간, 그녀의 상상 속의 남자는 저만치 사라져 갔다. 게다가 이미 너무 많은 것을 말했다는 생각에 영희의 얼굴은 긴장되기 시작했다.

"그런데요?"

두 모녀는 합창을 하며 물었다. 영희는 난처했다. 아직 우리 나라 사회에서는 동성애에 관해 굉장히 혐오하는 분위기인데 이런 말을 하면 안 될 것 같다는 생각이 들었다. 거기다 남자의 가족한테 말하는 게 꺼림칙해 망설였다. 하지만 영희는 그라는 것을 밝히지만 않는다면 괜찮을 것이라 생각하며, 곧 조심스레 입을 열었다.

"그런데 나중에 알고 보니 게이었던 거예요."

박 여사가 충격받은 얼굴로 물었다.

"어머나, 어쩜! 그렇게 잘생긴 사람이 왜 할 짓이 없어서 남자를 좋아한대요?"

"어머, 우리 이 작가님도 충격받으셨겠네. 사실 저도 외국 나가 있는 친구들한테 들은 건데, 정말 잘생기고 멀쩡하고 매너 좋은 남자들은 대부분 게이래요. 난 그런 남자들은 외국에만 있는 줄 알았는데 우리 나라도 그렇구나."

한 실장이 고개를 끄덕이며 말했다.

"그러게요. 저도 깜짝 놀랐지 뭐예요. 하지만 우리와 다른 사랑을 한다고 해서 배척해서는 안 된다고 생각해요. 누구를 사랑한다는 게 스스로 선택할 수 있는 건 아니잖아요."

영희는 철수에게 안 좋은 감정이 남아 있었지만, 그의 성 정체성 때문에 사람들에게 비난받으면 안 된다고 생각하고 있었다. 때문에 그를 옹호하기로 했다. 게다가 그가 나중에 게이라는 사실이 알려지면 가족들에게만이라도 이해받을 수 있었으면 했다.

"난 그래도 이해가 안 되네. 어떻게 그렇게 멀쩡하다는 사람이."

박 여사는 이해하기 힘들다는 얼굴로 고개를 흔들었다.

"엄마, 그런 고리타분한 사고방식은 없어져야 해요."

재희의 말에 영희는 부지런히 고개를 끄덕였다.

"참, 말이 나왔으니까 이 작가한테 한번 물어보고 싶은데."

"엄마, 이상한 거 물어보시는 건 아니지요?"

재희는 혹시 영희를 곤란하게 만드는 질문을 할까 봐 걱정스런 어조로 물었다.

"말씀해 보세요. 제가 아는 것이라면 말씀드릴게요."

박 여사가 머뭇거리면서 말을 꺼냈다. 사실 재혁에 대해 물어보려고 마음먹고 나오기는 했지만, 막상 입을 떼려니 난감하기 이를 데가 없었다.

"실은 우리 아들이 서른하고도 둘이 됐어요. 그런데 통 연애를 안 하네? 이 작가는 로맨스 소설을 쓰니까 혹시나 해서 물어보는 거예요."

박 여사는 어렵게 입을 열었다. 하지만 일단 말을 하고 보니 술술 나왔다. 좋은 의견이 있다면 아들에게 써보고 싶었다.

"아드님이라면……."

영희는 혹시나 해서 물었다.

"우리 장남인데 여자 친구를 한 번도 못 봐서."

영희는 박 여사의 말에 하얗게 질렸다. 장남이라면 바로 철수를 얘기하는 거였다. 솔직히 연애 경험이 전무인 그녀가 상담해 줄 것도 없었지만, 게이인 그에 대해 연애 상담은 더 더욱 해줄 수 없었다.

"엄마는. 아무리 이 작가님이라도 그런 걸 어떻게 알아요? 보지도 못했을 텐데."

박 여사가 미안한 얼굴로 말했다.

"그런가? 아이고, 내가 괜한 소리를 했나 봐요."

"아니에요. 그저 때를 기다려야겠지요. 사랑이라는 게 마음먹은 대로 되는 게 아니니까요."

영희는 모호한 말을 하며 마지막으로 덧붙였다.

"그리고 아무리 어려워 보이는 사랑이라도 가족 분들이 힘을 실어주세요. 다른 누구보다 가족들이 이해해 주셔야 힘이 되지요."

"당연히 그래야지요. 우리는 그저 사람 됨됨이만 보니까 아들이 좋다고 하면 그걸로 그만이지요."

박 여사가 웃음을 지으며 말했지만, 재희는 영희의 말속에서 찜찜한 구석을 발견했다.

"혹시 우리 재혁이를 본 적이 있나요?"

재희는 무언가를 알고 있는 것도 같은 영희의 모습에 물어보았다. 혹시라도 재혁이 이상한 여자를 만나고 있는 건 아닌가

해서였다.

"네?"

영희가 눈에 띄게 놀라는 모습을 하며 되물었다.

"아니, 혹시나 해서요."

"아, 사실 저번에 호텔 로비에서 마주친 적이 있어요. 또 여기에서 식사할 때도 스친 적이 있구요. 지혜가 아드님이시라고 해서 얼굴만 알지요."

영희는 최대한 말을 고르며 대답했다. 손에서는 땀이 흘렀다.

"아, 그러시구나. 참, 정 실장하고는 친구 사이라면서요?"

"아, 네. 고등학교 친구예요."

박 여사는 고개를 끄덕였다. 그녀는 한편으로 영희와 재혁이 같이 서 있는 그림을 맞춰보았으나 이내 마음을 접었다. 무뚝뚝한 아들과 귀염성이 있는 영희와는 사실 매치가 되지 않았다. 동그란 눈에 미소를 담고 그들에게 성심껏 답해주는 영희의 모습이 너무나 예뻐 보였다. 하지만 그녀의 욕심으로 재혁을 소개할 수도 없었다. 그러기엔 아들은 너무 재미없는 남자였다. 그녀는 약간의 아쉬움을 뒤로하고 짧은 상상을 했다.

'우리 재혁이와 짝이 되면 어떨까? 그럼 저 귀여운 얼굴을 자주 볼 수 있을 텐데. 그리고 이 작가 소설도 남들보다 더 빨리 볼 수 있겠지? 참, 왕 여사도 이 작가 팬인데, 내 며느리가 되면 왕 여사가 얼마나 부러워할까?

박 여사가 상상을 하는 동안, 재희는 영희의 말을 생각하고 있었다. 지혜의 소개로 영희와 재혁이 만났다고 생각하는 박 여사와는 달리 재희는 뭔가가 빠진 듯한 인상을 받았다. 재혁과 지혜가 서로 인사를 나누는 사이는 아닐 것이었다. 하지만 영희에게 자꾸 묻는 것도 예의가 아닐 거라는 생각에 의문을 묻어버렸다.

재희는 화제를 돌리며 물었다.

"이번에 '가을 이야기' 가 영화로 나온다면서요?"

"네, 그렇게 됐어요. 근데 자세한 건 모르겠지만 투사사에 문제가 있는지 아직 크랭크인 일정은 안 잡힌 것 같더라구요."

"어머, 그래요?"

재희는 고개를 끄덕이다가 다시 입을 열었다.

"제가 이렇게 말한다고 되는 것은 아니지만, 담당 부서에 투자 가능 여부를 문의해 볼게요."

"아니, 그러려고 한 말은 아닌데. 그러실 필요는 없을 거예요."

영희가 당황해서 말했다.

"우리도 투자 이익을 고려해서 하는 거니까 걱정하지 말아요. 또 제가 건의한다고 100% 되는 것은 아니니까 부담 갖지 말고요. 솔직히 이 작가님은 제가 투자를 하나 안 하나 똑같을 거예요. 하지만 저는 제가 좋아하는 책이 영화로 거듭나는 것을 보고 싶은 욕심에 끼어드는 거예요."

재희는 장난스런 눈빛으로 말했다.

"네, 감사합니다."

박 여사도 만족스러운 얼굴로 말했다.

"감사는 우리가 해야지요. 이렇게 좋은 글을 볼 수 있게 해주
시니."

"저, 우리 가끔 만나서 차나 마시고 그래도 될까요?"

박 여사는 영희의 얼굴을 반짝이는 눈빛으로 바라보았다. 그
녀는 이 작가가 마음에 들었다. 물론 그녀의 소설을 좋아해서
만났으나, 만나고 보니 인간적으로도 반하게 되었다. 가끔 가다
보이는 그녀의 생각에 빠진 모습도 작가로서의 모습을 엿볼 수
있는 것 같아 더 좋았다.

"그럼요. 제 연락처를 드릴 테니 연락 주세요."

영희는 자신을 이토록 좋아해 주는 모녀에게 감사했다. 그녀
를 좋아해 주는 팬은 많았지만 이렇게 개인적으로 만남을 갖게
된 경우는 몇 안 됐다.

"고마워요."

재희가 활짝 웃으며 물었다.

"저도 끼워주시는 거지요?"

박 여사는 며칠 전 자신을 따돌리려고 했던 딸의 모습이 떠올
라 짐짓 물었다.

"너는 바쁘지 않니?"

"전혀 안 바빠요. 그러니 저도 잊지 말아주세요."

"네, 그럼요."

영희는 그들 모녀를 바라보며 미소 지었다.

영희와 헤어진 뒤, 재희는 박 여사와 함께 집으로 돌아왔다. 거실에 들어서자 한 회장이 소파에 앉아 있는 것이 보였다. 한 회장은 모녀가 나란히 들어오는 모습을 보며 물었다.

"어디 갔다 오는 거야?"

박 여사는 소파에 앉으며 말했다.

"네, 누구 좀 만나고 왔어요."

"누구?"

"'가을 이야기' 쓴 작가요. 왜, 당신도 보잖아요, 그 '바람의 향기' 라는 드라마. 그 드라마 원작자예요."

"아, 그거 쓴 사람을 만났단 말이야? 그럼 나한테도 말 좀 해 줄 것이지."

한 회장도 '바람의 향기'를 즐겨 보고 있었다. 그는 자신이 즐겨 보는 것을 알면서도 자신을 쏙 빼놓고 다녀온 두 모녀에게 서운했다.

"여자들끼리만 만나는데 당신이 끼면 그렇잖아요. 나도 재희 가 안 데려간다는 거 억지로 우겨서 간 거예요. 계속 만남을 갖 기로 했으니까 당신도 다음에 같이 만나요. 아니, 우리 집에 한 번 초대할까?"

"엄만, 불편하지. 아빠도 우리가 나중에 좀 더 친해지면 같이 만나요. 참, 아빠, 저 물어볼 게 있는데."

재희는 한 회장의 서운함을 보며 웃음이 나왔지만 영희에게 부담을 주고 싶지 않았다.

"뭔데?"

"아니, 일 얘기요. 아빠, 서재로 가요."

재희가 박 여사의 눈치를 살피며 한 회장의 팔을 잡아당겼다.

"엄마, 우리 올라가요."

"일 얘기야? 그래, 알았다. 올라가요. 제가 차를 내갈게요."

한 회장은 고개를 끄덕이며 거실에서 일어섰다. 재희의 행동을 보니 뭔가 중요한 할 말이 있는 듯했다. 대부분 집에서는 일에 관한 화제를 꺼내지 않는다는 그들만의 철칙이 있었기에 한 회장의 눈엔 의아함이 담겨 있었다.

한 회장은 서재에 들어서자마자 본론으로 들어갔다.

"얘기해 봐라."

한 회장은 의자에 앉아 책상 위에 놓인 안경을 들어 올렸다.

"우리 회사에서 영화 쪽으로 투자도 하잖아요. 이번에 '가을 이야기'도 투자했으면 해서요. '가을 이야기'는 이미 베스트셀러에 올랐고, 영화화된다는 것으로도 이슈가 됐었죠. 그런데 이번에 투자사 건으로 일이 틀어졌나 봐요. 우리 회사에서 투자한다면 괜찮을 것 같은데 아빠 생각은 어떠세요?"

"그건 따로 건의를 해야지, 나한테 말해 봐야 소용없다. 그것 말고 네가 말하고 싶은 거나 꺼내봐."

재희는 아까부터 마음에 걸렸던 것을 물어보기로 했다.

"실은 오늘 이 작가를 만났는데, 뭔가 석연치 않은 게 있어서요."

"석연치 않다니, 무슨 말이냐?"

"혹시, 재혁이 만나는 여자 있어요?"

"만나는 여자?"

한 회장이 금시초문이라는 듯이 물었다. 여자를 만난다면 더 할 나위 없이 좋은 일이었다. 지금 돌고 있는 꺼림칙한 소문도 물리칠 수 있는 기회일 것이다.

"아니면 무슨 소문이라도 들으신 거 없으세요? 저는 재단이 따로 떨어져 있으니까 잘 모르지만, 아빠는 그래도 같은 건물에 계시잖아요."

재희의 말에 한 회장의 몸은 굳어졌다.

"왜요? 무슨 소문 들으신 거 있으신 거죠?"

한 회장의 안색이 변한 것을 본 재희가 다급하게 물었다.

"후우, 실은 들은 건 있는데 사실 여부는 알 수 없다. 또 그렇다고 재혁이한테 물을 성질의 것도 아니고."

"무슨 말씀이세요? 구체적으로 알아야 대처할 것 아니에요?"

"내 입으로 올리기도 민망스러운 말이라."

재희는 민망스러운 말이라는 게 뭘까 생각해 봤다.

"혹시 유부녀를 만나는 거예요?"

재희는 의심스러운 눈초리로 물었다.

"휴우, 차라리 유부녀라면 좋겠다."

유부녀를 만나는 것도 아닌데 민망스러운 일이 뭘까 하는 생각을 하다가 문득 떠오르는 생각에 재희는 설마 하는 심정으로 물었다.

"그럼…… 혹시, 설마 게…… 아니 호…… 아니죠?"

믿고 싶지 않다는 표정의 재희를 바라보며 한 회장이 조심스레 입을 열었다.

"네가 생각하는 게 그거라면 맞을 거다. 그렇게 소문이 났더구나. 하지만 난 믿지 않는다. 내 아들이 설마 그러리라고는 믿고 싶지 않다."

갑자기 재희의 뇌리에 영희가 한 말이 섬광같이 스쳤다. 영희는 호텔 로비에서 재혁을 만났다고 했다. 또한 남자 주인공 같은 인물도 로비에서 봤다고 했다. 분명 재혁은 누가 보아도 잘생겼다. 그리고 영희는 그 남자가 게이라고 했다.

'맙소사!'

영희가 말한 남자가 바로 재혁이었던 것이다. 영희가 말을 꺼내기 힘들어했던 것이 떠올랐다. 그녀도 소문을 들었던 게 틀림없다. 마침내 생각에 잠겨 있던 재희가 고개를 들어 한 회장을 바라보았다.

"아빠, 우리가 그렇다고 해서 넋 놓고 보고 있을 수만은 없잖아요. 대책을 세워야지요."

쨍그랑!

재희는 깜짝 놀라 얼른 문을 열었다. 문 앞에서 박 여사의 창백한 얼굴을 볼 수 있었다.

"어, 엄마!"

"그, 그게 무슨 소리야? 재혁이한테 이상한 소문이 돈다니?"

박 여사가 부들부들 떨리는 손을 맞잡으며 물었다.

"아니, 그게 아니라……."

"너, 똑바로 얘기해. 괜히 어물쩍 넘어갈 생각 하지 말고."

박 여사의 단호한 말에 한 회장이 마침내 입을 열었다.

"일단 들어오지. 들어와서 말하자고."

한 회장의 말에 박 여사는 후들거리는 걸음으로 들어와 의자에 앉았다. 자세한 얘기는 모르겠지만, 유부녀를 만나는 것보다 심한 소문이 났다는 것은 알 수 있었다. 박 여사로서는 그것이 도대체 무엇일지 가늠할 수 없었다.

"실은……."

한 회장은 운을 띄긴 했지만, 입 밖으로 차마 그 말을 할 수는 없었다.

"나 속 병나서 죽는 꼴 보고 싶어요? 도대체 무슨 말인데 그렇게 뜸을 들이는 거예요?"

웬만하면 남편에게 소리 지르는 모습을 보여주지 않던 박 여사도 속이 타는지 소리를 질렀다.

"아빠, 제가 말할게요."

비장한 각오로 재희는 입을 열었다. 하지만 그 때, 막내 재영의 목소리가 들렸다.

"어? 여기들 모이셨네?"

서재의 문을 빼꼼히 열며 재영이 어리둥절한 표정으로 물었다. 웬만한 사람들은 소화해 내지 못하는 아방가르드 풍의 블라우스에 귀에는 일곱 개의 피어싱을 한 재영은 한마디로 말해 한량이었다. 그는 잘생긴 외모와 누구도 따라올 수 없는 입담으로 사람들을 즐겁게 했다. 때문에 그의 한량 끼는 사람들에게 단점으로 보이지 않았다. 단지 그의 즐거운 인생을 위한 하나의 방편으로 해석될 뿐이었다.

"왜들 그래요? 표정이 정말 살벌하네."

재영은 자신을 노려보는 가족들을 보며 찔끔했다.

"나 이번에는 잘못한 거 없는데? 사고치지 않았어요."

재영은 아무 말 없이 있는 가족들을 이상하다는 듯이 쳐다보며 말했다. 사실 도둑이 제 발 저린 격으로 그는 그동안 꾸준히 사고를 쳐왔다. 하지만 요 근래 사고를 친 기억이 없었다. 그는 자기 나름대로 인생을 터득했던 것이다. 아무 사고만 내지 않는다면, 그 누구도 자신을 터치하지 않으리라는 것을 뒤늦게 깨닫고 조용히 산 지도 벌써 일 년이 넘어서고 있었다.

"너도 자리에 가 앉아라."

한 회장은 재영에게 말했다.

"그런데 왜 이렇게 갑갑하게 서재에서 이러세요? 거실에 나가서 얘기하시지."

"조용히 앉으라는 소리 못 들었어?"

박 여사의 날카로운 목소리에 재영은 얼른 자리에 앉았다. 자신이 사고를 쳐도 웬만하면 목소리를 높이지 않던 박 여사였는데, 이렇게 언성을 높이는 것을 보니 분명 대형사고인 게 틀림없었다.

재영은 기어들어 가는 목소리로 중얼거렸다.

"진짜 사고친 기억이 없는데……."

박 여사는 조용하면서도 단호한 목소리로 말했다.

"조용히 하고, 재희 네가 말한다고 한 거나 말해 봐."

"실은, 재혁이한테 이상한 소문이 돌아서요."

재희는 화난 박 여사의 앞이라 자신도 모르게 말을 높였다.

"무슨 소문?"

"엄마, 그게 소문은 소문일 뿐이잖아요. 그러니까 너무 걱정하지 않으셔도……."

"너 내가 바보로 보여? 집에만 있으니까 아무것도 모르는 맹탕인 줄 아냐고?"

박 여사의 흥분한 목소리에 한 회장이 입을 열었다.

"재혁이가 게이라는 소문이 돌고 있어."

드디어 한 회장이 폭탄을 터뜨렸다. 한동안 서재 안은 정적이 흘렀다. 박 여사는 떨리는 손을 이마에 댄 채 움직이지 않았다. 상상도 할 수 없었던 일이 지금 자신의 아들에게 일어났다는 사실에 기가 막힐 지경이었다. 그게 사실이든 사실이 아니든 간에 그런 소문이 돌았다는 것 자체가 박 여사를 기함하게 했다.

재영은 지금 벌어지고 있는 일이 황당했다. 항상 정도(正道)만 걷는 형에게 이런 소문은 가당치도 않은 것이었다. 이런 걸 갖고 노심초사하는 가족들을 보니 한심해 보일 지경이었다.

"아니, 그런 말도 안 되는 소문은 누가 만들어낸 거야? 형이 그럴 리가 없잖아."

"넌 조용히 해. 회사뿐만 아니라 밖에서도 소문이 퍼졌으니까 그게 문제지."

재희가 재영을 보며 꾸짖었다.

"그래도 난 믿을 수 없어. 눈으로 보기 전까지는 믿지 않을 거야."

재영의 말에 한 회장도 고개를 끄덕였다.

"그래, 재영이의 말이 맞다. 우리가 보지 못한 걸 갖고 이렇게 경망스럽게 말한다는 것 자체가 잘못된 것 같다. 그러니 우리가 확인하기 전까지는 재혁이 귀에 들어가지 않도록 조심하자꾸나."

"저도 아빠 말씀에 동감이에요. 아무리 형제, 자식 간이라 해도 할 말이 있고 하지 말아야 할 말이 있으니까요. 하지만 일단은 조사해 보는 것도 나쁘지 않다고 봐요."

재희는 한 회장을 바라보며 말했다. 재희의 마음도 좋지 않았다. 분명 영희 앞에서는 동성 간의 사랑도 이해할 수 있다고 했으나 그건 자신과 관계없는 사람들의 얘기였다. 자신이 편협한 사고를 가졌다고 생각되어도 어쩔 수 없었다.

"하지만 이걸 누구한테 부탁한단 말이냐? 혹시라도 사실이라면 우리 회사로서도 타격이 클 거다."

한 회장은 이마를 구기며 말했다.

"우리가 하면 되지요."

가만히 앉아 있던 박 여사가 재희의 말에 입을 열었다.

"우리?"

"네, 맞아요. 우리가 하면 되지요. 일단 저는 재혁이에게 여자를 소개해 줄게요. 그렇지 않아도 괜찮은 후배들 중에 눈여겨본 애들이 꽤 돼요."

"그래, 나는 회사에서 재혁이를 꼼꼼히 살펴보마."

한 회장도 고개를 끄덕였다.

"그럼 저는 형 뒤를 쫓아볼게요. 어차피 하는 일도 없으니."

재영은 자신의 눈으로 직접 확인해야 믿을 수 있을 것 같았다. 때문에 형을 미행해 보기로 했다.

"그러면 나는 뭘 하지?"

박 여사는 자신도 무언갈 해야 할 것 같았다. 이대로 있으면 속이 타 미칠지도 몰랐다.

"당신은 재혁이한테 뭐라도 나오게 캐내봐. 그래도 당신하고는 조금 얘기하잖아."

"얘기는 무슨. 아유, 속상해. 그러니까 걜 너무 엄하게 키웠다니까요. 장남이라고 애초에 앨 너무 잡았어. 지금도 난 개가 무슨 생각으로 사는지 알 수가 없어요."

박 여사는 속이 상해 그동안 마음속에 담아두었던 말을 꺼냈
다. 그녀의 심경은 지금 이루 말할 수 없을 만큼 참담했다. 아들
에 대해 그런 소문이 나다니. 그녀는 모든 잘못이 자신에게 있
는 것 같아 가슴이 찢어질 것만 같았다.

"엄마, 이건 그저 소문일 뿐이에요. 그러니까 걱정하지 마세
요."

박 여사는 낮에 나눴던 이야기를 떠올리며 물었다.

"그럼, 아까 이 작가도 알고 한 얘기니?"

"그런 것 같아요. 확실하지는 않지만 이 작가도 소문을 들은
것 같아요."

박 여사는 이 작가를 생각하다 떠오르는 생각에 말을 멈췄다.

"에구, 이런 망신도 없을 거다. 아니, 잠깐!"

"왜요?"

"그러면 소설 속의 주인공 같다고 한 게 우리 재혁이 맞는 거
지? 그렇다면 이 작가도 우리 재혁이가 멋있다고 생각한 거잖
아?"

"그렇지요."

재희도 낮의 대화를 떠올리며 고개를 끄덕였다.

"그럼, 이 작가는 어떠니?"

"어? 어떻다니?"

재희는 뜬금없이 묻는 박 여사의 말에 되물었다.

"얘가 왜 그렇게 말귀를 못 알아들어? 이 작가도 재혁이가 멋

있다고 느꼈다며? 그 뭐냐, 소설 주인공처럼? 그렇다면 우리 재혁이랑 이 작가가 만나는 건 어떠냐고? 사실 이 작가가 귀엽게 생겨 맘에 들긴 했는데, 우리 재혁이가 보통 무뚝뚝하니? 그래서 이 작가가 맘에 안 들어할 거라고 생각했었는데, 멋있다고 생각했다면 그래도 승산이 있는 거잖아?”

한 회장과 재영은 두 모녀의 대화를 어리둥절한 시선으로 바라보았다.

“그게 또 그렇게 되네? 그럼 일단 재혁이를 넌서 파익하고, 아니라는 확인이 되면 그때 다시 한 번 생각해 봐요.”

“무슨 소리야?”

한 회장은 재희와 박 여사 간에 오가는 대화가 이해되지 않았다. 조금 전까지만 해도 세상 다 산 것처럼 보였던 박 여사의 얼굴에는 희미하게 미소가 비치고 있었다.

“아니, 오늘 만난 이 작가가 우리 재혁이를 아주 멋있다고 했거든요. 분명 우리 재혁이를 말한 거였어. 이 작가가 굉장히 밝고 명랑한 아가씨더라구요. 우리 재혁이가 좀 무뚝뚝해요? 그런 아가씨가 옆에 있으면 우리 재혁이도 좀 나아질 거 아니에요. 나는 혹시 둘이 사귀기라도 한다면 얼마나 좋을까 하고 생각했었는데, 이 작가가 재혁을 좋게 생각한 게 맞다면 아주 좋은 기회인 것 같아서요.”

박 여사는 암담한 기분이 조금은 가시는 듯했다. 게이가 아니라는 사실만 밝혀진다면 추진해 보리라 마음먹었다. 이 작가처

럼 밝은 사람이라면 재혁의 무뚝뚝함도 이겨낼 수 있을 것 같았
다. 박 여사는 아직 아무것도 해결된 게 없지만, 그래도 이 작가
가 재혁이를 좋게 본 것을 떠올리며 마음의 위안을 삼았다.

달빛 아래의 충격 로맨스

언제 온 거야? 온다는 말 없었잖아?" 재혁은 진성과 반갑게 포옹했다. "이런, 이런. 그동안 내가 그렇게 그리웠나, 내 사랑? 알았어, 알았다고. 이런 곳에 서는 드러내지 말라고 했었지. 내가 깜빡했지 뭐야." 진성이 또다시 느끼한 목소리로 말하며 재혁의 어깨에 팔을 둘렀다. 재혁의 굳은 얼굴에도 불구하고, 진성은 얼굴을 천천히 가까이 대며 재혁의 뺨을 손으로 쓸었다. 누가 봐도 요상해 보이는 포즈에 재혁은 몸에서 소름이 오도독 돋는 것을 느꼈다. "뭐 하는 거야?"

달빛 아래의 충격 로맨스

영희는 '가을 이야기' 제작 발표회에 가기 위해 준비를 했다. 옷을 고르느라 하루의 시간을 다 소비했지만, 거울 속 자신의 모습을 보니 투자한 시간이 아깝지 않다는 생각이 들었다. 영희는 까만 니트 원피스를 입고 있었다. 검은색이 갖는 차분한 느낌과 니트의 부드러우면서도 몸에 착 달라붙는 모습이 단정해 보이면서도 묘하게 섹시해 보였다. 스스로 만족스런 모습에 미소를 지으며 목에 Y자로 늘어지는 금목걸이를 걸고, 귀에도 길게 늘어지는 금색의 화려한 귀고리를 했다. 그녀는 다시 한 번 거울을 본 후 핸드백을 챙겨 방을 나섰다.

원작자이기에 이렇게 초대받기는 했으나 아직도 얼떨떨했다.

'바람의 향기'가 드라마화되면서 방송국에 드나들기는 했지만, 오늘같이 커다란 규모의 제작 발표회는 처음이었다. 게다가 오늘은 이름있는 배우들이 대거 초대된 걸로 알고 있었다. 영희는 그 유명한 영화배우들을 직접 볼 수 있다는 사실만으로도 너무나 흥분이 됐다.

"엄마, 나 다녀올게!"

영희는 계단을 뛰어내려 가며 소리쳤다. 지금 엄마에게 붙잡히면 친구들과의 약속을 지키지 못할 것이 분명했다.

"잠깐!!"

염 여사가 안방에서 서둘러 나오며 소리 질렀다. 이미 현관까지 나선 영희는 못 들은 척 나서고 싶었으나 염 여사의 눈에 포착된 뒤라 어쩔 수 없이 엉거주춤 섰다.

염 여사가 영화배우들의 이름이 빼곡하게 적힌 종이를 내밀며 말했다.

"이거 명단이야. 여기 있는 사람들 사인 좀 받아와."

"엄마, 창피하게 어떻게 사인을 받아."

"너 가방 이리 내놔봐."

염 여사가 영희의 핸드백을 낚아챈 뒤 열었다.

"엄마, 나 시간없어. 뭐 하는 거야?"

영희는 거실 벽에 걸린 시계를 보며 초조하게 말했다.

"그럼 이건 뭐지?"

염 여사가 의미심장한 미소를 지으며 핸드백에서 디지털 카메라를 들어 올렸다.

"아, 그건……."

영희는 핸드백을 다시 빼앗아 든 채 변명을 하기 위해 입을 열었다.

"왜? 너만 영화배우들이랑 사진 찍으려고?"

염 여사가 눈썹을 치켜세우며 물었다.

"어우, 알았어. 여기 있는 사람 것만 받아 오면 되지? 오늘 안 온 사람은 책임 안 질 거야."

영희는 투덜댔다. 그 많은 사람에게 사인 받기란 쉽지 않으리라는 것은 자명했다. 게다가 자신의 체면은 이루 말할 수 없이 구겨질 것이다. 하지만 염 여사의 요구대로 받아 오지 못할 경우, 그녀의 며칠 동안의 생활은 암흑 그 자체일 것임이 틀림없었다.

"내가 치사해서라도 독립한다."

영희의 중얼거리는 말에 염 여사는 섬짓한 미소를 지었다.

"훗, 그건 알고 있지? 우리 집에서 독립할 수 있는 조건은 결혼뿐이라는 걸?"

"그런 게 어딨어? 그러면 구박이라도 하질 말든지."

"말만한 처녀, 총각이 분가해서 사는 건 보기에도 좋지 않으니까 꿈도 꾸지 마라."

염 여사의 엄격한 말에 영희는 코웃음을 쳤다.

"엄마가 그런 말을 하기는 좀 그렇지 않나? 스무 살에 아빠랑 눈맞아서 속도위반한 건 엄마잖아?"

염 여사의 얼굴이 붉으락푸르락 변했다. 사실 이 부분만 나오면 염 여사도 할 말이 없었다.

"너. 오.늘. 가.고. 싶.지. 않.은.가. 보.다?"

염 여사의 딱딱 끊어지는 말에 영희는 겁이 나 얼른 카메라를 낚아채 뛰쳐나갔다.

"야! 이영희! 너 거기 안 서?"

염 여사가 신발을 신을 시간에 얼른 이 자리를 벗어나야 했다.

"받아 오면 되잖아? 치사하게 만날 나만 갖고 그래?"

영희는 염 여사의 외침을 뒤로한 채 볼멘소리를 하며 급하게 문을 나섰다. 대문 앞에는 금방 도착했는지 연서의 빨간색 푸조 307cc에서 내리는 지혜와 연서가 보였다. 연서는 차분한 겉모습과는 다르게 스포츠카를 좋아했다. 이 차만 해도 엄청난 가격이었지만, 연서는 몇 년 동안을 모아 이 차를 기어이 손에 넣고 말았다. 물론 지금도 할부금을 붓고 있었지만.

"야! 얼른 가자."

영희는 서둘러 뒷좌석에 앉으며 말했다.

"뭐야, 그래도 어머님께 인사는 드리고 가야지."

어리둥절한 얼굴을 하며 말하는 연서에게 그녀는 고개를 저으며 급하게 말했다.

"빨리 타, 지금 저 아줌마 화났어. 걸리면 삼십 분은 기본이야."

그제야 연서는 다시 운전석에 앉아 얼른 시동을 걸었다. 학창 시절부터 잘 아는 친구들은 부모님들의 성격도 이미 파악한 상태였다. 차가 부드러운 움직임을 보이며 출발하자 영희는 숨을 내쉬었다.

"또 네가 어머니 성질 건드렸지?"

지혜도 조수석에 앉아 벨트를 매며 물었다.

"어우, 아니야. 나더러 이 많은 사람의 사인을 받아 오래잖아."

영희가 손에 들린 종이를 지혜에게 넘기며 말했다. 지혜는 영희가 건넨 명단을 쭉 살피며 웃었다.

"와, 심하긴 심하다."

지혜도 고개를 끄덕이며 말했다.

"왜?"

연서가 운전하느라 시야를 정면에 두면서 물었다. 빠른 속도로 창밖의 풍경이 지나갔다.

"쿡, 스무 명 정도는 되겠는데? 영희, 아니, 영채 너 오늘 바쁘겠다."

지혜가 며칠 전 약속을 떠올리며 이름을 정정해 불렀다.

"어우, 짱나. 우리 엄마 때문에 내가 미쳐. 그리고 그쪽에서는 모두 내 필명을 부를 테니까 너희들도 조심해 줘. 특히, 지혜 너."

영희는 지혜를 집게손가락으로 콕 찍어가며 말했다.

"시댕, 알았다고 했지?"

지혜의 날카로운 눈초리에 영희가 기죽은 목소리로 말했다.

"알았어."

연서는 영희의 작아진 목소리에 웃음이 나왔다.

"풋, 그만 해. 오늘 그래도 영희 덕분에 우리가 영화배우도 만나는 거잖아."

"알았다, 이영채. 됐냐?"

"헤헤, 응, 응."

영희가 금방 방긋 웃자 지혜의 이마가 구겨졌다.

"제발 그렇게 웃지 좀 마라. 누가 널 작가로 보겠냐? 네가 그러면 사람들이 널 우습게 본다니까?"

"알았어."

금세 풀이 죽는 걸 보며 지혜는 고개를 흔들었다. 영희는 모르고 있지만, 고등학교 다닐 때에도 영희를 우습게 여겨 함부로 하는 사람들이 종종 있었다. 그런 일을 미리 차단하기 위해 지혜와 연서는 무던히도 노력을 했다. 그런데 정작 본인은 그런 것들을 모르고 있었다. 언제나 꿈속에서 사는 듯한 영희는 현실 감각이 많이 떨어지는 편이었다. 이것은 지혜 혼자만의 생각일지도 몰랐지만, 그녀가 보는 영희의 모습은 그러했다. 때문에 지혜는 영희가 좀 더 딱 부러지는 모습을 보여주었으면 하는 바람으로 이렇게 매몰차게 말한 것이다. 그녀는 영희의 풀 죽은 모습을 보며 한숨을 쉬었다. 항상 열여덟 살에 처음 만났던 모

습 그대로 있는 영희를 보면서 지혜는 걱정을 삼키고 전방을 주
시했다.

　연서도 현실감각도 떨어질뿐더러 몽상가의 기질이 다분한 영
희의 모습에 항상 걱정을 했었다. 그렇지만 친구는 작가로서 이
렇게 성공적인 모습을 보여주었다. 어쩌면 이 직업은 영희에게
정말 어울리는 직업인지도 모른다. 다른 일을 하는 그녀의 모습
은 상상하기도 힘들 정도로 영희에게 있어서는 천직이었다. 연
서는 지혜의 툴툴거리는 말투 속에 들어 있는 영희에 대한 석정
에 저절로 미소 지었다.

　호텔에 들어서자 간단한 기자회견이 이어졌다. 많은 사람 속
에 둘러싸인 감독과 주연 배우들의 모습을 영희는 넋이 나간 채
바라보고 있었다. 원작자로서 초대되어 있었지만, 이 자리에서
그녀는 이방인에 불과했다. 끊임없이 터지는 플래시와 기자들
의 질문들 속에서 미소 짓고 있는 배우들이 경이롭게 보였다.
마침내 삼십 분 정도의 기자회견이 끝난 후, 연회장으로 자리를
옮겼다.

　연회장에 들어서니 스크린에서만 볼 수 있었던 배우들의 화
려한 모습이 보였다. 영희는 친구들에게 양해를 구한 후, 제작
사 사장에게로 다가갔다. 그는 영화계에서 살아 있는 신화로 알
려진 김운하였다. 환갑이 넘는 나이에도 불구하고, 생기 넘치는
모습으로 주위 분위기를 장악하고 있었다.

　"오셨습니까? 그렇지 않아도 이 작가님께 감사의 인사를 드

리려 했는데.”

김운하 사장은 눈에 띄게 영희를 반가워했다.

“네? 감사라니요?”

어리둥절한 얼굴로 묻는 그녀에게 김 사장은 미소 띤 얼굴로 입을 열었다.

“‘가을 이야기’에 투자하기로 한 회사 때문에 딜레이됐었는데, 대한에서 적극적으로 투자하기로 한 덕에 생각보다 빨리 크랭크 인 들어가게 생겼습니다. 대한에서 그러더군요, 거기 회장님 내외분과 대한 재단 한 실장님이 이 작가님 팬이라 이렇게 투자를 결심하게 되었다구요.”

영희는 그제야 지난번의 만남을 떠올렸다. 자신은 달라질 것이 없지만 그래도 마음 한편이 무거워졌다. 그녀는 따로 박 여사와 한 실장에게 감사의 인사를 해야겠다고 생각했다.

“아, 네.”

“고맙습니다. 이렇게 계약해 주신 것도 감사한데 투자까지 유치해 주셔서 얼마나 감사한 줄 모릅니다.”

“아닙니다. 저야 뭐, 제 글이 살아 있는 인물들로 거듭난다는 게 참으로 감사할 따름이죠.”

영희는 겸손하게 말한 후 김 사장에게 인사를 하고 친구들에게 돌아왔다.

“와우, 영채야, 네 덕분에 우리 눈이 호강한다.”

지혜가 휘둥그레진 눈으로 주위를 둘러보았다.

“침 좀 그만 흘려라.”

연서가 핀잔을 주었지만 지혜는 여전히 잘생긴 배우들에게서 고개를 돌리지 못했다.

“야, 저 사람, 정우송 맞지? 진짜 멋있다. 저 몸매 봐라. 얼굴도 예술이지만, 근육도 장난 아니다.”

계속되는 지혜의 흥분한 목소리에 연서는 웃었다. 아무래도 친구도 오래 만나면 비슷해지나 보다. 영희와 비슷한 모습을 보이는 지혜를 보니 자신도 친구들의 모습과 비슷해 보일 때가 있는지 궁금해졌다. 게다가 지혜가 가리킨 입구 쪽을 보던 영희의 모습 역시 몽롱해지기 시작하자 연서는 고개를 흔들었다.

‘그럼 그렇지.’

“어머, 진짜! 야! 저기 봐, 저기! 원반이다. 와! 진짜 얼굴 작다. 진짜 주먹만한 것 같아.”

입구로 들어오는 배우를 보며 지혜와 영희는 오랜만에 마음이 맞았는지 주위 사람들이 이상하게 보는 것에도 아랑곳하지 않고 계속 떠들기 시작했다. 연서는 그들의 모습에 살짝 한 발짝 뒤로 물러섰다.

“웬일이니, 저 여자 지미라 아니니? 또 손댔나 보다. 코가 달라졌지?”

지혜의 목소리에 연서는 한 발짝 더 뒤로 물러섰다.

“정말? 나는 모르겠는데?”

예리한 눈을 번뜩이며 지혜가 말했다.

"고쳤어, 분명해."

"저렇게 예쁜데 뭐 하러 손댈까? 그치?"

영희는 유명한 여배우를 봤다는 생각에 흥분한 듯했다.

"그러게."

지혜가 고개를 끄덕이며 또 다른 먹잇감을 찾았다.

"어? 저 사람 대한 장남 맞지?"

영희는 지혜의 말에 주위를 둘러보았다. 발코니 근처에서 누군가의 말에 고개를 끄덕이고 있는 철수가 보였다.

"그러게."

한 달 만의 재회였다.

재혁은 시끄러운 소리에 연회장을 무심한 시선으로 둘러보았다. 우아하게 샴페인 잔을 들고, 조용한 어조로 말하는 화려한 여자들 사이에서 유달리 눈에 띄는 여자들이 있었다. 그는 주변에 있는 사람들의 따가운 시선에도 아랑곳하지 않고, 연예인을 쫓는 십대 팬들처럼 열광하는 그녀들의 모습에 혀를 찼다. 그중에서 단연코 검정 드레스를 입은 여자가 눈에 들어왔다. 커다란 눈을 초롱초롱하게 빛내며 배우들을 황홀한 눈으로 보고 있었다. 그 옆에는 호텔에서도 본 듯한 여자 두 명이 서 있었다.

'또 저 여자군.'

재혁은 이상하게도 자주 마주치는 여자를 바라보다 시선을 돌렸다. 만날 때마다 비정상적인 모습을 보여주는 여자였다. 하지만 그의 시선을 끈 몇 안 되는 여자이기도 했다.

“이번에 PPL(Product in Placement)은 어떻게 됐습니까?”

재혁은 고개를 돌려 이번 영화의 투자를 담당하고 있는 현 실장에게 물었다. 투자 수익도 수익이었지만, 영화 내에서 보여주는 간접 광고의 홍보 효과도 만만치 않았다.

“네, 이사님. 영화 속에 나오는 가전제품은 모두 저희 제품으로 하기로 했습니다. 계약서에도 그 내용을 넣었습니다.”

“너무 지나치지 않게 잘 살펴달라고 하십시오. 지나친 경우엔 오히려 득보다 실이 될 겁니다.”

“네, 알겠습니다.”

“수고하셨습니다. 오늘 끝나고 시간있습니까? 술이나 한잔합시다.”

재혁은 빠른 시간 안에 모든 것을 잘 마무리한 현 실장에게 고마움을 표시하고 싶었다.

“네?”

갑작스런 재혁의 제의에 현 실장의 표정이 갑자기 굳어졌다.

“오늘 약속이 있습니까?”

“아, 저…… 오늘은 제가 선약이 있어서…….”

“알겠습니다.”

긴장하며 그의 눈치를 살피는 현 실장에게 재혁은 고개를 끄덕였다.

“가, 감사합니다.”

재혁의 대답에 현 실장이 눈에 띄게 안도했다. 아무래도 중요한 약속이 있는 눈치였다. 그렇다고 해도 감사하다고까지 하는 현 실장이 약간은 우습기도 했다. 픽 웃으며 재혁은 쉴 곳을 찾기 위해 주위를 둘러보았다. 일이 끝났다는 안도감에 피로가 밀려왔다. 그가 담당하고 있는 파트와 부서가 달랐으나, 회사 대표로 연회에 참석하게 되었다. 그는 이런 자리를 싫어했지만 아버지인 한 회장의 명령이기에 어쩔 수 없었다. 지난 몇 주 동안, 이런 연회란 연회는 모두 참석했다. 다른 때와는 달리 이런 모임에 자주 내보내는 아버지의 심기도 이상했지만, 더욱 이상한 건 식구들의 행동이었다.

누나인 재희는 이틀이 멀다 하고 후배라며 여자들을 소개시켜 줬고, 동생인 재영은 그의 뒤를 졸졸 따라다녔다. 거기다 집에 들어서면 어머니인 박 여사는 그에게 뭔가를 묻고 싶어하는 듯 그의 주위를 맴돌았다. 그는 이상하게 여겼지만 그의 성격상 꼬치꼬치 묻지를 않았고, 오히려 그런 상황에 적응하기 시작했다.

재희가 소개시켜 준 여자들도 처음에는 그의 외모와 조건을 보고 그에게 달라붙으려 했지만, 그의 성격에 적응 못하고 나가떨어졌다. 그럴수록 그의 누나는 더욱 열의를 갖고 끊임없이 여자들을 소개해 줬다. 그는 할 일이 많은데도 불구하고 누나의 바람대로 그 자리에 나갔고, 언제나 그러했듯이 여자들은 그에게서 멀어졌다.

재혁이 여자에게 아예 관심이 없는 것은 아니었다. 단지 그는 여자를 대하는 방법을 몰랐다. 때문에 대학 때 사귀던 첫 여자 친구와도 석 달이 채 되지 않아 헤어지게 되었고, 그 후로 몇 번 사귀었던 여자들과도 그의 무뚝뚝한 성격으로 인해 헤어지게 되었다. 그렇다고 일부러 여자를 만나기 위해 그의 성격을 바꿀 마음도 없었다. 그는 지금이 좋았다. 그에게는 일이 자신의 모든 열정을 쏟아낼 수 있는 배출구였다. 어려서부터 항상 일등만을 해오던 그는 일에서도 항상 최고가 되고 싶었다. 때문에 다른 어떤 것보다 일에 투자하는 시간이 많았디. 그로 인해 여자를 만날 틈이 없었다. 친구들이 우스갯소리로 일 중독자라고 말을 했지만, 그것은 그도 인정하는 바였다.

그런 그에게도 이상형은 있었다. 그는 자신과 함께 미래를 개척할 만한 여자를 이상적인 배우자로 생각하고 있었다. 또한 흐트러짐없이 완벽한 것을 좋아하는 그는 상대도 그런 성격이길 바랐다. 비록 그의 성격에 가족들은 혀를 내두르지만 말이다.

재혁의 가족들은 재벌이라는 위치에 걸맞지 않게 어수룩한 모습을 하고 있었다. 그는 그게 항상 걱정이었다. 그들의 모습은 어쩌면 상식을 벗어난 행동을 하는 것인지도 모른다. 일반 사람들이라면 당연한 일들이겠지만, 그들은 일반인이 아니었기에 문제였다. 특히 막내인 재영은 수시로 사고를 쳤고, 그 뒷수습을 모두 그가 도맡아해 왔다. 게다가 누나인 재희는 재단을 이끈답시고, 이곳저곳 도움을 필요로 하는 곳에 적지 않은 돈을 후원하고 있었다. 물론 후원하는 것을 반대하는 것은 아니었다.

수익이 나올 수 있는 곳에 후원을 해야 하는 게 기업인의 원칙이었으나, 그의 누나는 그렇지를 못했다. 게다가 그의 부모님들은 그의 남매들에게 어떤 제재도 가하지 않을뿐더러 오히려 부추기고 있었다. 그가 중간에서 조율하지 않는다면 어떻게 될지 상상하고 싶지도 않았다.

재혁이 이런저런 생각을 하고 있을 때, 골치 아픈 여자의 웃음소리가 들렸다. 그는 고개를 흔들며 발코니로 향했다. 도대체 저 여자는 상식이라는 게 없어 보였다. 처음 그녀를 보았을 때도 스토커처럼 그의 뒤를 몇 시간이나 쫓아다니질 않나, 호텔 레스토랑에서도 그를 계속 노골적으로 쳐다보았고, 이곳 연회장에서는 다른 사람들의 못마땅한 시선에도 불구하고 킥킥거리고 있었다.

'정말 이상한 여자군.'

발코니 문을 열고 들어서니 자잘한 식물들을 심어놓은 작은 정원이 보였다. 그는 그곳으로 걸어가 벤치에 앉았다. 여름이라 실내보다는 더운 감도 없지 않았지만, 자연이 내뿜는 공기는 너무나 상쾌했다.

재혁이 벤치에 앉아 하루의 피로를 풀고 있을 때, 그에게 다가오는 발걸음 소리가 들렸다.

"혹시, 한재혁?"

그는 고개를 돌려 다가오는 인영에 눈을 돌렸다.

"누구?"

재혁은 벤치에서 일어섰다. 상대가 불빛을 등지고 있어 얼굴이 잘 보이질 않았다.

"이런, 섭섭한걸? 그래도 몇 년 동안 동고동락한 룸메이트를 잊어버리다니?"

"설마, 유진성?"

마침내 불빛에 가려진 남자의 얼굴이 보였다.

"이제야 알아보다니 서운한데?"

특유의 비틀린 미소를 지으며 진성이 다가왔다. 유학 시절, 같은 아파트에서 동고동락한 친구였다. 진성은 재혁처럼 경영학을 공부하러 갔으나, 나중에 자신이 하고 싶었던 디자인 쪽으로 과감하게 전과했었다. 아방가르드 풍의 화려한 블라우스에 가죽 바지를 입은 그는 자유로워 보였다. 또한 오른쪽에 걸려 있는 그의 귀고리는 진성이 게이인 것을 보여주고 있었다. 예전에 왜 오른쪽만 귀를 뚫었는지 물으니 나름의 표시라고 했다. 물론 그런 표시가 없더라도 그 자신은 누가 게이인지 알아볼 수 있다고 했지만 말이다.

"언제 온 거야? 온다는 말 없었잖아?"

재혁은 진성과 반갑게 포옹했다.

"이런, 이런. 그동안 내가 그렇게 그리웠나, 내 사랑?"

진성은 포옹을 풀고 재혁의 얼굴을 보며 게슴츠레한 눈으로 물었다. 항상 하는 농담이었지만, 재혁의 눈썹이 치켜 올라갔다. 하지만 진성은 그것에 만족했다. 표정을 드러내지 않는 재혁에게 이 정도의 변화를 이끌어낸 것만으로도 대단한 일이란 것을 잘 알기 때문이었다.

진성은 자신의 머리를 집게손가락으로 두드리면서 능글맞게 말했다.

"알았어, 알았다고. 이런 곳에서는 드러내지 말라고 했었지. 내가 깜빡했지 뭐야."

재혁은 그와 함께한 시간 내내 들었던 농담이라 익숙하긴 했지만 여전히 거슬렸다. 그러나 그런 것을 일일이 지적하기엔 오랜만에 만난 그의 친구가 너무나 반가웠다.

"얼마 안 됐어. 나도 갑작스럽게 오게 된 거라고. 한국 업체에서 스카우트 제의가 들어왔어, 그것도 수석 디자이너로. 많이 고민하다가 들어온 거야. 도착하자마자 연락하려 했는데, 자리 잡는 데 시간이 너무 많이 걸려서 이렇게 지체하게 됐다."

진성은 변명 아닌 변명을 늘어놓았다. 힘든 유학 시절을 함께한 친구에게 연락하지 못한 게 마음에 걸렸었지만, 오자마자 새로운 브랜드를 런칭하느라 정신없이 바빴다. 게다가 그 브랜드를 홍보하기 위해 이번 영화에도 협찬하게 되어 두 배로 힘에 부쳤다.

"그런데 여긴 어떻게 온 거야?"

"'가을 이야기'에 나오는 의상을 우리 회사가 협찬하게 돼서 오게 된 거야."

"그렇군. 적응할 만한 거야?"

　재혁은 진성의 자유로운 세계관이 이곳에서 많은 제약을 받으리라는 것을 너무나 잘 알고 있었다.

　"그래도 이쪽 세계는 그렇게 꽉 막히지는 않았어. 아무래도 해외파가 많아서겠지만."

　재혁이 진성의 말에 고개를 끄덕였다.

　"너만 있어준다면 난 뭐든지 이겨낼 수 있어."

　진성이 또다시 느끼한 목소리로 말하며 재혁의 어깨에 팔을 둘렀다. 재혁의 굳은 얼굴에도 불구하고, 진성은 얼굴을 전전히 가까이 대며 재혁의 뺨을 손으로 쓸었다. 누가 봐도 요상해 보이는 포즈에 재혁은 몸에서 소름이 오도독 돋는 것을 느꼈다.

　"뭐 하는 거야?"

　마침내 진성의 얼굴이 그의 코앞에까지 가까이 왔을 때 재혁이 이를 갈며 낮은 목소리로 경고했다.

　"좋은 말 할 때 치워라."

　"쿡쿡, 알았어. 부끄러워하기는. 안 들어가 볼 거냐?"

　진성은 항상 무뚝뚝한 재혁을 놀릴 방법을 너무나 잘 알고 있었다. 그의 친구는 백이면 백, 이런 농담에 진저리를 쳤다. 하지만 이런 농담이 아니고서는 재혁의 정색하는 반응을 볼 수 없었기에 자주 애용해 왔다.

　"먼저 들어가. 난 조금 있다가 들어갈 테니."

　"오케이. 있다가 끝나고 술이나 한잔하자. 나중에 봐, 내 사랑."

　손으로 키스를 날리며 진성이 유유히 연회장으로 들어섰다. 재혁은 그런 진성의 뒷모습을 바라보았다.

　"골칫덩어리가 하나 더 늘었군."

　진성이 그에게 있어서 소중한 친구임에 분명했다. 그러나 그의 가늠할 수 없는 행동들은 항상 재혁을 당혹하게 만들었다. 물론 친구의 행동에 악의는 없었지만, 그 행동으로 인해 앞으로 일어날 일련의 사고들을 어떻게 헤쳐 나가야 할지 암담했다.

　재영은 눈앞의 사실을 믿을 수 없었다. 형을 미행한 지 벌써 몇 주째였다. 여태까지는 별로 눈여겨볼 만한 일이 없었기에 그의 생각이 옳다고 생각했었다. 고지식대마왕인 그의 형이 게이일 리가 없다고 확신했었다. 하지만 오늘 그가 본 장면은 그의 확신을 허물어뜨리고 있었다. 그는 휴대폰 카메라로 형이 낯선 남자와 포옹하는 장면과 남자가 형의 얼굴을 쓰다듬는 장면을 찍었다. 남자가 형의 얼굴에 가까이 다가갈 때, 재영은 머리에 피가 몰리는 것 같았다. 자세히 보지 않으면 키스하는 것으로 보이는 요상한 포즈였다. 다행히 키스는 하지 않았지만 누가 보기에도 게이임이 명백한 포즈였다. 거기다 간간이 들리는 말로 보면 유학할 때에도 같이 산 게 분명했다. '내 사랑' 이라니! 형의 칼 같은 성질이라면, 저런 말을 아무렇지 않게 들을 리가 없었다. 그렇다면 저 남자로 인해 형이 그동안 회사밖에 몰랐단 말인가? 그래서 재희 누나가 소개해 준 그 많은 쭉쭉빵빵한 여자들에게 무관심했던 거란 말인가?

　재영은 후들거리는 걸음으로 그곳에서 벗어나려 했다. 그 자리에 더 이상 있고 싶지 않았다. 지금 그의 눈에는 어떤 것도 들어오지 않았다. 오늘 목격한 충격적인 사실을 어떻게 가족들에게 전해야 할지 너무나 걱정이었다. 더 이상 형을 미행할 필요가 없어졌기에 그는 자주 가는 바(Bar)로 발걸음을 옮겼다. 제정신으로는 오늘 집에 들어갈 수 없었다. 흠뻑 취해야만 오늘의 이 사실을 지울 수 있을 것 같았다.

　'세상에나! 이게 말로만 듣던 동성애자들의 애정 현장이구나!'

　영희는 어둠에 몸을 숨기며 철수의 사랑으로 보이는 남자가 지나가는 것을 지켜보았다. 그 남자도 자신이 생각하는 게이의 모습과는 한참 떨어져 있었다. 물론 호리호리한 몸에 걸친 의상은 약간 의심해 볼 만도 했지만, 이곳 연회장에서는 심심치 않게 볼 수 있는 모습이었다.

　영희는 탁한 실내 공기에서 벗어나고 싶어 이곳으로 나왔었다. 그러나 나오자마자 보이는 철수와 남자의 행동에 몸을 숨겼다. 이런 장면은 자주 볼 수 없는 것이었기에 호기심에 몸을 감추고 지켜보았다. 물론 작가적인 호기심이라고 자신을 변명하면서 말이다. 그녀와 거리가 조금 떨어진 곳에서 그녀처럼 몸을 숨기고 지켜보는 남자가 있었다. 영희는 그도 자신만큼이나 충격을 받았으리라 예상했다.

역시 지혜의 말대로 철수는 게이었다. 그가 남자와 포옹하며 다정한 얼굴로 말하는 장면을 보니 그의 가면을 쓴 듯한 무표정한 얼굴도 부드러워질 수 있다는 것을 새삼 깨달았다. 역시 사랑이라는 것은 사람을 저렇게 달라 보이게 하는 건가 보다.

'남자끼리의 키스라니! 이런 건 영화 속에서나 볼 수 있는 줄 알았는데……'

영희는 조금 전의 장면을 떠올리며 얼굴을 붉혔다. 자세히 보이진 않았지만, 분명 키스하는 포즈였다.

'아! 분명 애절했겠지. 드러내 놓지 못하는 사랑은 얼마나 가슴이 아플까?'

철수는 남자가 연회장으로 들어간 후, 홀로 앉아 하늘을 바라보고 있었다. 그 모습은 우수에 차 있는 모습과 동시에 외로운 모습을 하고 있었다. 그의 사랑은 순탄치 않으리라. 성이 개방된 미국 사회에서도 동성연애자들은 배척당한다고 들었다. 그렇다면 한국에서의 그들은 더욱 그러할 것이었다. 더구나 그의 사회적인 신분 때문에라도 밝히기도 힘들 것이다. 영희는 그의 모습이 안돼 보였다. 사람이 살아가는 데 있어서 사랑은 필수적인 요소라고 생각하는 영희였다. 지금도 그녀의 짝사랑은 끝을 맺지 못했다. 그래도 그녀는 드러내기라도 할 수 있지만 저들은 서로 사랑을 해도 숨길 수밖에 없다는 현실에 가슴 아팠다.

그에 대한 생각에 잠겨 있던 영희는 철수가 다가오는 것을 느끼지 못했다.

"또 숨어서 보는 건가?"

"엄마나! 깜짝이야!"

그녀는 어느새 코앞에 다가온 그의 얼굴을 보며 못 볼 것을 본 양 화들짝 놀랐다.

"이번엔 무슨 일이지? 또 이상한 짓을 하려던 건가?"

영희는 그의 애정 행각을 떠올리며 소리 질렀다.

"이, 이상한 짓이라니요?"

"안 그러면 그렇게 정색할 일이 없잖아?"

"어우, 깜짝 놀라서 그래요. 그러니까 왜 그렇게 소리없이 다녀요?"

그녀의 말에 남자의 얼굴엔 황당한 기색이 스쳤다. 곧이어 남자의 딱딱한 목소리가 들려왔다.

"적반하장이라는 말이 여기에 딱 알맞겠군."

영희는 그의 말에 얼굴이 붉어졌다. 자신도 모르게 눈앞의 남자에게 화를 냈다. 영희는 가뜩이나 암담한 마음일 그에게 화를 낸 자신을 부끄러워하며 사과했다.

"저, 죄송해요. 제가 너무 놀라서 이렇게 소리를 질렀네요."

갑작스런 그녀의 사과에 남자는 뜻밖이라는 듯 눈썹을 치켜올렸다.

"이번에도 나를 따라온 건가?"

그의 말에 영희는 주위를 둘러보았다. 조금 전까지 그녀처럼 그들을 지켜보고 있었던 낯선 남자는 사라지고 없었다. 그녀는 그와 단둘이 있다는 사실에 새삼 긴장했다. 그의 눈빛이 왠지 위험해 보였기 때문이다.

"어머, 아니에요. 바람 쐬러 나왔다가 친.구. 분이랑 같이 계신 거 같아서 방해될까 봐 조용히 여기 서 있었어요."

영희는 손을 저으며 장황하게 말을 늘어놓으면서도 친구라는 말을 강조했다. 그도 자신이 알고 있다는 것을 꺼릴 것이다. 하지만 재혁은 갑작스런 여자의 변화에 더욱 의심스런 표정을 했다.

"친구 분과는 오랜만에 만나셨나 봐요?"

영희는 그와의 자리가 어색해 말을 돌렸다. 그냥 발걸음을 돌려 갈 수도 있었지만, 종전의 외로워 보이는 모습이 눈에 밟혀 발걸음을 쉽게 떼지 못했다.

재혁은 여자의 질문에 눈을 가늘게 떴다. 이 여자는 가끔 가다가 자신이 이상한 행동을 한다는 것을 알까 싶었다. 남의 사생활을 꼬치꼬치 묻는 것은 누가 봐도 의심을 살 만한 일이었다.

"그건 당신이 알 바가 아닐 텐데?"

"어머, 죄송해요. 제가 뭘 캐내려고 그런 건 아니었어요. 전 단지 그분이 그러니까, 뭐라고 할까, 음…… 눈에 띄는 분이라 그래서 그냥 여쭤본 건데……."

영희가 당황해서 횡설수설하기 시작했다.

"당신이 궁금해할 사람이 아니야."

재혁은 여자의 진성에 대한 관심을 차단하기로 마음먹었다. 진성은 여자들이 보기에 굉장히 매력적인 남자였다. 그래서 그를 본 여자들은 그의 퇴폐적인 매력에 접근하려고 하지만, 그의 성향은 여자가 아닌지라 번번이 실패하고 있었다. 진성은 결코 자신의 성향을 숨기려 하지 않았으나, 이곳은 미국과는 달랐다. 재혁은 친구를 위해 여자의 호기심이 더 이상 발동하지 않도록 차단하는 것이 자신이 할 일이라고 생각했다.

"쓸데없는 관심은 그 친구도 싫어할 거야."

"아…… 네."

영희는 남자의 단호한 말에 멍하니 고개를 끄덕였다. 이 남자는 자신을 경계하고 있었다. 그녀는 그것을 느낄 수 있었다.

'바보 같은 사람. 나를 경계할 필요는 없을 텐데.'

그녀는 자신을 질투하는 남자를 측은하게 바라보았다.

"걱정 말아요. 결코 그런 일은 없을 테니까."

영희는 확신을 담아 다짐했다. 영희의 말에 남자가 고개를 끄덕였다.

"그럼 전 이만 가볼게요."

영희는 몸을 돌리려다 다시 남자를 바라보았다. 생각해 보니까 이 남자는 자신을 계속 하대하고 있었다. 물론 처음부터 이상하게 꼬인 상태로 만나긴 했으나, 그가 자신을 이렇게 대할 권리는 없었다. 아무리 그가 안돼 보이기는 했지만 할 말은 하고 넘어가야겠다는 생각이 들었다.

"그런데 왜 저한테 반말이에요?"

재혁은 여자의 말에 아무 말도 할 수 없었다. 여자의 말을 들으니 황당해졌다. 처음 만난 상황이 그러해서인지 자신도 모르게 여자에게 반말을 하고 있었다.

"다음부터 만날 때는 제대로 대해주세요."

영희는 그 말을 끝으로 멍하니 서 있는 남자를 두고 연회장으로 향했다. 하고 싶은 말을 하고 나니 마음이 후련해졌다. 비록 그가 괴롭고 힘든 상태라도 할 말은 하는 게 서로를 위해 나을 것이었다. 하지만 남겨진 남자의 외로운 모습에 또다시 마음이 불편해져 그녀는 발걸음을 멈추고 돌아섰다. 그를 좋아하진 않지만 그에게 힘을 실어주고 싶었다. 그녀의 모습에 남자가 의아한 시선을 던지자 영희는 주먹을 불끈 쥐고 외쳤다.

"화이팅!!"

영희는 그 말을 하고 괜히 뿌듯한 마음에 뒤돌아서서 씩씩하게 걸었다.

남겨진 재혁은 어이없는 얼굴로 한참을 서 있었다. 갑자기 반말을 하지 말아달란 여자가 '화이팅'을 외치고 사라지는 모습에 그는 한동안 움직일 수 없었다. 여자의 정신세계가 궁금할 뿐이었다. 그는 고개를 흔들고 여자의 뒤를 따라 연회장으로 향했다.

영희가 연회장에 들어서자 김운하 사장이 다가왔다.

"제가 이번 영화에 관련된 분들을 소개시켜 드리겠습니다. 따라오시지요."

아무래도 투자자를 유치해 준 것이 크게 작용한 듯했다. 굉장히 정중하게 그녀를 인도하는 김 사장으로 인해 영희는 또다시 부담감을 느꼈다.

"이쪽은 이번에 감독을 맡으신 하철수 감독님. 이분은 원작자이신 이영채 작가님."

김 사장의 소개에 영희는 입에서 피하고 터지려는 웃음을 가까스로 참았다. 하철수 감독은 땅딸막한 키에 거무죽죽한 얼굴을 띤 사십대 남자였다. 영희는 또 다른 철수의 얼굴을 떠올렸다. 그녀가 철수라고 부르는 남자의 모습은 지금 눈앞에 있는 남자와 상반된 모습을 하고 있었다. 그녀는 상반된 그 둘을 비교하며 웃음을 참았다.

"안녕하십니까. 원작을 읽고 참 느낌이 좋았습니다. 그래서 제가 적극적으로 추천을 했지요."

하철수는 진지한 어조로 작품에 대해 말하기 시작했다. 그의 말이 계속되어도 영희는 그의 말보다는 '철수'란 이름 때문에 집중을 할 수 없었다. 마침내 하철수가 영희의 씰룩대는 입가를 보며 말을 끝냈다.

"스토리 라인이 참 잔잔해서 여성들에게 어필하겠더군요. 저희 집사람도 이 작가님 팬이랍니다."

"감사합니다."

영희는 계속 삐져나오는 웃음을 가까스로 참으며 말했다.

"잠깐, 실례 좀 하겠습니다."

하철수는 누군가 다가와 속삭이자 양해를 구했다.

"어, 이제 오시는구만. 난 또 벌써 가신 줄 알았습니다."

김 사장이 영희의 뒤를 보며 말했다. 영희는 누군지 궁금해 뒤를 돌아보았다. 철수였다. 영희는 종전의 철수를 떠올리며 또다시 웃음이 나왔지만, 그의 냉정한 눈을 보며 가만히 서 있었다.

영희가 투자를 유치했다는 것이 생각났는지 김 사장이 물었다.

"서로 아시는 사이인가요?"

"아닙니다. 아직 통성명은 하지 못했습니다. 한재혁입니다. 이번 투자 건 때문에 대한에서 왔습니다."

재혁은 영희의 말을 떠올리며 정중하게 말했다.

"아, 네. 이영채예요. 이번 '가을 이야기' 원작자이지요."

영희도 정중하게 고개를 숙이며 인사했다.

"그럼 말씀들 나누시지요. 저는 잠깐 전화할 데가 있어서."

김 사장이 그들만을 남겨둔 채 자리를 벗어났다.

"저도 그럼."

영희는 그와의 어색한 만남을 피하고 싶었다.

"당신이 우리 어머니와 누나를 꼬드겨서 투자해 달라고 한 겁니까?"

재혁은 갑작스런 투자 유치가 의심스러웠다. 그의 가족들의 성격으로 미루어볼 때, 충분히 가능한 일이었다.

"어머, 아니에요. 전 그런 적 없어요."

영희가 억울하다는 얼굴을 했다.

"절대 그런 적 없어요. 이번 영화가 투자 건 때문에 딜레이됐다는 말밖에 한 적이 없어요. 그리고 저는 이번 영화의 딜레이에 상관없이 계약했어요."

영희의 격한 어조에 재혁은 자신이 실수했다고 생각했다. 항상 이 여자를 만나면 자신의 이성적인 모습을 흐트러지곤 했다. 그는 이런 상황이 신기하기도 하고, 난감하기도 했다.

"항상 그런 식인가요?"

재혁은 사과하려고 입을 열려 했지만, 들려오는 여자의 말에 입을 다물었다.

"항상 그렇게 의심만 하세요? 그렇게 사시면 참 힘드시겠어요."

영희가 안됐다는 듯이 말했다.

"당신이 상관할 바는 아닐 텐데?"

그의 마음과는 다르게 말이 꼬여 나왔다.

"맞아요, 상관할 일은 아니죠. 그럼."

영희는 목례하고 몸을 돌렸다.

"이런."

재혁은 그녀의 뒷모습을 보며 혀를 찼다. 어디서 걸렸는지 여자의 드레스는 점점 짧아지고 있었다. 그리고 그녀가 움직일 때마다 검은색 실이 점점 늘어나고 있었다. 재혁은 주위를 둘러보았다. 다행히 여자에게 눈길을 주는 사람이 없었다.

그는 영희의 뒤로 다가가 그녀의 어깨를 짚으며 말했다.

"이봐, 아니, 이봐요."

영희는 갑작스런 그의 행동에 놀라 소리 지를 뻔했다.

"왜 그래요?"

재혁이 소리 지르려는 그녀의 입을 손으로 가렸다.

"쉿, 내 말 들어요."

재혁이 손을 떼며 말했다.

"진정하고 내 말 듣는 게 나을 거요. 지금 당신 드레스의 올이 풀리고 있는 중이니까."

"뭐라구요?"

영희는 또다시 소리를 지르려다 손으로 입을 가리며 밑을 내려다보았다. 니트로 만들어진 드레스의 올이 풀리고 있었다.

"이런, 맙소사."

영희는 미친 듯이 주위를 둘러보았다. 다행히 아직까지 그녀를 눈여겨보는 사람은 없었다. 지혜와 연서라도 찾으려 주위를 보았지만, 파우더 룸에라도 갔는지 아무도 보이지 않았다.

"어, 어쩌지요?"

"일단은 되돌아가는 수밖에 없을 거요. 지금 이 자리에서 당신의 스커트에 손을 댄다면 오려 사람들의 이목만 집중시킬 테니까. 이리 따라와요. 내가 가려줄 테니 같이 나갑시다."

영희는 재혁을 뒤따라 조심스럽게 걸음을 옮겼다. 여기서 누군가 걸린 실을 건드리고 지나간다면 자신의 올은 계속해서 풀릴 것이다. 게다가 손으로 끊어내기도 힘이 드는 재질이라 더욱 난감했다. 아무래도 철수를 훔쳐보기 위해 나무 뒤에 숨었을 때 어딘가에 걸렸었나 보다.

'이래서 비싼 걸 사야 된다니까. 싸고 예쁘다고 샀는데 이게 뭐야.'

영희는 속으로 투덜거렸다. 모양이 예뻐서 사긴 했지만 아무래도 뒷마무리가 부실해 보이긴 했었다.

다행히 그녀가 밖으로 나가는 동안, 더 이상의 재앙은 없었다. 그녀는 밖으로 나와 자신의 모습을 자세히 훑어보았다. 원피스는 이미 허벅지 밑까지 오도록 올이 풀려 있었고, 밑은 이미 너덜너덜하게 변해 버렸다.

영희가 기죽은 목소리로 말했다.

"고맙습니다."

재혁은 여자의 시시각각 변하는 모습에 미소를 지었다.

"잠깐 기다려요."

재혁은 행사요원에게 부탁해 조그마한 가위를 가져와 영희의 올을 끊어주었다.

영희가 또다시 기죽은 목소리로 말했다.

"감사합니다."

재혁은 그 모습에 더욱 진한 미소를 흘렸다.

"이젠 어쩔 거요?"

"잠시만요."

영희는 핸드백에서 연서에게 전화를 걸기 위해 휴대폰을 찾았다. 연서에게서 부재중 전화가 한 통 있었다. 왠지 불길한 예감에 영희는 다급하게 단축키를 눌렀다.

"너희들 어디에 있는 거야?"

[어? 그게…….]

연서의 주저하는 말에 영희는 설마 하는 심정으로 물어보았다.

"설마, 나를 두고 간 것은 아니겠지?"

[영채야, 실은 아까 회사에서 연락이 와서 급하게 다시 회사로 온 거거든.]

"그럼 지혜는?"

[나 가는 데 같이 간다고 해서 먼저 내려주고, 나는 회사로 왔지. 아무래도 네가 바쁜데 같이 있으면 자기한테 신경 쓰느라 일을 못 볼 거 같다고 해서. 아까 너한테 말하려고 했는데, 네가 통 보이질 않아서 그냥 왔어. 휴대폰도 안 받고 해서.]

아까 철수를 몰래 훔쳐보았을 때 휴대폰 진동이 울렸었는데, 그게 연서의 전화였나 보다.

"알았어."

영희는 맥없이 전화를 끊고 나서 황망하게 서 있었다. 이런 모습으로 택시를 탈 생각을 하니 눈앞이 캄캄했다.

"갑시다."

"네?"

"그렇게 서 있을 거요? 아니면 그 모습으로 택시를 타든지."

재혁이 퉁명스럽게 말했다. 그는 가족들이 그녀의 팬이라는 점과 자신이 아까 한 실수들을 떠올리며 제안했다. 하지만 하지 않던 배려를 하려니 목소리가 불퉁거렸다.

영희는 얼른 그의 뒤를 따랐다. 지금의 모습은 사실 위태로웠다. 조금만 잘못해도 드레스의 올이 또다시 쉽게 풀릴 것이다. 그녀는 남자의 뒷모습을 바라보며 발걸음을 옮겼다.

"가, 같이 가요."

재영은 그냥 가지 않은 것을 다행이라고 생각했다. 형이 여자에게 다가가는 모습을 보며 발걸음을 돌렸던 것이 이런 모습을 보게 해주었다. 분명 아까 전의 행동은 그를 게이로 의심하게 했지만, 지금의 행동을 보면 또 그렇지도 않아 보였다. 여자와 함께 사라지는 형의 뒷모습을 보면서 재영은 앞으로 더 두고 봐야겠다는 생각이 들었다.

재영은 아까 여자를 유심히 살펴보았었다. 분명 여자와 형은 발코니에서도 뭔가를 진지하게 얘기했고, 연회장에서도 마찬가지였다. 밖으로 나와 형이 여자에게 하는 행동을 보니 둘의 사이도 심상치 않아 보였다. 형이 짓는 미소를 보았을 때 그는 기절하는 줄 알았다. 한재혁이라는 인물이 저런 미소를 지을 줄 알았던 사람이었는지 아무리 생각해 봐도 그의 기억 속에는 없었다. 게다가 둘이 사라지는 모습도 분명 눈에 띄었다.

재영은 여자에 대해 알아내야겠다는 생각을 하며 연회장으로 들어섰다. 그의 입가엔 전과는 다르게 미소가 걸려 있었다.

영희는 재혁의 차로 다가가면서도 걱정이었다. 움직일 때마다 타이트하게 붙어 있던 원피스의 길이는 점점 짧아지고 있었다. 하지만 영희는 재혁에게 아무 말도 하지 못했다. 분명 종전의 일은 그의 잘못이었지만, 그에게 화를 내고 난 후 이런 친절을 받으리라고는 생각도 하지 못했기에 더욱 의기소침해 있었다.

재혁은 성큼성큼 앞으로 나아갔다. 하지만 뒤쫓아오는 영희와의 거리가 점점 멀어지자 그는 걸음을 멈추고 기다렸다. 마침내 영희가 종종걸음으로 다가왔을 때, 재혁은 웃옷을 벗어 영희에게 건넸다.

영희는 그가 내민 옷을 바라보며 어리둥절한 얼굴로 물었다.

"뭐예요?"

재혁이 영희의 허벅지를 턱으로 가리켰다.

"그걸로 가려요."

그제야 영희는 자신의 모습을 다시 한 번 되새기며 얼굴을 붉힌 채 그의 옷을 받아 들었다.

“고, 고마워요.”

더듬거리며 고맙다고 말하는 영희를 보고서도 재혁은 아무 말도 하지 않은 채 다시 성큼성큼 앞으로 나아갔다. 영희는 그의 정장 상의를 허리에 묶고 나서 얼른 그의 뒤를 좇았다. 한결 움직이기 편해진 터라 그의 속도에 맞출 수 있었다.

마침내 호텔 문을 나서자 그들의 앞으로 검은색의 중형차가 다가왔다. 차가 멈추고, 운전석과 보조석에서 검은 옷을 입은 남자 둘이 내렸다. 예전에 호텔에서 보았던 재혁의 보니가느들이었다.

영희는 그녀의 팬이라고 했던 남자에게 반갑게 인사했다.

“어머, 안녕하세요?”

아무리 재혁이 친절을 베푼다고 해도 그의 무표정한 얼굴과 딱딱한 말투에 불편했던 터였다. 때문에 한 사람이라도 아는 사람을 만났다는 게 영희로서는 안심이었다.

“아, 안녕하십니까.”

그녀의 팬은 반짝이는 눈으로 인사를 하다 그녀의 모습을 보더니 얼른 뒷좌석의 문을 열어주었다. 영희는 재빨리 뒷좌석에 올라타며 팬에게 인사를 했다.

“고마워요.”

커다란 덩치에 걸맞지 않게 보디가드의 얼굴이 붉어지자 재혁은 혀를 찼다.

“집이 어디요?”

재혁이 뒷좌석에 나란히 앉자마자 물었다.

"연희동이요. 일단 근처에 가면 자세히 설명해 드릴게요."

"알겠습니다."

운전석에 앉은 또 다른 보디가드가 대답했다.

호텔에서 만났을 때와 마찬가지로 그는 과묵한 인사를 제외하고는 아무 말도 하지 않았다. 조용한 차 안에는 그 흔한 음악 소리조차 흐르지 않았고, 모두 침묵 속에 빠져 있었다. 이렇게 여러 사람이 있는데도 밀폐된 차 안에서 아무 말 없이 있다는 것이 사실 불편하기 그지없었다. 때문에 영희는 집으로 향하면서도 좌불안석이었다. 그녀는 그 침묵이 버거워 그에게 말을 걸었다.

"저 때문에 이렇게 나오셔서 죄송해요."

영희는 혹시나 그에게 끼칠 폐가 우려되었다.

"괜찮소."

영희는 재혁의 말투에 웃음이 나올 것 같았지만 참았다. 자신이 하대하지 말아 달란 말에 말투가 저런 식으로 바뀐 것 같았다.

"혹시 저 때문에 멀리 돌아가시는 건 아닌가요?"

"어차피 가는 길이었으니 그럴 필요 없소."

영희는 그의 말투에 참지 못하고 웃음을 터뜨렸다. 재혁은 갑작스럽게 영희가 웃자 눈살을 찌푸렸다.

"킥킥. 원래 그렇게 말해요?"

영희는 계속해서 터져 나오는 웃음을 가라앉히며 물었다.

"그렇게 말하다니 뭘 말이오?"

"괜찮소. 그럴 필요 없소."

영희가 그의 굵직한 목소리를 흉내 내자 앞좌석에 앉아 있던 보디가드들의 숨죽인 웃음소리가 재혁의 귓가에 들려왔다.

"킥킥. 너무 이상하지 않아요? 나만 이상한가? 안 이상해요?"

영희는 아예 앞좌식 쪽으로 몸을 기울이며 물었다. 하지만 앞에서는 아무 말도 하지 않았다. 영희는 고개를 갸웃하며 다시 재혁 쪽으로 고개를 돌렸지만, 금세 눈을 내릴 수밖에 없었다. 그의 눈이 더욱 싸늘해졌기 때문이다.

"헤헤, 아니, 뭐 그렇게 이상하다는 건 아니고요. 사실 자주 들어본 말투가 아니라서 좀 이상하게 들리긴 했지만, 그렇다고 많이 이상한 건 아니었어요."

자신이 듣기에도 무슨 말인지도 모를 말을 주절주절하면서 영희는 배시시 웃었다.

"에이, 뭘 또 그것 같고 그런 눈으로 봐요. 그냥 좀 이상했다 싶어서 그런 거지, 아주 이상한 건 아니었다니까요."

재혁은 기가 막혔다. 한시도 가만히 있지 못하고 수다스럽게 말하는 그녀도 그랬지만, 항상 자신의 앞에서 묵묵히 있던 보디가드들의 행동도 황당하기 이를 데가 없었다. 게다가 말투가 이상하다니. 항상 아랫사람을 다루면서도 정중하게 말해 왔던 그였지만, 이 여자에게는 도대체 어떻게 해야 할지 몰랐다. 처음부터 이상한 만남으로 인해 자신도 모르게 여자에게 하대를 하긴 했지만, 여자의 지적으로 인해 말투를 바꾼 건데 그 말투를 또 놀리고 있었다.

"그만 합시다."

재혁은 이를 갈며 말했으나 자신과 나란히 앉아 있는 여자는 그의 심경을 모르는 듯 또다시 웃으며 물었다.

"화나신 건 아니죠? 설마 그걸로 화나셨다면 말도 안 되죠. 그렇지요?"

여자가 자신을 약 올리는 건지 재혁은 눈을 가늘게 뜨고 봤지만, 여자의 순진한 눈망울은 맑기 그지없었다. 하여간에 마음에 안 드는 여자였다. 처음 자신을 스토커처럼 쫓아다닐 때부터 여자와의 만남은 순탄치 않았다. 오늘도 그녀가 보여준 행동은 그가 가장 싫어하는 모습이었다. 얼마나 단정치 못하면 옷이 그 지경이 된지도 모른 채 그렇게 연회장을 누빌 수 있는지 그는 이해가 되질 않았다. 종전의 상황을 고스란히 그에게 보여주었으면서도 창피하지 않은지 여자는 쉴 새 없이 말을 하고 있었다.

"어머, 어떻게 해. 지금 지났거든요? 다음 블록에서 유턴을 한 번 해주서야겠네요. 죄송해요."

영희는 또다시 배시시 웃으며 운전석에 양해를 구했다.

"아니, 괜찮습니다."

운전석에 앉아 있는 박 실장의 목소리를 들으며 재혁은 또다시 그녀의 덜렁거리는 모습에 눈살을 찌푸려야 했다.

'하여튼 마음에 안 드는 여자야.'

재영은 묵직했던 마음이 조금은 가라앉는 것을 느꼈다. 아직은 형의 성 정체성에 대한 의문이 남아 있었지만, 이제는 미약할 뿐이었다. 유학 시절 룸메이트였다는 남자를 남겨두고 작가라는 여자를 데리고 사라졌다면, 80% 이상은 그가 이성애자라는 것을 증명하는 것이라 생각했다.

재영이 한결 편안해진 마음으로 집에 들어섰을 때, 매일 친정으로 오는 누나를 볼 수 있었다. 그는 소파에 누워 텔레비전에 눈을 고정하고 있는 누나를 한심하게 바라보다 물었다.

"매형은?"

재희가 텔레비전에서 눈을 떼지 않고 말했다.

"오늘 동창회 때문에 늦게 들어올 거야."

"은진이는?"

여전히 텔레비전에서 눈을 떼지 않은 채 재희가 중얼거리듯이 대답했다.

"방에서 자."

"엄마, 아빠는?"

"야! 왜 자꾸 말 시켜? 지금 텔레비전 보는 거 안 보여?"

재영은 재희의 신경질적인 말투에 고개를 흔들며 진지한 표정으로 입을 열었다.

"그것 좀 꺼봐."

"야! 내 말 안 들려?"

"지금 그것보다 중요한 게 있으니까 그런 거 아냐?"

재영의 진지한 말에 그제야 재희가 고개를 돌렸다.

"무슨 일인데? 너 또 사고쳤냐?"

"내가 만날 사고만 치는 사람인 줄 알아? 그리고 요즘 내가 사고치는 거 봤어?"

재영은 기가 막혀 소리를 빽 질렀다. 그 소리에 안방에 있던 한 회장과 박 여사가 나왔다.

"무슨 소란이야? 이 밤중에 들어왔으면 조용히 할 것이지, 뭘 잘했다고 큰 소리야?"

한 회장의 엄한 목소리에 재영은 격한 기분을 가라앉히고 말했다.

"엄마, 아빠, 좀 앉으세요."

"무슨 일인데 그렇게 무게를 잡으시나?"

재희의 빈정거리는 말에 재영은 울컥했지만 담담히 말했다.

"형 일이야."

그제야 사태를 짐작했는지 모두 조용히 자리를 잡고 앉았다.

"오늘 제가 형을 미행했잖아요."

"그런데?"

"연회장까지 쫓아갔었는데 형이 발코니로 나가더라구요. 그런데 어떤 남자가 형에게 다가오더니."

"그러더니?"

재영은 자꾸 말을 끊는 재희를 노려보며 말했다.

"말 좀 끊지 마. 지금 말하고 있잖아."

"그래, 넌 조용히 좀 있어봐."

박 여사는 재희를 나무라며 재영을 재촉했다.

"형하고 포옹을 하면서, 내 사랑 어쩌고 하더라구요."

"맙소사."

박 여사는 떨리는 손으로 가슴을 부여잡았다.

"그래서 저도 그 사람을 의심했었죠. 형이 유학 갔을 때, 같이 살던 룸메이트라고 하더라구요. 그리고 남자가 형의 뺨을 쓰다듬는 거예요. 자, 이것 보세요."

재영은 휴대폰으로 찍은 사진을 보여주었다. 거기엔 재혁의 뺨에 손을 얹고 그윽한 눈으로 재혁을 바라보는 남자의 모습이 있었다.

"세상에나!"

박 여사는 못 볼 것을 봤다는 양 휴대폰을 재영에게 밀쳤다.

"전 한참을 망연자실하게 서 있다가 발걸음을 돌렸죠. 하지만."

"하지만?"

모두 재영의 말에 기대를 갖고 동시에 물었다.

"하지만 발걸음을 돌리고 있을 때, 형이 어떤 여자에게 다가

가는 거예요. 그래서 전 멈춰 서서 다시 관찰을 했죠. 진지하게 어떤 말을 하더니 여자를 따라 연회장으로 다시 들어가더라구요. 그러더니 다시 여자를 감싸고 밖으로 나갔어요. 전 그걸 본 후, 여자가 누군지 조사하느라 여태까지 연회장에 있다가 온 거구요.”

“재혁이가 여자랑 나가?”

한 회장은 재혁이 여자와 만나고 있다는 사실이 무엇보다도 기뻤다. 여태 누군가를 만나는 것을 본 적이 없었기에 그런 요상한 소문이 돌았던 것인데, 여자를 만난다는 것이 확실하다면 그야말로 다행이었다.

“네, 그것도 여자를 감싸듯이 데리고 사라졌다니까요. 다음 사진을 보세요. 어두워서 잘 보이지는 않겠지만, 그래도 대충 윤곽은 보일 거예요.”

재영은 다음 사진을 찾아 가족들에게 보여주었다.

“어? 이 여자 어디서 많이 본 여자인데? 왠지 낯이 익는 것 같다…… 아니, 잠깐!”

재희가 휴대폰을 유심히 보다가 놀란 눈을 박 여사에게 돌렸다.

“왜 그래? 너 아는 사람이야? 난 당최 사진이 작아서 잘 보이지가 않네.”

“엄마, 이것 봐봐. 모르겠어?”

재희가 손에 들린 휴대폰을 다시 박 여사에게 건넸다.

"나도 아는 사람이야?"

재영이 의아한 눈으로 물었다.

"왜? 누나도 아는 사람이야? 그 여자 작가라던데?"

재희는 재영에게 반짝이는 눈을 돌려 물었다.

"맞아. 혹시 이영채 작가 아니야?"

"맞아. 어떻게 알아?"

"이영채? 정말 이 아가씨가 이 작가란 말이야? 어머나, 세상에. 이건 문녕 인연이야. 내가 그렇세 마음에 든다고 생각했던 아가씨가 우리 재혁이랑 만나다니."

"그게 정말이냐?"

한 회장도 놀란 눈으로 재영에게 재차 확인했다.

"맞아요. 그런데 어떻게 모두 이 여자를 알아요?"

"이 작가라고, 우리가 좋아하는 작가야. 전에 만났는데 아가씨가 참 인상도 좋더라. 게다가 우리 재혁이를 아주 멋있는 남자라고 말했다니까. 소설 속의 주인공 같다고 했어. 재혁이처럼 무뚝뚝한 애는 그렇게 밝은 아가씨를 만나야 한다고 생각했었는데, 정말 세상에나!"

박 여사는 벌써 흥분된 어조로 재영에게 말했다.

"엄마, 그건 너무 앞서 나가는 게 아닐까? 솔직히 나도 이 작가가 마음에 안 드는 것은 아니지만, 우리가 이 작가에 대해 아는 것도 별로 없잖아. 게다가 재혁이 일도 확실치 않고. 게다가 이 작가는 재혁이를 게이로 알고 있었잖아요. 아니면 오해가 풀린 건가?”

그렇게 말하는 재희였지만, 동생이 여자에게 관심을 쏟았다는 데에 그녀의 마음도 누그러지고 있었다.

“그런가? 음, 당신 생각은 어때요?”

박 여사는 흥분으로 벌겋게 달아오른 얼굴로 물었다.

“흠. 글쎄, 나도 여자한테 관심을 쏟았다는 게 맘에 들긴 하지만, 이 작가의 성품이 어떤지도 모르고, 또 이 작가가 우리 재혁이한테 관심을 갖고 있는지도 모르고 하니.”

박 여사는 한 회장의 말에 흥분이 가라앉는 것을 느끼며 침울한 얼굴로 말했다.

“그래요?”

“그러면 재혁이랑 그 내 사랑 어쩌고 했다는 그놈이랑은 아무 사이 아닌 거지?”

한 회장은 재영에게 재차 확인했다.

“확실하진 않아요. 하지만 그 남자를 두고, 왜 그 여자를 데리고 나갔겠어요?”

재영은 사실 찜찜한 구석이 남아 있긴 했지만 그렇게 믿고 싶었다.

“좋아. 그럼 일단 당신과 재희는 이 작가를 만나보면서 됨됨이가 어떤지, 집안이 어떤지 알아봐.”

한 회장의 말에 두 모녀는 비장한 눈빛으로 고개를 끄덕였다.

제5장

모란꽃의 진실

여기서 뭐 하는 겁니까." 영희는 잘못하다 들킨 것마냥 화들짝 놀라 몸을 돌렸다. 퇴근하는 길이었는지 양복 차림에 서류 가방까지 들고 있는 재혁이 그가 서 있는 쪽으로 다가왔다. "아, 안녕하세요? 모란꽃이 있어서요." "모란꽃?" 재혁은 여자의 동문서답에 황당했다. 여자는 활짝 핀 분홍빛 모란꽃 앞서 있었다. "네, 진짜 향기가 없나 해서요." "그 꽃은 향기가 있습니다."

며칠 후, 영희는 박 여사 모녀와의 약속을 위해 호텔로 향했다. 초여름의 햇살이 영희의 몸을 달구어놓고 있었다. 근처에 있는 서점에서 시간을 보내고 호텔까지 걸어오는 동안, 그녀의 얼굴에는 조금씩 땀방울이 맺히기 시작했다. 마침내 호텔 앞에 다다라 로비 문을 열고 들어서자 시원한 에어컨 바람이 그녀의 전신을 식혀주었다. 엘리베이터를 타고 맨 꼭대기에 위치한 레스토랑에 들어서니 지배인이 직접 나와 박 여사가 기다리고 있는 룸으로 그녀를 안내했다. 아무래도 그녀의 얼굴을 벌써 익힌 듯했다.

영희는 룸으로 들어서며 다소곳이 인사를 했다.

"안녕하셨어요?"

아직 한 실장은 오지 않았는지 박 여사만이 고운 자태로 앉아 있었다. 영희의 인사를 받으며 박 여사가 미소 띤 얼굴로 물었다.

"어서 와요, 이 작가. 아직 점심 전이죠?"

영희는 자신을 신경 써준 것이 너무나 고마워 대접을 하고 싶었다. 특히 이번 투자 건으로 인해 자신의 글이 더 빨리 영화화될 수 있었기에 싹싹하게 말했다.

"헤헤, 네. 오늘은 제가 대접할게요."

싱긋 웃으며 박 여사는 말했다.

"무슨 소리. 여기도 우리 대한 계열사예요. 내가 사면 할인된다니까? 직원 가족인데 당연히 할인이 되겠지."

"아, 그렇네요. 하지만 이번 투자 건도 그렇고, 제가 대접하고 싶어요."

"그건 이 작가랑 상관있는 것도 아니잖아요. 그러니 부담 갖지 말아요. 대신 우리랑 자주 만나주면 되는 거예요."

그제야 영희의 마음속을 누르고 있던 부담감이 점점 옅어졌다. 그때 한 실장이 문을 열고 들어서며 시원시원한 목소리로 사과했다.

"미안해요. 차가 막혀서요."

"그놈의 빤한 거짓말 좀 하지 마라. 여기서 거기가 얼마나 떨어졌다고."

“엄마는. 외부에 나갔다가 곧바로 여기로 온 거예요. 이 작가는 그동안 잘 지냈죠?”

한 실장은 목소리만큼이나 청량한 미소를 지었다.

“덕분에 잘 지냈어요. 이번 영화 투자 건, 정말 감사드려요.”

“그건 이 작가 때문이 아니라니까 그러네. 제가 투자하는 게 아니에요. 회사에서 투자할 만한 가치가 있으니까 투자한 거지. 그긴 그렇고, 주문은 하셨어요?”

“아직 못했다. 얼른 주문하자꾸나.”

주문을 마치고 어느덧 식사가 무르익자 박 여사는 재희와 눈을 마주쳤다. 재희는 살짝 고개를 끄덕이며 슬며시 말을 꺼냈다. 일단 이 작가가 재혁에 대해 어떻게 생각하는지가 중요했다. 분명 지난번 만남에서 이 작가는 재혁을 게이라고 말했었다.

“지난번에 소설 속의 주인공 같은 남자를 만났다고 했잖아요, 그 게이라는 남자.”

재희의 말에 영희는 긴장이 되었다. 그녀가 재혁이 게이라는 것을 알고 물어보는 것인지, 아니면 모르고 물어보는 것인지 가늠할 수가 없었다.

“네.”

“그 사람이 그렇게 멋있다고 했죠?”

“네.”

이번엔 박 여사가 떠보듯이 물었다.

“그럼 혹시 그 사람이 게이가 아니라면 여자들이 좋아할 만한 남자겠죠?”

영희는 박 여사의 질문에 멈칫하다 입을 열었다.

“그럼요. 누구나 꿈꿔볼 남자죠. 그러니까 제가 소설 속의 주인공으로 생각했지요.”

영희는 일단 그녀가 알든 모르든 박 여사의 아들이기에 좋은 쪽으로 말을 하는 것이 낫다고 생각했다. 사실 그가 게이가 아니라면, 모든 여자들이 꿈꿔볼 만한 남자이기도 했다. 영희는 처음 만났을 때의 그를 떠올려 봤다. 그때 그녀도 멍하니 그를 바라본 기억이 있었다. 비록 첫 만남에서는 그의 성격을 안 좋게 봤지만, 며칠 전 그의 행동으로 보아 그렇지 않다는 것을 알게 되었다. 그가 자신에게 정장 상의를 건네주었을 때는 작은 감동마저 느꼈던 터였다.

박 여사가 확답을 받아내려는 듯이 다시 한 번 물었다.

“그렇지요? 그럼 이 작가도 그 사람이 괜찮다는 거네요?”

영희는 잠시 굳어졌지만 이내 입을 열었다.

“그럼요.”

영희가 확실한 어조로 답을 하고 나서야 박 여사 모녀는 참았던 숨을 내쉬었다. 일단은 재혁이 게이가 아니라면 승산이 있다고 생각을 했다. 그들은 다시 시선을 교환하며 다음 단계로 넘어가기로 했다.

“이 작가는 사귀는 사람 있어요?”

재희가 무심코 지나듯이 물어봤지만, 답을 기다리는 박 여사 모녀는 긴장으로 숨을 멈췄다.

"아니, 아직 없어요."

영희의 대답에 박 여사 모녀의 얼굴이 환해졌다.

"가족 관계가 어떻게 돼요?"

"네?"

"아니, 이 작가가 이렇게 밝은 걸 보면 대가족일 것 같아서. 막내 맞지요?"

재희는 영희가 이상하게 생각하지 않도록 서둘러 물었다.

"어머, 아니에요. 부모님과 남동생이 있어요. 제가 장녀예요."

"아하!"

박 여사와 재희는 동시에 대답을 했다. 그 모습에 영희는 이상하단 생각이 들었지만 자신이 막내인 줄 알아서 저렇게 반응한다고 여겼다.

"그럼 부모님은 뭘 하시나?"

"아버지는 법률회사에 다니시고, 어머니는 전업주부세요. 동생도 변호사고요."

"아하!"

박 여사와 재희는 또다시 동시에 반응을 했다.

"그럼 어느 법률회사에 다니세요?"

영희는 재희가 집요하게 묻자 이상하다고 생각되어 되물었다.

“네?”

재희가 말끝을 흐리면서 슬쩍 물어봤다.

“아니, 혹시 내가 아는 덴가 해서…….”

“아, 윤 법률회사에 다니고 계세요.”

윤 법률회사는 국내에서 몇 손가락 안에 뽑히는 법률회사였다. 때문에 웬만한 사람들은 그 법률회사를 알았다.

“아하!”

여전히 동시에 대답하는 박 여사 모녀를 보며 영희는 고개를 갸웃거렸다.

“혹시 성함이? 아, 내가 거기 법률회사를 잘 알거든요. 제가 아는 분인가 해서요.”

재희는 기억을 더듬으며 물었다. 이씨 성을 가진 변호사 몇 명이 머리에 떠올랐다.

“이 영 자 철 자 쓰십니다.”

영희는 뭔가 이상하다는 생각이 머리를 두드렸지만 일단 대답을 했다.

“어머, 나 그분 아는데. 그런데 그분한테 이렇게 큰따님이 계셨나? 그분 내가 알기론 쉰 안팎으로 알고 있는데.”

“너 아는 분이니?”

박 여사는 궁금한 눈빛으로 재희를 바라보았다.

“네. 이영철 변호사님, 그분 상법 변호사로 유명한 분이시잖아요.”

"나야 그런 건 잘 모르지."

"그런데 진짜 그 이영철 변호사님이 아버님이세요? 그분 젊어 보이시던데."

재희의 질문에 영희는 얼굴이 살짝 달아올랐다. 언제나 부모님의 나이를 설명하는 것은 영희에겐 부끄러운 일이었다.

'우씨, 쪽팔려.'

"실은 결혼을 일찍 하셨거든요. 스물…… 한 살에……."

영희는 창피한 마음에 말끝을 흐렸다.

"그럼 연애결혼?"

"네."

작은 목소리로 말하는 영희에게 그들은 예상외의 반응을 보였다.

"어머나, 세상에! 너무 멋지다!"

또다시 합창하듯이 말하는 그들을 바라보며 영희는 눈을 동그랗게 떴다.

"네?"

"어쩜, 난 이 변호사님한테 그런 면이 있는 줄 몰랐는데. 항상 카리스마있는 모습만 뵈어서 그렇게 로맨틱한 모습은 상상이 안 되던데."

영희는 아빠에 대한 말에 황당했다. 철희나 연서에게 들은 말은 있었지만, 집에서와 밖에서의 모습은 많이 달랐나 보다. 집에서는 애처가로서 느끼한 모습은 죄다 보여주더니, 밖에 나가서는 카리스마있게 행동한다는 사실이 기가 막혔다. 마치 지킬 박사와 하이드 같다는 생각을 하며 영희는 고개를 흔들었다.

"원체 저희 엄마밖에 모르시는 분이거든요."

"어머나, 세상에! 어쩜!"

박 여사는 계속 감탄하며 이 작가를 새삼스러운 눈으로 바라보았다. 정말 밝고 명랑하며 예의 바른 아가씨란 생각은 했지만, 그 바탕은 분명 행복한 가정에 있었다.

"저, 실은 우리 바깥양반도 이 작가 팬이에요. 그래서 말인데, 우리 집에서 저녁 식사를 같이 했으면 하더라구요. 괜찮겠어요?"

박 여사의 초대에 영희는 놀란 눈을 들었다.

"아니, 부담되면 말고요."

"부담되면 거절하셔도 돼요. 우리 아빠가 워.낙. 이 작가를 좋아하셔서, 저번에 우리끼리 만났다고 섭섭해하셨거든요."

재희는 영희에게 부담이 될 것이라는 것을 알았지만, 영희가 거절하지 못하도록 박 여사의 말 뒤에 덧붙였다.

"아, 아니에요. 초대해 주셔서 감사합니다."

영희는 서둘러 말했다. 사실 박 여사도 그녀에게는 부담이 되는 존재였는데, 대한그룹의 한 회장이라면 더 더욱 그러할 것이다. 하지만 거절할 수도 없었다.

"그럼 토요일은 어때요? 이 작가 댁으로 기사를 보낼 테니 주소를 말해 줘요."

"아니, 제가 찾아가 뵈도 되는데요."

"그럴 수는 없지, 우리가 초대해 놓고. 안 그러니?"

"그럼요, 당연하죠."

박 여사 모녀는 흥분한 눈으로 영희를 바라보았다. 영희는 그
들의 눈빛에 알 수 없는 불안감이 엄습해 오는 것을 느꼈다.

토요일, 영희는 상상해 왔던 것보다는 아담한 한 회장의 집
앞에 서 있었다. 기사의 안내로 이곳까지 왔지만 막상 도착하니
긴장이 되었다. 그녀는 문이 열리기를 기다리며 심호흡을 했다.
지난주에 자신을 집 앞에 내려주고 간 재혁을 다시 만날 생각을
하니 더욱 긴장됐다. 아직까지 그의 화가 안 풀렸다면 오늘의
저녁 식사는 더욱 부담이 될 것이었다.

'에이, 설마. 그렇게 조잔하진 않겠지.'

그의 말투를 흉내 낸 후 그의 눈이 싸늘하게 변해 버렸던 일
이 생각나자 다시 등골이 오싹해졌다. 영희는 그 일을 털어버리
듯이 고개를 흔들었다.

빽―

문이 열리자 아담한 정원이 눈에 들어왔다. 영희는 아름답게
포장된 카라를 다시 고쳐 들고, 초여름의 향기를 물씬 풍기는
소담스런 정원을 따라 걸었다. 현관으로 가는 길에는 아름다운
모란꽃이 흐드러지게 피어 있었다. 옛날 선덕여왕이 이 꽃이 그
려 있는 그림을 보고 향기가 없을 것이라고 했다는데, 과연 그

런지 영희는 궁금했다. 그녀가 코끝을 모란꽃 쪽으로 가져갔을 때, 낯익은 목소리가 들려왔다.

"여기서 뭐 하는 겁니까."

영희는 잘못하다 들킨 것마냥 화들짝 놀라 몸을 돌렸다. 퇴근하는 길이었는지 양복 차림에 서류 가방까지 들고 있는 재혁이 그녀가 서 있는 쪽으로 다가왔다.

"아, 안녕하세요? 모란꽃이 있어서요."

"모란꽃?"

재혁은 여자의 동문서답에 황당했다. 여자는 활짝 핀 분홍빛 모란꽃 앞에 서 있었다.

"네, 진짜 향기가 없나 해서요."

"그 꽃은 향기가 있습니다."

재혁은 커다란 눈을 들어 궁금하다는 듯이 자신을 바라보는 여자에게 저도 모르게 설명하고 있었다.

"그런가요? 예전에 향기가 없다고 들었는데."

영희는 고개를 갸웃거리며 꽃의 향기를 들이마셨다. 그의 말대로 달콤한 향기가 났다.

"요즘 나오는 꽃은 개량이 돼서 향기가 있어요."

등 뒤에서 들리는 재희의 목소리에 영희는 몸을 돌렸다. 편안한 차림으로 그들을 맞이하는 재희에게 영희는 목례했다.

"안녕하세요?"

"늦게 마중 나와서 미안해요. 갑자기 전화가 와서요. 우리 재혁이는 알죠?"

"네. 지난주 제작 발표회에서 정식으로 인사했어요."

"뭐 하니, 손님이 오셨으면 얼른 모시지 않고?"

재희가 책망하듯이 재혁에게 말했다.

"손님?"

"어. 몰랐니? 오늘 아버지가 이 작가를 초대했잖아."

재혁은 누나의 말에 눈썹을 치켜올렸다.

"그래?"

"어. 얼른 들어와요."

재희의 안내로 그녀는 현관에 들어섰다. 집 안은 엔틱 풍의 가구들로 고풍스럽게 꾸며져 있었다. 화려하지도, 초라하지도 않은 아늑한 가정집의 모습이었다. 재계에서 몇 손가락 안에 드는 집에서 이렇게 평범한 모습을 볼 수 있다는 것이 놀라웠다.

"어서 와요, 이 작가. 재혁이도 지금 오는 거니?"

거실 안으로 들어서자 박 여사가 나와 반겼다.

"네."

"안녕하셨어요?"

영희는 얌전히 인사하며 손에 든 카라를 박 여사의 품에 안겼다.

"어머, 고마워요. 내가 이 꽃을 좋아하는 줄은 어떻게 알고."

작은 선물에 고마워하는 박 여사를 보며 영희는 안심했다.

"바깥양반도 이제 곧 들어올 거예요. 잠깐 앉아 있어요."

재혁은 자신은 무시한 채 여자에게 온 신경을 집중하고 있는 가족들을 보다가 위층으로 올라갔다.

"얼른 옷 갈아입고 내려와라."

그는 등 뒤에서 들리는 목소리에 대답을 하고 자신의 방으로 다가갔다.

"형 왔어?"

재영이 방에서 나오며 인사했다.

"어."

"참, 형이 부탁한 거 조금 전에 거실에 놨어. 니스 칠 한 지 얼마 안 됐으니까 조심하는 게 좋을 거야."

재혁은 나무를 조각하는 취미가 있었다. 그는 자신보다 섬세하게 마무리하는 재영에게 니스 칠을 부탁했었다.

"그래, 고맙다."

재혁은 간편한 옷으로 갈아입고 조각상을 가지러 계단을 내려가던 중, 들려오는 영희의 목소리에 발걸음을 빨리 했다.

"어머! 진짜 섬세하다."

영희는 박 여사 모녀가 잠깐 자리를 비운 사이 거실을 둘러보다 눈에 띄는 조각상 앞으로 다가갔다. 그녀는 나무로 조각되어 있는 여인의 모습을 황홀한 눈으로 바라보며 손을 가져갔다. 흐르는 듯한 여인의 부드러운 곡선을 손으로 쓸어 내리려 할 때, 재혁의 다급한 목소리가 들렸다.

"안 돼!!"

재혁은 소리쳤지만 이미 영희의 손가락은 그가 몇 달 동안 공들인 작품에 닿아 있었다.

"어머나, 이게 뭐예요?"

영희는 손에 묻어난 끈적거리는 약품을 찡그린 얼굴로 보다가 손가락을 코에 갖다 대며 냄새를 맡았다.

"어우, 독하다."

천진한 얼굴로 말하며 진저리치는 영희의 모습에 그는 눈을 감았다. 화가 불끈 솟아올랐지만, 그녀가 초대되어 온 손님이라는 것을 상기하며 애써 화를 눌렀다.

"화장실은 저쪽이요."

재혁은 이를 악물고 손가락으로 화장실을 가리켰다.

"죄송해요."

영희는 그의 화난 얼굴을 보며 사과했다. 아무래도 자신이 또 실수를 한 모양이었다.

"됐습니다."

"전 이게 묻어 있는 줄 몰랐어요. 정말이에요."

그제야 영희는 자신이 만진 부분이 지문으로 얼룩져 있는 것을 알아채고 변명했다.

"휴우, 됐으니 우선 손이나 씻어요."

"네, 정말 죄송해요."

그녀는 풀 죽은 목소리로 다시 사과를 하고 욕실로 들어섰다. 손을 닦으면서도 자신의 덜렁거림에 화가 났다.

“우씨, 짱나. 왜 항상 저 남자 앞에서만 이상한 행동을 보이는 거냐고.”

영희는 거울에 비친 자신의 모습을 노려보며 중얼거렸다. 부끄러움으로 붉어진 뺨이 제자리로 돌아오자 조용히 욕실 문을 열고 나왔다.

“이 작가, 이리 와요. 우리 바깥양반이에요.”

그녀가 거실로 돌아오자, 박 여사가 한 회장을 소개했다.

“처음 뵙겠습니다. 이영채라고 합니다.”

한 회장이 다소곳이 인사하는 영희를 보며 만족스런 웃음을 지었다.

“한중근입니다. 이리 와서 앉아요.”

건장한 체구의 한 회장은 재혁처럼 선이 굵은 인상을 가졌는데, 미소 지을 때마다 보이는 깊게 패인 눈가의 주름이 그의 인상을 부드럽게 만들어주고 있었다. 박 여사를 봤을 때는 대한그룹의 안주인이라는 생각보다는 그저 팬이라는 생각이 들었었다. 그런데 TV 속에서만 보았던 대한그룹의 회장을 직접 보게 되자 왠지 이 상황이 실감나지 않았다.

영희는 소파에 앉으면서 건너편에 앉은 재혁의 화난 얼굴을 볼 수 있었다. 옆에 앉아 있던 재희가 그녀에게 자리를 살짝 비켜주면서 편하게 앉도록 배려해 줬다.

“내가 이 작가님 소설을 좋아해서 이렇게 집사람한테 부탁했습니다. 이 작가님과 함께 식사를 하고 싶어서요.”

“감사합니다.”

인자한 미소를 지으며 한 회장이 말했다.

“나야말로 고맙죠, 이렇게 거절하지 않고 허락해 줘서.”

“말씀 놓으세요, 저한테 한참 어른이신데.”

“하하하, 그럼 천천히 놓겠습니다.”

“네.”

박 여사가 자리에서 일어서며 말했다.

“여보, 일단 식사하면서 얘기 나눠요.”

“그럴까?”

“이 작가, 식당으로 가요.”

재희가 아직도 얼떨떨한 영희를 식당으로 안내했다.

“이쪽으로 앉아요.”

재희가 지정해 준 자리는 재혁의 건너편이었다. 재혁이 영희
를 마땅치 않게 바라보고 있었다.

“아니, 어떻게 제가 오지도 않았는데 시작하시려고 그래요?”

식당으로 들어서며 재영이 활기차게 말했다.

“안녕하세요? 이영채 작가님 맞죠? 한재영입니다.”

“안녕하세요? 이영채예요.”

“너는 손님이 오신 지 언젠데 지금 와서 이렇게 시끄럽게 해?
얼른 앉아.”

박 여사는 재영에게 핀잔을 주면서 부지런히 음식을 날랐다.

“네, 그런데 누나, 오늘 매형은?”

"매형은 오늘 은진이랑 파자마 파티에 갔어."

"그거 원래 누나가 가야 하는 거 아냐?"

아무렇지도 않은 얼굴로 말하는 재희를 한심한 눈으로 보며 재영이 물었다.

"어머, 얘는. 아빠가 가면 안 된다는 법이라도 있니? 그리고 은진이는 나보다 제 아빠를 더 좋아해."

"하긴."

"너 그 말이 영 이상하다?"

"그만 하고 식사 시작하자."

한 회장의 목소리에 시끄러웠던 남매의 대화는 끝이 났다.

"네."

"잘 먹겠습니다."

영희는 인사를 하고 수저를 들었다. 식사는 화기애애한 분위기로 진행되었다. 한 회장은 영희에 대해 궁금한 게 많은지 계속해서 그녀의 작품에 대해 질문을 했고, 영희는 성심껏 대답했다.

식사가 끝나자 영희는 다시 거실로 안내됐다. 한 회장은 커피를 마시며 질문을 계속했다.

"'바람의 향기'는 어떻게 해서 드라마로 만들게 됐어요?"

"운이 좋게도 베스트셀러가 됐어요. 그래서 방송국에서 제 소설을 유심히 보셨나 봐요. 방송으로 해도 괜찮겠다 싶으셨는지 드라마로 만들고 싶다 하셨구요."

"운 때문은 아니죠. 이 작가 작품이 그만큼 괜찮으니까 독자들이 호평한 거죠."

재희는 열띤 어조로 영채의 작품에 대해 말하기 시작했다.

"난 이번 '가을 이야기'도 성공하리라 생각해요. 사람들 가슴에 잔잔한 파문을 불러일으킬 거예요."

"맞아. 나 그 책 읽고 한동안 멍하니 있었잖아. 그만큼 여운이 있었다니까."

"그렇게 보셨다년 성말 감사해요."

영희는 자신의 작품을 이렇게 좋아해 주는 박 여사 모녀를 보며 기쁜 마음에 미소 지었다.

"감사하긴. 우리가 감사해야죠. 그런 글을 볼 수 있게 해주었으니까. 그런데 '가을 이야기'는 어떻게 쓰게 되었어요? 소재가 독특해서 쓰기 쉽지 않았을 텐데."

"많은 자료를 찾아야 했지요. 자료를 찾느라 일 년 가까이를 소비했어요."

영희는 기억을 더듬으며 설명했다. '가을 이야기'는 가장 힘들게 쓴 작품이었다. 그래서 더욱 애착이 가는 작품이기도 했다.

"어머나, 그랬구나. 어쩐지 글을 읽으면서도 얼마나 많은 고생을 하셨을지 느껴졌어요. 참, 글을 쓰면서도 제일 힘들 때가 언제예요?"

박 여사가 새삼 공감하듯이 고개를 끄덕였다.

"역시 구하려는 자료를 찾지 못할 때죠. 그때는 정말 이 글을 계속 써야 하나, 말아야 하나 고민이 되거든요."

"어머, 그렇겠군요. 지금은 다음 작품을 구상하고 계신 건가요?"

재희가 호기심에 찬 눈으로 물었다.

"네, 그렇지 않아도 기업을 소재로 한 이야기를 구상 중이에요."

"어머나, 그래요? 그럼 필요한 자료 있으면 말해요. 제가 도울 수 있는 일이라면 도와드릴게요."

재희의 제안에 영희는 머뭇거리며 입을 열었다.

"저기, 정말 그래도 될까요? 실은 제가 회사 생활을 해본 적이 없어서 아무래도 인터뷰 요청을 할까 생각하고 있었거든요."

"이 작가가 원하면 언제든지 말해요. 우리가 도와줄 수 있는 일이라면 도와줄 테니."

한 회장까지 나서자 영희는 그들 가족에게 더욱 감사의 마음이 일었다.

"정말 감사합니다, 이렇게 신경 써주시고."

"그렇게 생각지 말아요. 우리는 더욱 좋은 작품을 만날 수 있잖아요."

"저도 이 작가님 글을 열심히 읽어야겠습니다. 모두들 이렇게 열광하시니."

잠자코 그들의 이야기를 경청하던 재영까지 나서자 영희의 얼굴이 상기되었다.

재혁은 계속되는 영희의 칭찬을 시니컬한 표정으로 듣고 있었다. 항상 덤벙거리는 여자에게도 잘하는 것이 하나는 있었나 보다. 자신의 옆에 앉아 있는 영희의 옆모습을 바라보며 재혁은 조각상을 떠올렸다. 그걸 다시 칠해야 한다는 생각을 하니 벌써부터 머리가 지끈거렸다. 취미로 하는 거였지만 그에게는 굉장히 큰 의미가 있는 작품이었다. 그 부드러운 선을 살리기 위해 무수히 다듬었던 시간들을 생각하자 다시 화가 지밀었시만, 눈앞의 식구들을 생각하며 참았다.

여자는 물 만난 고기처럼 커피 잔을 들고 쉴 새 없이 조잘거리고 있었다. 그녀가 들고 있는 잔이 위태로워 보여 여자의 손에서 눈을 뗄 수 없었다. 아니나 다를까, 여자의 옷에 커피가 쏟아졌다. 몸을 돌리려던 여자의 팔이 재영과 부딪쳤기 때문이다.

"엄마나!"

재혁은 반사적으로 일어나 자신의 옆에 놓여 있던 티슈를 뽑아 여자의 가슴에 갖다 대었다. 이미 옷 속으로 커피가 스며들었지만, 다행히 뜨겁지 않아 데이지 않은 모양이었다. 빠르게 번져 가는 갈색 얼룩들을 보며 그가 부지런히 닦고 있을 때, 실내는 침묵이 맴돌았다. 이상한 거실의 기운에 그가 손을 멈추자, 열 개의 눈이 그의 손으로 쏠려 있는 것을 볼 수 있었다. 그는 깜짝 놀라 저도 모르게 그녀를 밀쳤다.

"앗!"

재혁은 밀쳐 놓고도, 여자가 넘어지며 지른 소리에 놀라 여자의 몸을 다시 일으켜 세웠다. 그의 행동 하나하나에 식구들의 시선이 계속해서 따라붙고 있었다.

그의 갑작스런 밀침에 놀란 여자가 몸을 곧추세우자, 재혁은 미안하다는 말을 중얼거리고는 방으로 올라갔다. 손님에 대한 예의가 아닌 줄은 알지만, 그 자리에 계속 있을 수 없었다. 여자의 시선도 시선이지만, 식구들의 시선을 감당할 자신이 없었다. 그는 한숨을 쉬며 항상 정돈되어 있는 머리칼을 헝클어뜨렸다. 저 여자를 만난 후론 제대로 되는 일이 없었다. 떨리는 손끝엔 아직도 여자의 가슴에 닿았던 감촉이 남아 있었다. 생각보다 풍만했던 여자의 가슴을 생각하던 그는 자신의 이런 모습에 깜짝 놀라 생각을 털어버리려는 듯 고개를 흔들었다. 재혁은 방으로 옮겨놓은 조각상을 바라보았다. 여자의 지문이 찍힌 자리를 보며 그것이 여자인 양 노려보았다. 재혁은 다시는 여자와 마주치지 않기를 기도했다.

며칠 뒤, 재혁은 재희와의 약속을 위해 일식집에 들어섰다. 갑작스런 약속이었지만, 자신의 뜻대로 해야 직성이 풀리는 누나인지라 한숨을 쉬며 응했다. 그가 아직 오지 않은 누나를 기다리며 PDA를 꺼내 오후의 스케줄을 다시 한 번 확인하고 있을 때 낯익은 목소리가 들려왔다.

"안녕하세요."

골치 아픈 여자. 또 그 여자였다.

"어? 오늘 한 실장님과 약속이 있었는데, 같이 점심 하기로 하신 거예요?"

영희가 밝게 웃으며 거리낌없이 들어섰다. 재혁은 여자의 그런 모습에 눈살을 찌푸렸다. 며칠 전, 자신이 그녀의 가슴에 손을 댔음에도 불구하고 여자의 표정에는 아무런 변화가 없었다. 그는 영희의 얼굴을 겸연쩍은 표정으로 바라본 뒤, 자리에서 일어섰다.

"잠깐 실례하겠습니다."

재혁은 밖으로 나와 재희에게 전화를 걸었다. 한참의 신호가 간 후, 재희가 전화를 받자 그는 거두절미하고 말했다.

"뭐 하는 거야."

[아, 재혁이구나. 그렇지 않아도 내가 전화하려던 참이었는데. 급한 일이 있어서 오늘 못 나갈 것 같거든? 네가 이 작가한테 점심 대접 좀 해줘.]

"뭐라고?"

재혁은 기가 막혔다. 오늘의 약속을 이중으로 잡은 것도 화가 나는데, 여자에게 점심을 대접해 주라고 하다니 황당할 지경이었다.

[그리고 이 작가한테 옷도 한 벌 선물해 주고.]

재혁이 이를 악물고 말했다.

"누나."

[어, 말해.]

"지금 나한테 뭘 하라는 거야. 내가 그렇게 한가한 사람인 줄 알아? 그리고 내가 왜 저 여자한테 점심을 대접하고, 옷을 사줘야 하는데? 분명 커피를 엎지른 건 저 여자였어."

[어머, 애는. 네가 이 작가한테 실수한 게 있잖아. 그럼 넌 네가 그런 짓을 해놓고도 그냥 지나갈 생각이었니?]

재혁은 누나의 날카로운 지적에 침묵했다. 다시 그날의 영상이 떠올랐다. 자신을 미친 사람인 양 쳐다보던 가족들의 시선이 생각나자 얼굴이 붉어졌다. 다시는 기억하고 싶지 않은 영상이었다.

[여보세요?]

"그럼 점심은 대접하지. 하지만 옷은 내가 못 사줘. 차라리 옷값을 따로 지불할게."

[너, 지금 그걸 말이라고 하는 거야? 이 작가가 옷값을 받으려고 할 거 같아?]

"그렇다고 나한테 옷을 사주라는 건 말이 되고? 차라리 비서를 시킬게."

[개인적인 용무로 비서를 시키는 건 잘못이라고 했던 사람이 누구였지?]

재희의 비꼬는 말에 재혁은 이를 갈았지만 마침내 승복했다.

"마지막이야. 이걸로 끝이야. 더 이상은 없어."

[알았어. 그럼 이 작가 좀 바꿔줘.]

재혁은 한숨을 쉬며 룸 안으로 들어서서 휴대폰을 영희에게 건넸다.

"누나 전화입니다."

"아, 그래요? 여보세요?"

[이 작가, 미안해서 어쩌죠?]

"네?"

[아니, 나가려는데 갑자기 급한 일이 생겨서요. 내가 다음에 근사하게 대접할 테니 오늘은 재혁이와 함께 점심해요. 미인해요.]

"아, 아니, 괜찮아요."

[정말 미안해요. 그럼 다음에 봐요.]

"네."

영희는 전화를 끊고 이상하다는 듯이 고개를 갸우뚱했다. 오늘 약속을 잡은 것은 분명 재희였다. 그것도 꼭 만났으면 한다는 그녀의 말에 영희도 갑작스레 약속을 정한 거였다. 재희와의 점심 식사에 재혁이 나온 것도 의외였으나, 이미 식사를 같이 한 번 해본 그들이기에 그러려니 했다. 그녀는 재희에게 피치 못할 사정이 생겼나 보다 생각하며 식사를 주문했다.

식사가 나오고 나서도 재혁의 불편한 심기는 사라지지 않았다. 재혁은 이런 상황을 만든 누나에게 이를 갈면서 열심히 식사하고 있는 여자를 바라보았다. 정갈하게 나온 음식에 부지런히 젓가락질을 하며 여자는 쉬지 않고 얘기를 했다. 대꾸없는 그에게 민망할 듯도 했지만, 여자는 그런 기색도 없었다.

"참, 그거 아세요?"

영희는 묵묵히 앉아 식사에만 열중하는 그에게 또다시 질문을 던졌다.

'정말 못 말릴 여자군.'

그는 속으로 중얼거리며 물 컵을 들어 올렸다.

"그쪽이 제 가슴에 손댄 첫 번째 남자예요."

"풉."

반짝이는 눈으로 말하는 영희로 인해 물을 마시던 재혁은 사레가 들렸다.

"어머나, 괜찮으세요?"

"어떻게 당신이란 여자는 그런 소리를 아무렇지도 않게 하는 거요?"

입가에 적셔진 물을 닦으며 그가 번득이는 눈으로 쏘아보았다.

"어머? 왜 저한테 화를 내세요? 엄밀히 말하면 제가 화를 내야지."

영희의 말에 재혁의 얼굴이 발갛게 달아올랐다.

"하지만 제가 신경을 쓰지 않겠다, 뭐 그런 말을 하려던 참이었어요. 저한테 미안하단 생각 하지 말라고요. 솔직히 지금 좀 그렇죠?"

그녀는 다 안다는 눈으로 그를 바라보며 계속해서 말했다.

"지금 제 얼굴 보기가 민망하죠?"

영희의 말에 재혁의 얼굴은 더욱 빨개졌다.

"에이, 괜찮아요. 일부러 그런 것도 아니고, 사실 무슨 마음을 먹고 그런 것도 아닌데요 뭐."

사실 영희는 그가 커피를 닦아줬을 때, 당혹스럽기는 했지만 그의 손길을 이상하게 생각하지는 않았다. 분명 그는 남자를 좋아하는 동성애자였기에 불순한 의도가 없다는 것을 잘 아는 그녀는 용서했다. 게다가 실수한 것은 그 누구도 아닌 그녀 사신이 아닌가.

"그러니까 인상 푸시라고요."

생긋 웃기까지 하는 여자를 보며, 재혁은 지끈거리는 관자놀이를 손가락으로 지그시 눌렀다. 그는 여자의 대책없는 저 웃음이 싫었다. 언제나 할 말을 다 하면서 생글생글 웃을 때면, 그가 삼십 년이 넘도록 다스려 오는데 지장이 없었던 인내심이 무너져 가는 것을 느끼곤 했다. 그는 애써 화를 누르며 이를 악물고 말했다.

"밥이나 먹읍시다."

"어우, 알았어요."

또다시 생글거리며 여자가 젓가락을 움직이고 있을 때, 재혁의 마음속에서는 천둥이 치고 있었다. 재혁은 이 불편한 시간이 빨리 흐르기만을 간절히 바랐다.

식사를 마치고 집으로 향하려던 영희를 잡은 것은 재혁이었다.

“잠깐, 나하고 갈 데가 있습니다.”

“어딜요?”

“일단 탑시다.”

영희의 얼굴엔 궁금한 기색이 역력했지만, 재혁은 입을 열지 않았다. 하지만 차가 유명 부티크 앞에 서자 여자의 눈이 의아함으로 동그래졌다.

‘눈이 더 커지는군.’

여자의 동그란 눈을 보고, 엉뚱한 생각이 떠오르는 것을 느끼며 재혁은 서둘러 말했다.

“내립시다.”

“아, 선물 사시게요? 제가 안목은 없지만 그래도 남자보다는 낫겠지요? 그런데 누구 선물이에요?”

계속해서 재잘거리는 여자를 골치 아픈 눈으로 바라보며 재혁이 마침내 입을 열었다.

“일단 들어갑시다. 그리고 들어가서는 조용히 있는 게 좋겠는데.”

“네.”

영희는 풀 죽은 목소리로 대답하고는 그를 따라 들어섰다.

“어서 오십시오. 어머나, 한 이사님 아니세요?”

종업원의 간드러지는 목소리에 재혁은 고개만 까딱하며 입을 열었다.

“저 여자 분한테 어울리는 것으로 하나 골라주십시오.”

그의 말에 매장 안에 있던 종업원들은 놀라움의 시선을 던졌다. 가족들과 온 그를 본 적은 있으나 이렇게 따로 여자와 온 적은 한 번도 없었다. 그런 그가 여자에게 옷을 선물하려 한다는 것은 정말 놀라운 일이었다. 그들은 조만간 그에 대한 소문이 퍼질 것을 생각하며 자신들이 제일 처음 정보를 입수한 것에 대해 즐거워했다.

“어머, 저요? 저하고 비슷한 체형이에요?”

또다시 여자의 수다가 이어지려고 하자 재혁은 한숨을 쉬며 말했다.

“당신 거요.”

“뭐라고요? 제 거라뇨?”

영희의 커다란 눈이 더욱 커졌고 종업원들의 미소는 더욱 짙어졌다.

“어머나, 한 이사님이 선물하시려는 거예요? 깜짝 선물이셨나 보네요. 너무 로맨틱하다.”

종업원의 호들갑스런 말에 재혁의 눈썹이 치켜올라 가자 주변을 맴돌던 종업원들이 귀신처럼 사라졌다.

“누나가 부탁한 거요. 그리고 나도 그날 일을 사과하는 의미에서 선물하고 싶습니다.”

“어우, 괜찮아요. 전 이런 선물 받을 생각 없어요. 게다가 제가 쏟은 건데요 뭘.”

‘그래도 양심은 있는 모양이군.’

재혁은 속으로 중얼거리면서 입을 열었다.

"내 맘이 편하지 않으니 하나 골라 입어요."

"아니에요. 그럼 제가 죄송해서 싫어요."

영희는 고집스럽게 사양했다. 자신의 실수를 다른 사람에게 전가하고 싶지 않았다. 아무리 눈치없는 그녀라도 그가 자신에게 좋은 마음으로 선물하려는 것이 아니라는 것쯤은 알고 있었다.

그는 부티크 안에서 이런 실랑이를 하는 게 짜증스러웠지만, 인내심을 갖고 다시 말했다.

"제발 그냥 입어요."

"그럼 이렇게 해요. 제가 반을 부담하죠."

"그럴 필요 없어요. 그냥 내가 사겠습니다."

"그럼 저도 사지 않겠어요."

여자의 고집스러움에 재혁도 두 손을 들었다.

"좋습니다. 그럼 반반으로 합시다. 됐습니까?"

"네! 그럼 뭘 살까? 앗! 저기 저 원피스 좀 보여주세요."

말을 마치자마자 여자는 순식간에 없어졌다. 재혁은 그런 여자의 모습을 지켜보며 고개를 흔들었다. 도대체 대책이 안 서는 여자였다. 누나도 대책없기는 마찬가지였는데, 저 여자는 누나를 능가했으면 했지 절대 덜하지는 않을 것이다.

"이것 어때요?"

여자의 질문에 재혁은 당황해서 아무 말 없이 서 있었다. 설

마 자신에게 물어보리라고는 생각하지 않았기에 당황함을 감추
며 침묵했지만, 여자는 다르게 받아들인 것 같았다.

"언니, 다른 것 좀 보여주세요."

여자는 입고 있던 옅은 분홍빛의 원피스를 다시 한 번 훑어보
더니 종업원이 내민 검은색의 니트 원피스를 찡그린 눈으로 바
라보았다.

"언니, 이거 말고 다른 거요."

그제야 그도 세작 발표회에서의 기억이 떠올랐다. 지깃과 비
슷한 옷이었던 것 같다. 여자는 그날의 악몽이 떠오른 듯, 옅게
몸서리를 치며 다시 종업원에게 건넸다. 그 모습에 재혁은 픽
웃었다. 저 여자에게도 창피한 게 있다는 것이 신기했다.

"그럼 이건 어떠세요? 손님한테 잘 어울릴 것 같은데."

진한 보랏빛의 원피스를 종업원이 내밀자 여자의 눈이 황홀
하게 변했다. 누가 봐도 마음에 꼭 든다는 것을 알아챌 정도로
여자의 얼굴은 부드러워졌다.

"입어볼게요."

재혁은 이런 곳에 있는 게 익숙하지 않았다. 게다가 이런 식
으로 시간을 낭비하는 것을 너무나 싫어했다. 그는 주머니에서
PDA를 꺼내 다시 한 번 이후의 스케줄을 확인했다. 그때 주변
에서 감탄하는 목소리가 들려왔다.

"어머, 손님. 너무 예뻐요~"

"그래요? 이봐요, 이건 어때요?"

영희가 다시 그에게 물었지만, 그는 여전히 침묵할 뿐이었다.

"한 이사님, 너무나 아름다우시죠?"

영희의 옆에 서 있던 종업원이 거들었다. 하지만 그가 여전히 침묵을 지키자 종업원이 겸연쩍은 듯이 말했다.

"워, 워낙 과묵하신 분이라……."

우물쭈물 말하는 종업원에게 영희는 호기심에 반짝이는 눈을 들며 조용한 목소리로 물었다.

"어머, 싸가지없단 말이죠? 솔직히 저런 손님한테 뭐라고 말해요? 과묵하다, 그런 말 말고."

"네?"

종업원의 깜짝 놀라는 시선에 아랑곳하지 않고, 영희는 계속해서 말했다.

"저렇게 묻는 말에 대답 안 하는 사람에게 과묵하다고 했잖아요. 그럼 말을 재수없게 하는 사람한테는 뭐라고 해요? 진짜 궁금하다."

영희는 소곤대며 종업원에게 물었다. 그녀는 진짜 궁금했다. 작가적인 관점에서 볼 때 분명 이런 경우에 대처하는 그들만의 노하우가 있을 터였다.

"저…… 손님, 저는 그게 아니라……."

"에이, 걱정 말아요. 뭐라 하는 게 아니라 진짜 궁금해서 그렇다니까요?"

종업원은 이게 아닌데 싶으면서도 영희의 간절한 눈빛에 머뭇거리며 말을 했다.

"아니, 저…… 뭐…… 화통하시다, 대쪽 같다, 그 정도지요."

"아하, 그렇군요."

"뭐 하는 겁니까? 살 겁니까, 말 겁니까?"

재혁이 옷은 사지 않고 종업원과 뭔가를 속닥거리는 영희를 마땅치 않은 눈으로 바라보며 재촉했다.

"어우, 알았어요. 이걸로 할게요."

"네, 손님."

그제야 종업원은 안심한 얼굴로 그녀에게서 카드를 받아 들었다. 영희는 종업원한테 들은 말을 다이어리에 옮겨 적으며 씨익 미소 지었다.

재혁은 여자가 미소 지으며 무언가를 열심히 적는 것을 인내심을 갖고 기다렸다. 이미 점심 시간은 끝났지만, 여자는 서두르는 기색이 없었다. 그는 한숨을 쉬며 여자가 쇼핑백을 받아 드는 것을 지켜보았다. 이로써 여자와의 만남이 더 이상 이어지지 않기만을 바랄 뿐이었다.

제6장

옛사랑은 가고

어, 선우 선배." "몸은 괜찮니?" "어, 어떻게……." "오늘 철희한테 전화했었어. 네 안부를 물었더니 여기 병원에 입원해 있다 하더라고." 걱정스런 표정으로 선우가 말했다. "아, 네." "영희야." "네?" 영희는 긴장한 듯한 선우의 얼굴을 바라보았다. "퇴원하면…… 내 결혼식에 와줄래?" 영희는 여전히 삐져나온 실밥을 뜯으며 그의 말을 한참 생각했다. 자신이 들은 말이 맞다면, 정말 잘못 들은 게 아니라면, 그가 결혼한다는 말이었다. 그제야 영희는 떨리는 소리로 물었다. "겨, 결혼이요?" "어, 그래. 이 달 마지막 주 토요일에 결혼해."

대한그룹 본사 건물 안에는 분주히 움직이는 사람들로 어지러웠다. 잰걸음으로 어딘가를 향하는 사람, 커다란 목소리로 전화하는 사람, 서류를 들고 누군가와 대화하는 사람 등 항상 일상적인 풍경이었지만 재혁은 오늘의 이 일상이 깨져 버릴 것만 같았다.

재혁은 골치 아픈 시선으로 자신의 곁에 서 있는 여자를 바라보았다. 불과 일주일 만의 만남이었다. 이 여자와 엮이지 않으려고 발버둥 쳤지만 신은 그의 편이 아니었다.

"헤헤, 감사해요, 이렇게 시간을 내주셔서."

영희의 맑은 눈동자에 재혁은 짜증이 났지만 애써 누른 후 여자를 안내했다. 여자가 집에 방문했을 때 인터뷰를 요청하기는 했으나 이렇게 자신이 맡게 될 줄은 몰랐었다. 그는 거절하고 싶었으나, 아버지의 강압적인 부탁으로 여자가 자신을 취재하도록 허락해야 했다. 누군가 자신의 뒤를 따라다니는 것을 무척이나 싫어하는 그였다. 하지만 이번에도 어쩔 수 없이 허락하고야 말았다.

"이곳에 들어가서는 조용히 있어야 합니다. 이번 안건은 굉장히 중요한 일이라, 아버지의 부탁이 없었다면 이곳은 들어가지 못했을 거요."

사실 그렇게 중요한 안건은 아니었으나, 여자의 입을 잠재우기 위해 그는 작은 거짓말을 했다. 사고뭉치인 그녀가 또다시 사고를 치지 않으리란 보장이 없었기 때문이다.

"어우, 알겠어요."

영희가 생긋 웃으면서 입에 지퍼를 채우는 시늉을 했다. 그 모습은 약간 우스꽝스러워서 재혁도 픽하니 웃음이 나왔다. 하지만 그는 자신들의 모습이 어떻게 보이는지 미처 알아채지 못했다. 영희의 귀여운 행동도, 재혁의 살짝 웃는 모습도 주위 사람들에게는 놀라운 일이었다.

"아니, 그럼 게이가 아니었단 말이야? 어쩐지, 저렇게 잘생긴 남자가 뭐가 아쉬워 그랬겠어? 저 여자는 참 좋겠다."

"야, 저 여자도 얼마나 귀엽고 예쁘게 생겼냐? 그러니까 천하의 얼음왕자 한재혁 이사가 저렇게 넘어간 거지."

“설마, 저 여자 작가래. 그냥 인터뷰하러 온 거래.”

주위에서는 그들만의 청문회가 이어졌지만, 그런 것을 알 리 없는 재혁은 영희를 불안한 시선으로 바라보았다.

“절대 아무 말도 해서는 안 됩니다.”

영희는 그의 말에 고개를 열렬히 끄덕이며 닫힌 자신의 입을 손가락으로 가리켰다. 침묵하겠다는 뜻이었다.

“좋습니다. 들어갑시다.”

그가 회의장의 문을 열고 영희와 함께 들어서자 여기서기시 수군거리는 소리가 들렸다. 하지만 재혁이 서늘한 눈으로 주위를 한 번 훑어보자 실내는 조용해졌다.

‘와우, 카리스마가 짱이네.’

영희는 두리번거리다 재혁이 실내 공기를 장악하는 모습을 신기한 눈으로 바라보았다.

“오늘 안건에 대한 회의를 시작하겠습니다.”

진행자의 소리가 들리자 재혁이 입을 열었다.

“이분은 작가 이영채 씨입니다. 회의 내용과는 상관없이 진행되는 모습을 취재차 이곳에 오신 것입니다. 그러니 여러분들은 신경 쓰지 마시고, 평소처럼 회의에 임해주시기 바랍니다.”

그의 말에 다시 웅성거림이 있었으나 곧 조용해졌다.

영희는 회의가 진행되는 상황을 조용히 앉아 노트하며 지켜보았다. 그의 뒤를 따라다니며 대기업 이사의 업무를 취재한 지 불과 몇 시간밖에 안 됐지만 그의 막중한 업무를 뼈저리게 느끼

고 있었다. 이 많은 양을 어떻게 소화해 내는지 놀라울 정도였
다.

　마침내 회의가 끝나자 하나둘씩 회의장 밖으로 빠져나갔다.
영희는 그의 뒤에 앉아 그들이 자신에게 던지는 호기심 어린 시
선을 받아냈다.

　“갑시다.”

　재혁은 일어서서 그 말만을 던진 채 성큼성큼 앞으로 나아갔
다.

　“어? 같이 가요.”

　영희는 주섬주섬 노트를 챙겨 그의 뒤를 따랐다.

　‘귀찮은 여자야.’

　재혁은 혀를 차며 여자가 나오기를 기다렸다. 약속대로 여자
는 회의 시간 내내 조용히 앉아 있었다. 오히려 그가 회의에 집
중하지 못하고, 뒤에 앉아 있는 여자가 어떤 사고라도 칠까 조
마조마했었다. 그는 자신의 그런 행동에 화가 난 상태였다. 예
상대로 저 여자 때문에 그의 일상이 깨지고 있었다.

　“점심은 안 먹어요?”

　재혁은 여자의 맑은 눈동자를 심술궂은 눈으로 바라보며 퉁
명스레 말했다.

　“점심도 같이 먹어야 하는 거요?”

　“어머, 오해하셨구나. 제가 약속이 있어서요. 그럼 1시 30분
까지 이사실로 가면 되는 거죠? 그럼 점심 맛있게 드세요.”

여자는 그 말을 뒤로하고 다시 생글생글 웃는 낯으로 그의 곁을 바쁘게 떠났다. 남겨진 재혁은 황망한 시선으로 여자가 떠난 자리를 바라보고 있었다. 뭔가 잘못된 것 같았다. 그는 여자의 당황하는 얼굴을 보고 싶었지만, 정작 당황한 것은 그였다.

요즘 여자를 만난 이후, 그의 일은 이상하게 꼬여갔다. 언제나 자신을 믿고 따라주던 가족들도 여자의 말 한마디에 그의 의견을 무시했고, 여자를 천사인 양 온갖 미사여구를 갖다 붙여댔다. 게다가 그가 여자의 가슴을 실수로 만진 이후, 그는 설 자리를 잃어가고 있었다. 하지만 가족보다 더욱 화가 나게 하는 것은 다름 아닌 여자의 행동이었다. 아무렇지도 않은 표정으로 걱정하지 말라던 여자의 말이 생각나자 그의 얼굴이 일그러졌다. 아무리 일부러 만지지 않았다 해도 그는 남자가 아니던가. 물론 그녀가 가당치도 않은 오해를 했다면 그도 기분이 나빴겠지만, 여자의 말을 듣는 순간 이상하게도 불쾌감이 느껴졌었다.

여자는 마녀임에 분명했다. 자신의 주변 사람들을 홀려놓고, 그들을 자신의 편으로 만드는 데 일가견이 있었다. 요즘 가족들의 움직임도 심상치 않았다. 아무리 무덤덤한 그라도 가족들의 이상한 행동은 충분히 느낄 수 있을 정도였다. 그는 가족들이 자신과 여자를 같이 있게 만드는 일이 부쩍 많아졌다는 것을 이미 눈치챘다. 어떻게 해서든 여자와 연결이 되지 않도록 발버둥치는 그에게 여자는 아무 거리낌 없이 다가왔다. 게다가 가족들의 음모에서 벗어나려는 그를 끌어들이는 것은 다름 아닌 그녀였다. 그렇다고 여자가 그에게 관심있다고 생각할 정도로 자신에 대해 과대평가할 그도 아니었다. 아무래도 여자는 그의 가족들의 움직임에 대해 눈치채지 못하고 있는 게 분명했다. 그는 가족들의 이상 행동을 여자에게 설명해 줄 생각은 하지 않았다. 아무리 지금 이상 행동을 보이고 있다 해도 그들은 가족이 아니겠는가.

그는 다시 한 번 여자가 나간 문을 노려보다가 자신의 방으로 향했다. 아무래도 도시락을 주문해야 할 것 같았다.

영희는 그녀의 말대로 1시 30분에 정확히 도착했다. 이사실을 열고 들어서니 부루퉁한 얼굴의 재혁이 보였다.

"식사는 잘하셨어요?"

재혁이 고개를 간단히 끄덕이며 다음 스케줄을 말했다.

"다음은 부평 공장에 가봐야 하는데, 거기까지 따라올 거요?"

"그럼요. 언제 가실 건데요? 지금요?"

"일어납시다."

재혁은 여자의 해사해 보이는 얼굴이 보기 싫었다. 자신을 보기 좋게 놔두고 가버린 여자를 생각하며 혼자 먹었던 도시락이 생각나자 화가 치밀었다. 아무리 싫어하는 여자지만, 그는 여자를 위해 점심 시간을 비워둔 터였다. 하지만 이 작은 여자는 그를 보기 좋게 혼자 남겨놓고 약속이 있다며 가버렸다.

영희는 오전보다 더욱 찬바람이 부는 재혁을 보며 고개를 가

우뚱했다. 자신이 또 무슨 실수를 했는지 재혁의 차디찬 얼굴이 그녀를 고민하게 했다.

"제가 무슨 잘못했어요?"

그녀의 말에 재혁은 더욱 굳어진 얼굴을 했다.

"혹시 제가 무슨 실수했으면 말씀해 주세요."

당당한 영희의 말에 그는 아무 말도 하지 못한 채 가만히 서 있었다. 분명 그는 그녀에게 화가 난 상태였지만, 자신이 보기에도 타당치 않은 이유로 화났다고 말할 수는 없었다.

"그런 것 없습니다. 시간 안에 가려면 바로 출발해야 할 거요."

얼굴이 미약하게 상기된 채 그 말만을 하고 먼저 나가 버린 재혁을 이상한 눈으로 바라보며 영희는 중얼거렸다.

"내가 진짜 큰 실수 했나 보네. 말을 해주지. 말을 안 하면 내가 뭘 잘못한 줄 아나?"

부평 공장에서의 일은 순조롭게 끝이 나 생각보다 빨리 서울로 돌아올 수 있었다. 영희는 사무실로 들어서는 그의 뒤를 종종걸음으로 좇았다. 벌써 오후 다섯 시를 지나고 있었으나 그는 다시 일할 준비를 하고 있었다. 영희는 그의 일을 방해하고 싶지 않아 조용히 앉아서 노트를 정리하고 있었지만 끝내는 입을 열고야 말았다.

"퇴근 안 하세요?"

서류에서 고개를 든 재혁이 눈썹을 치켜올리며 말했다.

"난 일을 좀 더 해야 하니 먼저 가려면 가요."

"어우, 아니에요. 그러면 저도 여기서 일을 좀 할게요."

"마음대로."

"고마워요."

영희가 노트북으로 오늘 메모한 것들을 간추리고 그동안 구상해 온 것을 정리하고 있을 때, 노크 소리가 들렸다.

"이사님, 그럼 저는 이만 퇴근하겠습니다."

"그래요, 수고했어요."

비서가 나가고 나자 재혁은 본격적으로 일을 시작했다. 영희가 그의 뒤를 쫓아다니는 바람에 평소보다 일이 지연되기도 했고, 그는 아직 그녀에 대해 심술궂은 마음이 남아 있었다.

'언제까지 기다리나 보자.'

재혁은 다시 서류에 얼굴을 파묻고 일에 집중했다. 사무실 안은 조용했다.

한참의 시간이 흐른 후, 그는 목이 뻐근해 스트레칭이라도 하기 위해 일어섰다. 그의 눈에 일에 열중하고 있는 영희의 모습이 들어왔다.

'저 여자도 진지할 수 있군.'

항상 산만하고, 엉뚱한 말을 던지는 여자의 모습만 봐왔던 그이기에 지금의 여자의 모습은 생소했다. 재혁은 커피라도 준비해야겠다는 생각에 탕비실로 들어서서 원두커피를 내렸다. 원두의 고소한 냄새가 그의 주위를 맴돌았다. 그는 머그잔을 들고 들어가 여자의 옆에 놓아두었지만, 여자는 노트북에 정신을 빼앗겼는지 고개를 돌리지도 않았다. 그 모습은 이상하게도 그의 심기를 건드려 놓아 그가 영희에게 말을 건네게 했다.

"커피 마셔요."

"어? 아, 고마워요. 그렇지 않아도 커피 한 잔 하고 싶었는데."

영희의 배시시 웃는 모습을 보자 그는 못 볼 것이라도 본 것인 양 고개를 돌려 버렸다.

"조금 있으면 다 끝날 거요."

"어우, 괜찮아요. 하실 거 있으면 다 하셔도 돼요."

또다시 배시시 웃는 여자의 얼굴을 보며 그는 고개를 흔들었다.

'대책없는 여자군.'

저렇게 아무한테나 웃으며 말하는 여자의 모습이 그의 신경을 거슬리게 했다. 그는 남은 서류를 정리하며 일어섰다.

"갑시다."

시계를 보니 벌써 여덟 시가 되어가고 있었다. 그의 심술로 그녀를 붙잡아둔 게 내심 마음에 걸려 그는 마음에도 없는 제안을 하고 말았다.

"저녁이나 먹읍시다."

영희가 시계를 보며 호들갑스럽게 말했다.

“어머, 벌써 이렇게 됐네. 어떻게 하죠? 저 약속이 있는데. 음, 다음에 제가 저녁 살게요.”

재혁은 얼굴을 찌푸리며 말했다.

“됐습니다.”

“어우, 아니에요. 그렇지 않아도 제가 대접해 드려야 된다고 생각했어요. 어머, 늦었다. 저 먼저 갈게요.”

서둘러 나가는 여자의 뒷모습이 그의 눈에 비춰졌다. 재혁은 또다시 황망한 시선으로 여자가 열고 나간 문을 바라보고 있었다. 이렇게 누군가에게 무관심을 받아보기는 처음이었다. 스스로가 누군가에게 무관심한 적은 있었어도, 타인에게 당한 적은 한 번도 없는 그였다. 그는 생소한 경험에 당황해하며 여전히 그녀가 나간 문을 바라보고 서 있었다.

‘정말 마음에 안 드는 여자야.’

영희는 서둘러 엘리베이터 앞에 다가갔다. 하지만 십여 분이 지나도 엘리베이터가 올라오지 않자 하는 수 없이 비상구를 찾아 계단을 내려갔다. 재혁이 있는 이사실은 십오층이기 때문에 내려가려면 한참의 시간이 소요될 터였다. 하지만 시간 약속을 칼같이 지키는 지혜가 떠오르자 그녀의 발걸음은 빨라졌다.

우당탕!

달리듯이 내려가던 영희는 성급한 마음에 발을 내딛다가 그만 계단에서 미끄러졌다. 아무래도 오늘 신은 하이힐이 문제인 듯했다. 쭈르륵 미끄러져 계단 모서리에 등을 부딪치고, 발목이 접질리자 거센 통증이 밀려왔다. 흩어진 노트북과 가방을 챙기기 위해 일어서려 했지만, 접질린 발목 때문에 다시 주저앉아야 했다. 영희는 겁이 더럭 났다. 지금은 대부분 사람들이 퇴근한 지 두 시간이 훨씬 넘은 시간이었다. 이 건물 안에는 아직 재혁이 있었다. 그러나 그가 이곳으로 내려오지 않는 이상, 다른 사람이 올 때까지 기다릴 수밖에 없었다. 그의 전화번호를 모르는 것이 가장 큰 문제였다. 그녀는 하는 수 없이 지혜에게 전화를 했다.

[왜 안 오고 전화질이야?]

"지혜야, 훌쩍."

영희는 친구의 목소리를 듣자 갑자기 목이 메어오기 시작했다.

[왜 그래? 무슨 일이야?]

"나, 지금 대한그룹 비상구에 있는데 넘어져서 혼자 못 일어나겠어."

[비상구엔 왜 간 거야?]

"엘리베이터가 고장났나 봐. 아무리 기다려도 오지 않아서 빨리 오려고 비상구로 왔거든. 근데 넘어졌어. 우엉."

마침내 영희의 눈에서는 굵은 눈물이 뚝뚝 떨어지기 시작했다.

[알았어. 몇 층이야? 내가 갈게.]

"여기 십이층 정도 된 거 같아."

[우라질. 그렇게 높은 델 걸어 올라가야 하냐?]

"우엉, 그래도 올 거지? 훌쩍."

[알았어. 얌전히 있어. 금방 갈게.]

"알았어. 빨리 와야 해?"

영희는 비상구의 불빛을 바라보며 다행이라고 생각했다. 만약 불빛마저 없이 컴컴한 이곳에서 기다려야 했다면 정말 무서웠을 것이다.

지혜에게 전화를 하고 십여 분이 흘렀을 때, 누군가의 발자국 소리가 들려왔다. 영희는 가만히 앉아 상대가 지나가기를 기다리고 있었다. 등을 다친 그녀에겐 지금 누가 내려오는지 볼 여력이 없었기 때문이다.

"여기서 뭐 하는 겁니까."

재혁이었다. 이상하게도 그의 목소리가 들리자 영희의 눈에 멈췄던 눈물이 다시 흘러나오기 시작했다.

재혁은 그 모습에 당황해 주춤했다. 그는 경비원에게서 엘리베이터가 고장이라는 전화를 받고, 계단을 통해 내려오고 있었다. 여자가 간 지 한참의 시간이 흘렀기에 이곳에서 또다시 마주치리라 생각하지 않았었다. 여자는 헝클어진 모습으로 계단에 앉아 있었다. 오늘 그를 쫓아다니기 위해 입었을 베이지 색 치마 정장은 지저분한 얼룩으로 더럽혀졌고, 늘씬한 다리를 돋보이기 위해 입었을 커피색 스타킹은 너덜너덜해졌으며, 작은 키를 커버하기 위해 신었을 하이힐은 저만치 벗겨져 있었다. 마치 피난민마냥 앉아 커다란 눈에 눈물을 머금고 있는 여자의 모습이 우스꽝스러웠지만 재혁은 차마 웃을 수 없었다.

"훌쩍, 제가요, 엘리…… 훌쩍…… 너어…… 져서요."

갑자기 눈물을 보이던 영희가 어른에게 이르는 어린아이처럼 웅얼웅얼 뭐라고 했지만, 재혁에겐 이해하지 못할 말이었다.

"그래서 지금 다쳤단 말이요?"

그의 말에 영희는 고개를 힘껏 끄덕였다. 그녀의 눈에신 또다시 격한 눈물이 나오려 하고 있었다. 재혁은 그 모습을 보다가 얼른 영희의 앞으로 다가갔다. 눈물 흘리는 여자는 골치 아팠다. 차라리 얼른 여자를 병원으로 데리고 가는 게 나을 것이라는 생각이 들었다.

"업혀요."

"네?"

"업히라고요. 지금 엘리베이터가 고장이라 십이층을 내려가려면 힘들 테니까 얼른 업혀요."

"고, 고마워요."

영희는 눈물을 닦고, 재혁의 등에 업혔다. 아빠의 그것처럼 넓고, 편안했다. 항상 자신에게 고슴도치처럼 가시를 세우고 있는 그가 이렇게 넓고 따스한 등을 가지고 있는지 몰랐었다.

그녀는 격한 감정을 가라앉히고 재혁에게 말했다.

"친구가 올 거예요. 그러니 계단 밑으로만 데려가 주시면 돼요."

“알았습니다.”

재혁은 영희의 가방과 노트북까지 들고, 계단을 내려가기 시작했다.

여자의 몸은 생각보다 가벼웠지만, 그것도 한두 층을 내려갔을 때의 얘기다. 오층쯤에 이르자 재혁의 다리가 풀리기 시작했고, 호흡도 거칠어졌다. 그는 영희의 몸을 추스르며 후들거리는 다리로 계단을 조심스럽게 내려갔지만, 코너를 돌다가 영희의 다친 다리를 난간에 부딪치고 말았다.

“아야!”

그녀는 가뜩이나 아팠던 다리가 부딪치자 눈물이 핑 돌았다. 너무나 큰 통증이 밀려와 저도 모르게 소리를 질렀다.

“아악! 아파요!”

“헉…… 헉, 미안합니다.”

재혁은 자신도 모르게 사과하며 여자를 계단에 앉혔다. 아무래도 좀 쉬어야 할 것 같았다. 그도 그였지만, 통증이 심한지 여자는 훌쩍거리고 있었다.

“잠깐 기다려요.”

그는 오층에 있는 화장실로 들어가 손수건에 물을 적셔왔다. 가뜩이나 더운 날에 칠층이나 되는 계단을 힘들게 내려온 터라 얼굴엔 땀이 흐르고 있었지만, 그는 세수할 생각도 못하고 있었다. 숨이 턱까지 차 올랐으나 아파할 여자를 위해 다시 비상구로 뛰어갔다. 그는 영희에게 다가가 발목에 차가운 손수건을 얹어주려 했다. 하지만 영희는 자꾸 피할 뿐이었다.

"헉…… 헉, 이리 와요. 괜찮으니까."

"싫어요."

"후우, 그러지 말고 가만히 있어요."

재혁은 자신의 얼굴에 맺힌 땀을 소매 끝으로 닦으며 영희의 발목을 잡았다.

"아악! 만지지 말아요!"

영희는 자신의 아픈 다리에 차가운 손수건이 닿자 갑자기 소리를 질렀다. 사실 아픈지 안 아픈지도 몰랐지만 다른 물건이 닿는 자체만으로도 겁에 질려 있는 그녀였다. 그때 갑자기 재혁의 몸이 밀쳐졌다.

지혜는 영희의 전화를 받고, 급하게 차를 몰아 대한그룹 본사에 도착했다. 평소 태권도로 다져진 그녀였기에 빠르게 올라갈 수 있었다. 영희가 있을 십이층까지 이 속도를 유지하기는 힘이 들겠지만, 인내를 가지고 꾸준히 올라가던 중이었다. 지혜가 오층에 거의 도착했을 때, 영희의 목소리가 들려왔다.

"헉…… 헉, 이리 와요. 괜찮으니까."

"싫어요."

"후우, 그러지 말고 가만히 있어요."

"아악! 만지지 말아요!"

지혜는 그 소리를 듣자마자 쏜살같이 달려갔다. 흐린 불빛 아래 영희가 겁먹은 얼굴로 앉아 있었다. 거친 호흡을 내뿜으며 남자가 영희에게 점점 다가가는 것이 보였다. 지혜의 귓가에 비상벨을 울리고 있었다. 음영진 남자의 얼굴이 더욱 위험하게 보였다. 마침내 남자가 영희의 다리에 손을 가까이 가져가는 것이 보이자 지혜는 남자의 뒤로 성큼 다가가 남자를 내팽개쳤다.

퍽!

"이런 나쁜 놈! 어디 할 짓이 없어서 여자를 희롱해?"

재혁은 갑작스런 사태에 정신을 차릴 수 없었다. 가뜩이나 하루를 저 여자에게 시달렸는데, 갑자기 나타난 또 다른 여자가 자신을 치한으로 몰아세우고 있었다.

"어, 엄마나! 야! 너 뭐 하는 거야!"

영희는 지혜에게 황당한 얼굴로 물었다.

"뭐 하긴, 너를 괴롭히는 놈을 혼내주려는 거지."

지혜는 당연하다는 듯이 말하며 자신에 의해 엎어진 재혁을 강제로 일으켜 멱살을 잡고 끌어당겼다.

"너 같은 놈은 당장 거세를…… 엄마야!"

지혜는 재혁의 얼굴을 자세히 보다가 그가 누구인지를 깨달았는지 멱살을 잡았던 손을 얼른 놓으며 사색이 되었다.

"어머나! 한 이사님, 여기서 뭐 하세요?"

지혜의 어이없는 말에 영희는 기가 차서 아무 말도 할 수 없었고, 재혁은 여자에게 당한 자신이 한심스러워 침묵했다.

"야! 너 혼자 있다며?"

갑자기 화살을 영희에게 돌리는 지혜를 보며 재혁이 입을 열었다.

"제가 발견해서 밑으로 업고 내려가던 중이었습니다."

"그런데…… 뭐 하시던 거였어요?"

지혜는 방금 전의 요상한 장면을 떠올리며 물었다. 분명 영희가 싫다 하는데 재혁이 다가가는 것을 보았었다. 그 모습을 본 지혜는 본능적으로 재혁의 뒷덜미를 잡아 팽개쳤었다.

"뭐 하긴, 발목이 부어서 차가운 손수건을 대준다고 하셨는데, 내가 무서워서 싫다고 하던 중이었지."

"난 또……. 저, 정말 죄송해요. 제가 뒷모습만 보고 오해해서……."

지혜의 사과에 재혁은 아무 말도 하지 않고, 고개를 끄덕였다. 지금은 어떤 말도 하고 싶지 않았다.

지혜가 겸연쩍은 웃음을 지으면서 영희의 짐을 챙기기 시작했다.

"그, 그럼 얼른 내려가자. 아무래도 병원에 가봐야 하겠지?"

갑작스레 친절한 어조로 바뀐 지혜를 보며 영희는 재혁에게 말했다.

"미안해요. 오늘 저 때문에 고생만 하셨는데, 이렇게 제 친구 때문에……."

"얼른 갑시다."

재혁은 다시 그녀를 업고 계단을 내려갔다. 여전히 다리는 후들거렸지만, 그래도 이젠 영희의 짐을 다른 사람이 들어주기에 한결 수월했다.

마침내 로비에 들어서자 경비원이 뛰어나왔다.

"아니, 한 이사님, 어떻게 된 겁니까? 저를 부르시지 않고."

혼비백산하며 뛰어나온 경비원에게 재혁은 괜찮다고 말하며, 영희를 자신의 차로 데리고 갔다. 아무래도 걷지 못하는 영희를 안고 갈 사람이 필요할 것 같았다. 그는 피곤한 몸을 끌고 집으로 가고 싶었지만, 여전히 눈물을 글썽이고 있는 여자를 그냥 두고 갈 수 없었다.

"아니, 제가 데리고 가도 되는데……."

지혜는 재혁의 차에 태우는 영희를 보며 말했다.

"혼자서 안을 수 있겠습니까?"

지혜는 그의 말에 영희의 상태를 떠올렸다.

"그럼 제가 좇아갈게요. 저기…… 한 이사님, 감사합니다."

지혜는 배려해 주는 재혁에게 감사했다.

"괜찮습니다. 그럼 대한병원에서 뵙지요."

재혁이 자신의 차에 올라타자, 영희는 커다란 눈을 들어 재혁에게 인사했다.

"고마워요. 그리고 죄송해요."

풀 죽은 얼굴로 인사하는 여자의 얼굴에 재혁은 아까 전의 짜증스러웠던 기분이 많이 사라져 가는 것을 느꼈다.

"됐습니다."

　　병원으로 가는 동안 차 안은 침묵이 흘렀다. 그러나 그 침묵이 예전처럼 버겁게 느껴지진 않았다. 창밖엔 어둠을 밝혀주는 가로등들이 환하게 길을 비쳐 주고 있었다.

　　다음날, 영희는 멍하니 앉아 있었다. 염 여사는 오늘 모임이 있다고 하며 그녀를 병실에 홀로 남겨둔 채 어디론가 사라지고 없었다. 철희가 아침에 빌려다 준 만화책마저 다 읽고 나자 심심했다. 하지만 깁스한 다리를 끌고 혼자 밖으로 나갈 엄두가 나지 않아 가만히 앉아 있었다.
　　영희는 창밖으로 시선을 돌려 건너편의 건물을 바라보았다. 재혁의 회사 건물과 유사한 모양을 보면서 어제의 일을 떠올렸다. 항상 쌀쌀맞고 찌푸리는 얼굴만 했던 그였지만, 어제의 그는 묵묵히 자신을 도와주었다. 땀을 뻘뻘 흘리며 그 긴 계단을 내려가면서도, 재혁은 불평 한마디 하지 않았다. 영희는 넓은 등에 자신을 업고 최대한 아프지 않게 배려해 준 그를 생각하며 미소 지었다. 또한 어제 그가 자신의 발목에 대주었던 손수건을 볼 때마다 그녀의 마음은 감동으로 뭉클해졌다. 게다가 어제 지혜의 실수에도 그는 아무 말 하지 않았다. 그 모습에 영희는 그를 다시 보게 되었다.
　　사실 그가 게이만 아니라면 그에 대해 다른 생각을 가졌을지도 몰랐다. 처음 영희가 그를 보았을 때에도 그녀는 재혁을 자신의 소설 주인공 같다고 생각했었다. 때문에 그를 스토커처럼 따라다녔지만 그가 게이라는 것을 알고 그 생각도 접었다.

'다시 주인공으로 써줘? 솔직히 남자를 좋아한다는 것만 빼고는 잘나긴 잘났지. 흠, 그럼 이번 소설 모델로 한번 써봐?'

영희는 혼자만의 상상을 하며 입가에 달콤한 미소를 지었다. 이미 그녀만의 상상 속에 빠져들어 가고 있었다. 어제 재혁을 쫓아다니며 메모했던 것들을 꺼내 들고 정리했던 시놉시스를 수정하며 그를 상대로 상상의 나래를 펼치고 있을 때 노크 소리가 들려왔다.

똑똑—

"들어오세요."

영희는 자신의 노트에서 고개를 들어 병실 문을 바라보다가 뜻밖의 손님에 멍하니 앉아 있었다. 선우였다.

"서, 선우 선배."

"몸은 괜찮니?"

"어, 어떻게……."

"오늘 철희한테 전화했었어. 네 안부를 물었더니 여기 병원에 입원해 있다 하더라고."

걱정스런 표정으로 선우가 말했다.

"아, 네."

여전히 그의 앞에서만 한없이 작아지는 영희이기에 우물쭈물 대답했다.

"많이 다쳤나 보구나. 어떻게 하다가 이렇게 다친 거야?"

그의 물음에 영희는 얼굴이 빨갛게 달아올랐다.

"아, 저 그냥 계단에서 미끄러져서……."

"조심하지."

"제가 항상 그렇지요 뭐."

영희는 겸연쩍은 미소를 지으며 머리를 만지작거리다 침대에서 발을 내렸다.

"앉으세요. 참, 내 정신 좀 봐. 주스 한 잔 드릴까요?"

"아니야. 그냥 앉아 있어. 잠깐 들른 거야."

"아, 그랬군요."

영희는 실망스런 표정으로 고개를 끄덕이며 다시 침대에 앉았다. 그녀는 괜스레 이불 끝에 삐져 나온 실밥을 잡아 뜯었다.

"영희야."

"네?"

영희는 긴장한 듯한 선우의 얼굴을 바라보았다.

"퇴원하면…… 내 결혼식에 와줄래?"

영희는 여전히 삐져 나온 실밥을 뜯으며 그의 말을 한참 생각했다. 자신이 들은 말이 맞다면, 정말 잘못 들은 게 아니라면, 그가 결혼한다는 말이었다. 그제야 영희는 떨리는 목소리로 물었다.

"겨, 결혼이요?"

"어, 그래. 이 달 마지막 주 토요일에 결혼해."

"누, 누구와요?"

미련스런 말이었지만 영희는 물어야 했다. 팔 년을 기다려 온 그였다. 아무리 혼자만의 짝사랑이었다 할지라도 이렇게 종지부를 찍는다는 것이 실감나지 않았다. 생각해 보니 지난번의 만남에서 그가 우물쭈물하던 것이 생각났다.

"아, 너는 몰랐나 보구나. 학교 다닐 때, 그래도 우리가 꽤 유명했던 커플이었는데. 미란이 모르니?"

"그 영문과 언니요?"

그녀의 말이 맞다면 그와 사귀었던 쭉쭉빵빵일 것이다. 그녀는 내심 그가 유학을 가면 자연히 미란과 헤어질 거라 생각했지만, 현실은 그녀의 예상과 달랐다.

"응, 맞아."

영희는 그의 말에 고개를 끄덕이며 멍하니 말했다.

"그랬군요."

"너도 만나는 사람 있지?"

선우의 말에 영희는 무슨 말인지 생각도 해보지 않고 얼결에 고개를 끄덕였다.

"네."

"그랬구나. 잘됐다. 좋은 사람이지?"

"네?"

영희는 선우의 질문이 무슨 뜻인지를 한참 생각하다가 눈을 동그랗게 떴다.

"뭘 그렇게 놀라. 좋은 사람이지, 네가 만난다는 사람?"

영희는 고개를 주억거리며 대답했다.

"아…… 네."

병실 안은 조용한 침묵이 흐르고 있었다. 생각에 빠져 있는 영희를 한참 동안 바라보다 선우는 헛기침을 하며 일어섰다.

"그래, 그럼 난……."

똑똑―

영희는 어색한 공기를 깨뜨려 준 노크 소리가 반가워 생각보다 커다란 목소리로 말했다.

"들어오세요!"

재혁은 어머니의 성화로 영희의 병실 앞에 서 있었다. 그의 손엔 어머니가 비서에게 준비시켜 둔 꽃바구니가 들려 있었다. 어제 그녀를 병원에 데려다 준 후, 그는 바로 집으로 돌아왔다. 그 사실을 안 박 여사는 그를 채근하기 시작했고, 그는 하는 수 없이 병문안을 오게 되었다.

사실 여자가 걱정이 되지 않는 것은 아니었다. 생각보다 가볍던 여자의 작은 몸도, 시간이 지날수록 부풀어 오르던 가느다란 발목도, 통증으로 인해 그렁그렁한 눈물을 담고 있던 커다란 눈도 그가 여자를 걱정하게 하는 것들이었다. 하지만 여자에게 하루 종일 시달렸던 일들과 함께 치한으로 몰린 일이 떠올랐다. 여자를 만나면 항상 벌어지던 예기치 못한 상황에 그는 여자와의 만남이 꺼려졌다.

‘정말 귀찮은 여자야.’

그는 한숨을 쉬며 여자의 병실을 노크했다.

똑똑—

“들어오세요!”

영희의 활기찬 목소리를 들으며, 재혁은 문을 열고 들어섰다.

“어머, 오셨어요?”

재혁은 병실에 영희만 있는 게 아니라는 것을 깨닫고 꽃바구니만 전해주고 가야겠다는 생각을 했다. 그는 꽃바구니를 창가에 내려놓고 영희에게 안부를 물었다.

“몸은 괜찮습니까?”

“네, 괜찮아요. 어머나, 웬 꽃이에요? 어제도 감사했었는데.”

“흠흠.”

“아, 선배. 이분은 대한그룹 이사로 계시는 한재혁 씨예요. 그리고 이분은 제 대학 선배이신 강선우 씨구요.”

“처음 뵙겠습니다. 강선웁니다.”

“처음 뵙겠습니다. 한재혁입니다.”

선우는 재혁을 가리키며 조심스럽게 물었다.

“영희야, 혹시 이분이 바로 네가 말한 그분이시니?”

영희는 더듬거리며 고개를 끄덕였다.

“네? 아, 마, 맞아요.”

그들의 대화를 듣던 재혁은 의아한 눈으로 영희에게 고개를 돌렸다.

"말씀 많이 들었습니다. 아끼는 후배라서 걱정을 많이 했었는데, 이렇게 뵙게 되니 마음이 많이 놓이네요. 영희 잘 부탁합니다."

'제발, 제발 부탁이에요.'

재혁은 그의 말에 눈썹을 치켜올렸지만, 남자의 뒤에서 손짓하며 입 모양으로 부탁하는 영희의 모습에 곧 아무렇지도 않은 듯 고개를 끄덕였다. 처음 들어보는 '영희'라는 낯선 이름도 그렇지만, 자신에게 여자를 부탁하는 남자의 말도 신경에 거슬렸다. 여자의 불안한 시선 속에 들어 있는 간절함에 그는 나중에 여자에게 추궁하기로 마음먹곤 가만히 서 있었다.

"참, 지난번에 주려고 했었는데 내가 깜빡했다."

선우가 청첩장을 꺼내 재혁에게 건넸다.

"영희와 함께 오십시오."

재혁은 청첩장을 바라보며 고개를 끄덕였다.

"그렇게 하겠습니다."

"영희야, 그럼 난 이만 가볼게. 잘 지내라."

"네, 선배. 결혼 축하해요."

"그래, 고맙다. 그럼 전 이만."

선우는 가볍게 목례한 후 병실 문을 나섰다. 그의 심정은 시원섭섭했다. 영희가 자신을 좋아했다는 것을 모를 그가 아니었다. 대학 다닐 때, 영희가 자신을 짝사랑한다는 것은 학교 전체가 다 아는 사실이었다. 물론 그도 영희에게 마음이 없었던 것은 아니다. 처음 영희를 보았을 때 귀엽게 웃는 모습에 그의 마음은 설레었었고, 항상 자신을 볼 때면 조신한 척 내숭을 떨던 모습에 은근히 어깨를 으쓱했었다. 하지만 영희가 자신을 보통 남자처럼 여기는 것이 아니라 동경하고 숭배하는 마음으로 바라본다는 것을 깨닫는 순간, 그는 마음을 돌렸다. 어쩌면 비겁한지도 몰랐다. 그녀가 자신을 영웅처럼 대하는 것을 은근히 즐겼기에 그녀의 마음을 알면서도 모르는 척했고, 그녀의 앞에선 가식적인 모습을 보이곤 했다.

그러던 중 미란과 만나 사랑에 빠지게 되었고, 자신과 미란으로 인해 영희에게 본의 아니게 상처 준 것을 알고 있었다. 항상 그것이 마음에 걸렸었지만, 풀 방법이 없었다. 그리고 결혼식 날짜가 정해지자, 그동안 맘에 걸렸던 영희가 떠올랐다. 비록 자신을 아직까지 생각한다는 보장은 없었지만, 한 사람에게 일방적인 마음을 받았던 그는 영희에게 직접 결혼 소식을 전하고 싶었다.

선우는 고개를 돌려 영희의 병실을 바라보았다. 오늘 영희가 만난다는 남자를 보고 나니 마음이 한결 가벼워졌다. 선우는 미소를 지으며 미란과 만나기로 한 웨딩숍으로 발걸음을 돌렸다.

영희는 선우가 나간 자리를 하염없이 보고 있었다. 아직도 그가 결혼한다는 사실이 믿어지지 않았다. 영희의 가슴은 슬픔으로 인해 찢어질 듯이 아파왔다.

한참의 시간이 흐른 후, 여전히 멍한 얼굴로 병실 문을 바라보고 있는 그녀에게 재혁의 싸늘한 목소리가 들려왔다.

"뭡니까."

영희는 그의 싸늘한 목소리에 멍한 눈으로 그를 쳐다보았다.

"어? 아직 계셨네요?"

재혁은 여자의 말에 기가 차 한동안 아무 말도 할 수 없었다. 자신을 애인인 양 소개시켜 놓고도 여자는 아무렇지도 않은 듯 말하고 있었다. 이 여자만 만나면 항상 자신의 이성을 시험하게 되는 경우가 허다했다. 그는 화를 누르며 나직한 목소리로 물었다.

"뭐냐고 했습니다."

"네? 아, 별거 아니에요."

그는 여자의 말에 화가 났다. 간절한 시선으로 부탁할 때는 언제고, 지금은 별거 아니라는 말로 치부하고 있었다. 하지만 화를 내려던 그도 영희의 눈에 가득 찬 눈물에 그만 당황하여 입을 다물고 말았다.

"진짜 별거 아니네…… 정말 별거 아니네……."

여자는 비 맞은 중처럼 중얼거리고 있었다. 그 모습이 하도 처량해서 재혁은 가만히 서 있을 수밖에 없었다. 여자가 우는 것을 처음 보는 것은 아니었다. 어제 계단에서 고통을 호소하며 흘리던 눈물도 보았던 그였다. 하지만 오늘의 눈물은 달랐다. 항상 밝게만 웃던 여자의 모습에서 이런 장면을 발견하리라고는 생각하지 못한 그였기에 더욱 당황할 수밖에 없었다.

"진짜 허무하네. 알고 있었는데도 그러네."

마침내 여자의 눈에 가득 차 있던 눈물이 주르륵 흐르자 여자의 목소리가 떨리기 시작했다. 아무래도 감정이 복받치는 모양이었다. 여자는 눈물을 훔치며 조용히 입을 열었다.

"제가 스무 살 때 처음 보았던 사람이에요. 누가 봐도 잘생긴 남자였죠."

재혁은 자신만의 감정에 빠져 있는 여자를 알 수 없는 시각으로 바라보았다.

"처음부터 그 사람을 좋아했던 건 아니었어요. 훌쩍."

여자는 그가 듣고 있는 건지 파악하지도 않으면서 주절주절 말하기 시작했다.

"동아리 MT를 갔던 날이었는데, 그 사람도 같은 동아리였거든요. 훌쩍. 저는 밤바다를 보러 혼자 해변가를 거닐고 있었죠. 혼자 보는 밤바다가 꽤 낭만적일 것 같았거든요. 훌쩍."

"그랬습니까."

재혁은 어느새 영희의 말에 빠져들기 시작했다.

"네, 그랬어요. 그런데 몹쓸 놈들이 나타난 거예요. 훌쩍. 까딱하면 당할 뻔할 순간이었어요."

그는 영희의 말에 주먹이 쥐어졌다. 그의 머리 속에 겁에 질려 있는 여자가 상상이 되었다.

"그때 선배가 어디선가 바람처럼 나타나 구해주었죠. 훌쩍.

그리고 전…… 사랑에 빠졌어요."

"그랬군요."

재혁은 고개를 끄덕였다. 여자는 아무래도 남자의 그런 영웅 같은 행동에 반하게 된 듯했다. 그가 본 남자는 상당히 곱상한 외모여서 약해 보이는 인상이었지만, 실상은 달랐나 보다. 이제 여자의 눈가엔 눈물이 더욱 차 오르고 있었다.

"어떻게 그런 남자를 사랑하지 않겠어요? 흑흑. 저를 위해 온 몸에 디박싱을 당했던 사람을, 지 때문에 필도 부러진 사람을 어떻게 사랑하지 않겠어요. 흑흑. 우엉."

마침내 여자는 통곡을 하기 시작했다. 재혁은 어쩔 줄 몰라 하며 여자에게 다가가 손수건을 내밀었다. 여자는 재혁의 손수건을 받아 눈가를 닦고, 갑자기 그에게 기대어 계속 눈물을 흘렸다. 재혁은 당황했지만 여자를 차마 내칠 수 없어 엉거주춤한 상태로 가만히 서 있었다. 여자의 작은 몸이 어제보다 더 왜소하게 느껴졌다. 작은 어깨를 들썩이며 우는 여자를 내려다보던 재혁은 자신의 감정도 착잡해지는 것을 느꼈다.

사랑 때문에 우는 여자라. 그는 한 번도 제대로 된 사랑을 해본 적이 없던 사람이기에 여자의 눈물이 이해가 되지 않았다. 하지만 어깨에 전해져 오는 슬픔은 느낄 수 있었다. 왠지 여자의 눈물이 싫어졌다.

"그만 울어요."

그의 다독거리는 말에 영희의 울음은 더 거세졌다.

"우엉. 내가 그렇게 깨지길 바랐건만, 그 쭉쭉빵빵이랑 결국은 결혼을 한대잖아요. 난 팔 년이나 기다렸는데. 우엉."

재혁은 여자의 아이 같은 말에 빙긋이 미소가 지어졌다. 이런 순간에도 자신을 웃게 만들다니 참으로 신기한 여자였다.

"잊어요. 더 좋은 사람이 나타날 겁니다."

"끅끅. 이제느 저마, 끅, 이즈 거에요. 끅."

그의 한쪽 어깨가 흠뻑 젖고 나서 여자는 제대로 발음도 되지 않는지 요상한 말을 하고 있었다. 재혁은 심각한 분위기였지만, 마치 코미디 프로를 보고 있는 양 여자를 바라보았다. 정말 한 치 앞을 알 수 없는 여자였다. 왜 이 여자를 만날 때마다 정상적인 만남이 될 수 없는지 그 자신도 놀라울 지경이었다.

재혁은 여자와의 만남에서 여자의 뒤치다꺼리를 했던 장면들을 떠올렸다. 여태껏 가족들을 제외하고 다른 사람의 뒤치다꺼리를 해본 적이 없던 그로서는 굉장히 파격적인 일이었지만, 여자는 아무 거리낌 없이 받아들였다. 참으로 알 수 없는 일이었다.

영희가 갑자기 고개를 들더니 재혁에게 얼굴을 들이댔다. 그는 깜짝 놀라 몸을 뒤로 뺐지만, 영희에게 잡힌 어깨로 인해 더욱 당겨졌다. 갑작스런 영희의 행동으로 얼굴이 가까이 다가오자 그의 코끝에 영희의 체향이 스쳤다. 상큼한 레몬 향을 맡게 되자 재혁은 움찔했다.

"데가 모새겨나요?"

　재혁은 한참 생각하다가 여자의 얼굴을 바라보았다. 여자의 얼굴은 상태가 말이 아니었다. 부풀어 오른 눈꺼풀과 발개진 콧등, 눈물로 범벅되어 얼룩덜룩해진 두 볼은 정말 엉망이었다. 하지만 아무리 무뚝뚝한 그라도 시련 당한 여자에게 지금의 상황을 말할 수는 없었기에 고개를 저었다. 사실 평소의 여자는 귀엽고 예쁘장하게 생긴 편이었다. 엉뚱한 말을 던져 놓아 자신을 화나게 한 후, 싱긋 웃는 얼굴에 커다란 눈으로 자신을 바라볼 때면 화가 났던 마음도 가라앉곤 했다. 때문에 항상 화낼 타이밍을 잊어 여자에게 말려들곤 했다.

　“그러죠? 훌쩍. 그러 제가 모매가 아 조나요?”

　재혁은 순간 여자의 몸을 훑다 자신의 행동에 놀라 흠칫했다. 여자의 몸은 작았지만, 제법 풍만한 몸매였던 것으로 기억하고 있었다. 제작 발표회에서 봤던 달라붙는 니트 원피스를 입었을 때도 그랬고, 부티크에서 샀던 보라색 드레스를 입었을 때에도 그랬다. 그렇다고 몸매를 말한다는 게 꺼림칙해서 여자를 바라보았지만, 여자의 간절한 눈망울을 보는 순간 저도 모르게 대답하고 말았다.

　“아, 아닙니다.”

　“그러타니까요. 나주에 후회하 거에요. 훌쩍.”

　갑자기 다가왔던 것처럼, 여자는 갑자기 떨어져 나가며 배시시 웃었다. 재혁은 왠지 허전한 느낌이 들자 당황해서 한 발자국 물러섰다. 여자는 탁자 위에 놓여 있던 물을 한 컵 마시고 여러 번 심호흡을 했다. 이젠 진정이 되는지 여자는 가슴을 탁탁 두드리며, 재혁에게 고개를 돌렸다.

"고마워요. 이렇게 추태를 부려서 죄송하고요."

"됐습니다."

"항상 그쪽한테 못 볼 꼴을 보이네요."

"진정이 됐으면 전 이만 가보겠습니다."

"제가 나중에 식사 대접을 하고 싶어요."

"괜찮습니다."

"아니요. 손수건도 돌려 드려야 하고."

영희가 손에 구겨진 손수건을 들어 올리며 다시 배시시 웃었다.

"그럴 필요 없습니다."

"그럼 제가 맘이 안 편해요."

또다시 풀이 죽은 목소리로 말하는 영희를 보자, 재혁은 저도 모르게 고개를 끄덕이며 말했다.

"그럼 퇴원하고 연락해요."

"정말요? 헤헤, 그럴게요."

영희는 언제 그랬냐는 듯이 싱긋 웃었다.

"그럼 연락드릴게요."

"그럽시다."

재혁은 병실 문을 나서며 살짝 미소 지었다. 여자의 안정된 모습을 보니 한결 마음이 편해졌다. 여자는 당분간 힘이 들겠지

만, 타고난 성격으로 이겨낼 것이다. 그는 아까 들었던 영희라
는 이름을 기억해 내며 픽 웃었다. 영채라는 이름보다 왠지 잘
어울린다는 생각이 들었다. 그는 여자의 이름을 되새기며 자신
의 차로 다가갔다.

영희는 재혁이 나간 자리를 보며 빙긋 웃었다. 그의 단단한
어깨에 기대어 울면서도 그가 내치지 않을까 겁을 냈지만, 그는
그내로 두었다. 믹믹한 가슴으로 묻는 그녀에게 이찔 줄 몰라
하며 대꾸해 준 것도 그였다.
그와의 만남에서 항상 이상한 모습만을 보여줬던 그녀지만,
결국에는 그가 자신을 배려해 줬다는 것을 알고 있었다. 언제나
얼굴을 찌푸리고 있었는 그지만, 이젠 그 찌푸림이 다르게 다가
올 것이라는 생각이 들었다.
영희는 무뚝뚝한 얼굴로 자신을 위로하던 그가 귀여웠다. 슬
픔으로 꺽꺽 울던 순간에도 그런 생각이 드는 것은 어쩔 수 없
었다. 서툰 그였지만, 그의 진심이 전해오고 있었다. 그가 생각
보다 따뜻한 사람이라는 것을 다시 한 번 깨달을 수 있었다.
아무도 보답해 주지 않는 사랑으로 가슴앓이를 했던 나날들
이 떠올랐다. 주변에 있던 사람들은 다들 바보 같다고 했었다.
새내기로 대학 생활을 시작했을 때, 꿈과 환상에 부풀었었다.
그리고 운명적인 첫 동아리 MT 때, 선우가 자신을 구해줌으로
써 자신의 환상에 불을 지폈다. 그를 흠모하게 되었고, 동경하

게 되었다. 선우에 대한 애착이 때론 사랑인지 환상인지 그녀 자신도 구분이 안 갈 때가 있었지만, 그에 대한 사랑을 부정한다면 지난 팔 년간의 세월 또한 부정하는 것 같아 영희는 두려웠다. 이젠 쌓이고 쌓여 굳은살처럼 되어버린 그에 대한 열망이 싸그리 사라져 버릴 것만 같았기 때문이다. 하지만 이젠 접고 말리라. 그리고 후회하지 않을 것이다. 이렇게 그녀의 청춘에 있어서 대부분을 차지했던 팔 년의 짝사랑이 문을 닫는 순간, 그녀에게 남은 것은 재혁이 건네준 갈색 손수건 한 장뿐이었다.

"아니, 두 장인가?"

그녀는 탁자 위에 놓인 또 다른 손수건을 보며 중얼거렸다. 영희는 다시 눈물이 차 오르는 것을 느끼고 손수건으로 천천히 눈가를 닦아냈다.

"우씨. 진짜 오늘이 마지막이다. 정말 이젠 안 울어."

제7장

실연녀 vs 동성애자(?)

누가 게이고, 누가 바이입니까?" "헉! 저, 죄송해요. 제가 모르는 체했어야 했는데. 하지만 정말이지 저도 알고 싶어서 알게 된 건 아니었어요. 그러니까 신문이 그랬고, 또……." "지금, 뭐라고 한 겁니까?" "아니, 그러니까, 그게, 음…… 우씨, 그러니까요. 저는 동성애자를 이해한다고요. 그러니까 그렇게 화난 표정을 지을 필요 없다, 그 말씀이에요." "하! 지금 그 말은 내가 동성애자라는 겁니까?" "그럼 양성애자세요?" 재혁은 눈을 동그랗게 뜨며 묻는 여자를 어처구니없다는 듯이 바라보았다. "난 동성애자도 아니고, 양성애자도 아닙니다." "네? 그럼……." "난 이성애자입니다."

너무나 화창한 봄날이었다. 새로운 시작을 축하해 주는 듯한 맑은 날씨에 영희는 왠지 심술이 일었다. 화사하게 화장한 얼굴에 옅은 분홍색의 정장을 입고 어느 때보다 공을 들이고 나왔지만, 오늘따라 더욱 초라하게 느껴질 뿐이었다. 그녀는 옆에 선 재혁의 늠름한 모습을 바라보았다. 그마저 없었다면 오늘 자신은 더욱 처량해 보였을 것이다.

영희는 심호흡을 하며 오랜 짝사랑에 종지부를 찍기 위해 재혁과 함께 예식장에 들어섰다. 며칠 전, 뜻밖에도 재혁이 찾아왔었다. 병실에서 본 지 삼 주 만이었다. 재혁은 얼굴을 보자마자 퉁명한 목소리로 선우의 결혼식에 동행하겠다고 제안했다.

그런 그가 고마워 하마터면 껴안고 환호를 지를 뻔했었다. 그의 제안이 초대 때문이 아니라는 것은 영희도 잘 알고 있었기 때문이다. 아마 그녀가 초라한 모습으로 선우 앞에 홀로 나서야 한다는 것이 그를 자극했을 것이다. 영희는 그렇지 않아도 철희가 출장을 가는 바람에 혼자 갈 생각을 하니 막막하던 참이라 그의 제안이 더욱 반가웠다.

“고마워요, 이렇게 같이 와주셔서.”

“괜찮습니다. 저도 초대받아서 온 겁니다.”

그의 아무렇지도 않은 말에 영희는 미소 지었다. 말은 이렇게 하고 있지만 그가 자신을 배려해 준 것을 잘 알고 있었다.

“약속대로 오늘 저녁은 제가 살게요.”

“그럽시다.”

하지만 선우의 결혼식이 있는 팔층으로 향하면서 영희의 발걸음이 납덩이를 단 만큼 무거운 건 어쩔 수 없었다. 조금 있으면 그는 다른 여자의 남자가 되고 말 것이다. 이미 다른 여자의 남자였지만, 이제는 더 이상 상상 속에서도 꿈꾸면 안 되는 남자가 될 것이다. 그녀는 고속으로 올라가는 엘리베이터가 정전이라도 됐으면 좋겠다는 엉뚱한 생각을 하며 서 있었다.

“긴장 풀어요.”

“후아, 네.”

영희는 그의 말대로 심호흡을 하며 긴장을 풀려고 했다. 하지만 떨리는 마음을 감출 수 없었다. 그날 병실에서 선우를 포기한다고 했었는데, 아직 마음 한구석엔 미련이 남아 있었나 보다.

띵—

엘리베이터가 도착했다는 소리와 함께 스르륵 문이 열리자 재혁이 한 발 앞으로 나갔다. 영희도 재혁의 뒤를 따르면서 주위를 둘러보았다. 선우의 모습이 보였다. 흰색 턱시도를 입은 선우의 모습은 그의 미소년 같은 이미지와 잘 어울렸다. 환하게 웃으며 방문객들에게 일일이 악수하는 그를 보자 영희의 마음은 찢어지는 듯했다. 하지만 울 수 없었다. 자신을 보고 수군거리는 사람들의 시선을 둔하기로 유명한 그녀도 느낀 것이다. 선우의 앞으로 다가서면 설수록 사람들의 시선은 집요하게 따라붙고 있었다.

"오늘 제 옆에 꼭 있어주세요."

"그럽시다."

"고마워요."

영희는 자신의 옆에 서 있는 재혁을 든든한 눈빛으로 바라보았다. 이 남자가 없었다면 혼자서 칼날 같은 눈빛들을 모두 받아내야 했을 것이다. 자신의 옆에서 버팀목이 되어준 그를 바라보며 영희는 감사의 미소를 지었다.

"선배, 축하해요."

"어? 영희 왔구나. 오셨습니까?"

"결혼을 축하드립니다."

선우는 자신의 앞에 선 두 남녀를 보며 환한 미소를 지었다. 그 모습에 기대했던 구경거리를 잃었다는 듯이 그들을 둘러싸고 있던 시선들이 제 갈 길을 찾아 떠나기 시작했다.

"감사합니다."

그들은 식장으로 들어서서 조용히 식을 관람했다. 신부는 너무나 아름다웠다. 영희와는 다르게 키가 큰 미란은 타이트한 드레스로 아름다운 몸매를 드러냈다. 영희는 미란의 진줏빛 드레스를 보며 감탄했다.

"저 언닌 나이가 들어도 예쁘네."

사실 나이 차이는 두 살밖에 나지 않았지만, 영희에게는 멀고도 먼 사람인 양 느껴졌다.

신랑신부의 맞절을 끝으로 예식이 끝나자, 예식장은 다시 사진을 찍는 사람들로 붐볐다. 영희가 아는 동문들의 모습도 눈에 띄었지만, 그녀는 눈인사만 나누었다. 이미 그들이 자신의 오랜 짝사랑을 알고 있다는 소리를 들었기에 그들과의 만남은 편하지 않았다.

마침내 신혼부부는 여러 사람의 축복을 받으며 나왔다. 답례 인사를 하며 차에 오르는 그들의 얼굴엔 행복한 미소가 지어져 있었다. 영희는 한 걸음 떨어진 곳에서 그들 부부의 얼굴을 말없이 지켜보았다. 자신이 언제나 꿈꿔오던 그림 속에 다른 사람이 들어 있었다. 하지만 이젠 자신만의 그림을 새로이 그려야 한다는 것을 알고 있었다. 영희는 자신의 미래에 더욱 아름다운

풍경을 그려놓으리라는 주문을 스스로에게 걸며, 떠나가는 그
들에게 혼자만의 이별을 고했다.

  이제 그녀의 옛사랑은 지나갔다.

  한강이 내려다보이는 레스토랑 창가에서 그들은 한동안 아무
말 없이 앉아 있었다. 창밖엔 이미 어둠이 짙게 깔려 있고, 그
안의 무수한 불빛들이 제각기 어디론가 분주히 움직이고 있었
다.

  "오늘 정말 감사했어요."

  한참의 시간이 흐르고 영희가 마침내 입을 열었다.

  "괜찮습니다."

  "참 아름다웠죠?"

  그녀의 눈엔 부러움이 가득 담겨 있었다.

  "저도 그런 드레스를 입는다면 예쁠까요?"

  재혁이 아무 말 없이 쳐다보자 영희는 또다시 배시시 웃었다.
하지만 그녀의 웃음 속에 묻어 있는 슬픔이 그의 눈에 비추었
다. 와인 잔을 돌리는 여자의 손이 미세하게 떨리고 있었다. 그
는 오늘 자신이 동행한 것이 잘한 일이었다고 생각했다.

  며칠 전, 책상 위에 놓여진 청첩장을 발견했었다. 그는 환한
웃음을 지으며 청첩장을 건네던 선우의 얼굴을 떠올렸었다. 그
얼굴에 울 것 같은 영희의 얼굴이 겹쳐져 충동적으로 약속을 했
었다. 그는 여전히 눈시울을 붉히고 있는 여자에게 안쓰러운 감

정이 일었다. 여자는 생각했던 것보다 여리고 약해 보였다. 누군가를 위로하는 것이 서투른 그였지만, 오늘은 여자를 위로해 줘야겠다는 생각이 들었다.

"저도 그런 드레스를 입을 날이 올까요?"

"올 겁니다."

"그렇겠죠? 에이, 이럴 줄 알았으면 진즉에 마음을 정리하는 건데. 미련하게 붙잡고 있었어요."

재혁은 아무 말 없이 영희를 바라보았다. 여자의 붉어진 눈가가 마음에 걸렸다. 보답받지 못한 사랑에 대한 아쉬움이 남아 있는지 여자의 얼굴은 허망해 보였다.

"부질없는 내 짝사랑이 보답받을 거라곤 생각하지 않았어요. 다만 그 환상이 내게 누군가가 생겼을 때, 깨어졌더라면 이렇게까지 허망하진 않았을 거예요. 이런 바보 같은 나를 좋아해 줄 만한 사람이 생길까요?"

영희답지 않은 넋두리에 재혁은 한숨이 나왔다. 여자는 자신의 장점을 모르고 있었다. 언제나 활기차게 말하는 여자의 모습이 얼마나 매력적인지, 그로 인해 주위가 얼마나 밝아지는지 여자는 깨닫지 못하고 있는 게 분명했다. 처음 여자의 그런 점을 싫어했던 그지만, 이제는 그렇지 않았다. 귀찮아했던 여자였는데 이젠 귀찮다는 생각이 들지 않았다. 재혁은 자신의 변화가 놀라웠다.

"아니지, 그래도 명색이 로맨스 작가인데, 내가 이러면 안 되지. 이젠 선이라도 봐야겠네."

"차라리 나랑 사귑시다."

테이블 위엔 침묵이 흘렀다.

재혁은 자신이 뱉어놓은 말에 흠칫했다. 자신의 입에서 나온 말이라는 것이 스스로도 믿어지지 않았다. 여자도 놀란 것 같았다. 여자는 와인 잔을 들어 올린 상태로 멍하니 자신을 바라보고 있었다. 여자가 반응을 보인 것은 한참의 시간이 지나서였다.

"킥킥, 어우, 고마워요."

"뭐가 고맙다는 겁니까?"

영희의 웃음에 재혁은 눈썹을 치켜올렸다. 자신이 던진 말에 놀라기도 했지만, 여자의 반응에 기분이 상한 재혁이었다.

"알았어요. 킥킥, 이젠 진짜 맘을 정리할게요. 그러니까 그런 말씀 안 하셔도 돼요."

영희의 반응에 머쓱해진 재혁은 아무 말도 하지 못하고 가만히 앉아 있었다. 어쩌면 여자의 이런 반응이 오히려 나은 건지도 몰랐다. 만약 여자가 그러겠다고 했다면 자신도 어찌할 바를 몰랐을 것이다. 하지만 한편으로는 여자의 반응이 못마땅했다. 여자들에게 관심이 없는 그였지만, 여자들 쪽에서는 자신에게 지대한 관심을 보이곤 했었다. 그런 그에게 여자는 재미있는 이야기를 들었다는 듯이 킥킥대며 웃고 있었다.

"킥킥, 은근히 유머도 있으시네요? 참, 우리 오늘 술도 같이 한잔해요."

여자는 무언가를 생각하는지 계속 소리 죽여 웃어대고 있었다. 그 모습에 재혁은 화가 났다.

"지금도 하고 있지 않습니까?"

"어우, 이건 와인이잖아요. 이게 어디 술인가요?"

재혁은 여자의 말에 인상을 찌푸렸다. 발갛게 달아오른 여자의 얼굴이 심상치 않아 보였다.

"벌써 취한 거 아닙니까?"

"어우, 아니에요. 저 이래 보여도 술 잘 마셔요."

재혁은 어깨를 으쓱거리며 와인을 물처럼 들이키는 영희를 불안한 눈으로 지켜보았다.

영희는 깨질 것 같은 머리를 부여잡으며 몸을 일으켰다.

"어라? 내가 아직 자고 있나?"

아직 잠에서 덜 깨어난 목소리로 중얼거리며 잠을 깨려는 듯 고개를 흔들었다. 영희는 흐릿한 눈으로 자신의 방 안을 둘러보았다. 하지만 분홍 일색이던 자신의 방이 갈색으로 바뀌어 있었다. 의아한 눈으로 주위를 둘러보니 낯선 가구들이 눈에 들어왔다. 그녀는 깜짝 놀라 굳어졌다. 낯선 방에서 깨어나긴 처음이었다. 아무래도 오늘 집에 들어가면 부모님에게 엄청나게 혼날 것임이 틀림없었다.

"아악! 어떻게 된 거지?"

침대에서 몸을 일으키다 영희는 깜짝 놀랐다. 그녀의 옷이 벗겨진 상태였던 것이다. 다행히 속옷은 입고 있었지만 패닉 상태에서 좀처럼 빠져나올 수 없었다. 그녀는 정신을 가다듬은 뒤, 속옷 차림의 몸을 움직여 옷을 찾았다.

"어? 어디 갔지?"

"이거 말입니까?"

그때 문이 열리며 들어서는 재혁의 모습이 보였다.

"어머나! 지금 여기서 뭐 하시는 거예욧?"

영희는 침대로 뛰어들어 시트로 몸을 가리며 재혁에게 소리쳤다.

"지금 저한테 여기서 뭐 하는 거냐고 한 겁니까?"

재혁의 싸늘한 얼굴에 영희는 풀이 죽은 목소리로 물었다. 그의 손엔 잘 세탁되어 다려진 깨끗한 정장이 들려 있었다. 아무래도 그녀의 옷을 세탁시켰었나 보다.

"저, 혹시 제가 무슨 실수라도?"

그녀의 머리 속엔 간밤의 기억이 없었다. 분명 그에게 무슨 실수를 저지른 것임에 틀림없었다.

"제 옷은 왜……?"

"어제 그렇게 토해놓고도 기억이 안 납니까?"

"그, 그랬나요?"

"일단 옷부터 갈아입고 나와요."

"네."

영희는 그가 나가고 난 후 재빠르게 샤워를 하고 거실로 나섰다. 그녀는 말로만 듣던 스위트룸에 있는 것이 신기해 주위를 두리번거렸다.

"와, 이게 진짜 스위트룸이네요?"

"앉읍시다."

"네."

영희는 그의 표정이 심상치 않아 보여 얌전히 자리에 가 앉았다. 사고도 아주 대형사고를 친 것 같았다. 옷이 세탁된 것으로 보아 분명 좋지 않은 모양새를 연출했음은 분명해 보였다. 그녀는 조심스런 목소리로 입을 열었다.

"저, 제가 어제 좀 많이 마셨죠? 죄송해요. 그런 일을 하시게 만들 줄 몰랐어요."

재혁은 여전히 싸늘한 얼굴로 영희의 얼굴을 응시하고 있었다. 새삼 화가 나는지 그의 주먹은 꽉 지어져 있었고, 입가도 굳게 다물어져 있었다.

"그냥 집으로 보내셨어도 되는데…… 저, 계산은 제가 했나요?"

"어제 나한테 한 말은 기억이나 합니까?"

"네?"

영희는 여전히 아픈 머리로 기억하려 했지만 떠오르는 것은 킥킥대고 웃으며 와인을 물 마시듯 들이키던 장면뿐이었다. 뭔가 연상이 되긴 했지만 그것이 어떤 것인지 막연하다고 생각했을 때, 그녀의 기억을 떠오르게 하는 재혁의 냉랭한 목소리가 들려왔다.

"누가 게이고, 누가 바이입니까?"

"네? 누가 게이고, 누가 바이라는 거예요? 헉!"

재혁은 자신의 눈앞에서 돌이 된 듯 굳어 있는 여자를 싸늘한 눈으로 바라보았다. 어제 술에 취해 주절주절 말하던 여자의 말을 듣지 못했다면, 그는 자신에 대한 소문을 알지 못했을 것이다. 게이라니! 기가 막혀 한동안 움직이지도 못하던 그였다.

그는 어제의 일을 떠올렸다. 여자는 술에 취해 자신에 대한 소문을 계속해서 말했다. 게다가 계속 웃으며 '게이와 실연녀의 사랑, 양성애자와 실연녀의 사랑' 이라는 말을 중얼거렸고, 결국에는 수첩까지 펼쳐 놓고 끼적이기 시작했다. 물론 술에 취한 여자의 펜은 흔들렸지만, 그는 여자가 어떤 내용을 적는지 알아차렸다. 그는 이성의 끈을 놓지 않으려고 노력하며 여자가 하는 말들을 조용히 경청했다. 그는 마음을 진정시키기 위해서 대단한 노력이 필요했었다.

마침내 여자의 입에서 자신의 가족들에 대한 이야기가 나왔을 때는 벌떡 일어날 뻔했었다. 저 눈치없는 여자는 자신을 위해 가족들에게 힘든 사랑을 이해해 달라고 했다며 의기양양하게 말했다. 그는 부들부들 떨리는 손으로 천천히 물을 마시며 마음을 가라앉혔었다.

그의 머리 속에는 파노라마처럼 그동안의 일들이 펼쳐졌다.

지난 몇 달 동안 벌어졌던 일들이 우연히 아니라는 것을 알게 되었다. 회사에서 자신을 바라보던 사람들의 눈빛, 특히 자신과 눈이 마주치면 피하던 남자 사원들과 안타까운 눈빛으로 자신을 바라보던 여자 사원들의 행동이 떠올랐다. 게다가 지난 제작 발표회에서 술 한잔하자는 제의를 꺼림칙한 얼굴로 거절하던 현 실장이 생각났다. 이제야 그는 그들이 왜 그런 행동을 했는지 이해할 수 있게 된 것이다. 또한 그동안 가족들이 자신에게 해왔던 행동들도 떠올랐다. 끊임없이 여자를 소개시켜 주던 누나와 자신의 주위를 맴돌던 어머니의 행동, 자신을 바라볼 때면 걱정스럽던 가족들의 눈빛도 이해할 수 있었다. 이제 그는 자신에 대한 오해를 불식시켜야 된다는 것을 깨달았다.

마침내 여자가 미안하다는 얼굴로 입을 열었다.

"저, 죄송해요. 제가 모르는 체했어야 했는데. 하지만 정말이지 저도 알고 싶어서 알게 된 건 아니었어요. 그러니까 소문이 그랬고, 또……."

"지금, 뭐라고 한 겁니까?"

재혁은 아직도 저런 말을 해대는 여자를 골치 아픈 눈으로 바라보았다. 지금도 상황 파악을 못하는 여자에게 뭐라고 말해야 할지 난감했다. 그는 지금의 이 상황이 마음에 들지 않았다. 도대체 어디서부터 이런 소문이 난 것인지는 모르겠지만, 자신이 이성애자라는 것을 여자에게 설명해야 하는 지금의 상황에 밤새도록 가라앉혔던 화가 다시 올라오고 있었다.

"아니, 그러니까, 그게, 음…… 우씨, 그러니까요. 저는 동성애자를 이해한다고요. 그러니까 그렇게 화난 표정을 지을 필요 없다, 그 말씀이에요."

"하! 지금 그 말은 내가 동성애자라는 겁니까?"

"그럼 양성애자세요?"

재혁은 눈을 동그랗게 뜨며 묻는 여자를 어처구니없다는 듯이 바라보았다. 여자는 항상 이런 식이었다. 순진한 눈으로 자신에게 묻는 여자를 볼 때마다 항상 말을 잃곤 하던 그지만, 오늘은 아니었다. 그는 부들부들 떨리는 손을 움켜쥐며 이를 악물고 말했다.

"난 동성애자도 아니고, 양성애자도 아닙니다."

"네? 그럼…….

"난 이성애자입니다."

"헉! 진짜요?"

여자는 정말 놀랐다는 듯이 커다란 눈을 동그랗게 뜨며 물었다.

"그렇습니다."

재혁은 이런 말에 대꾸하는 자신을 한심스러워하며 단호하게 말했다.

"진짜예요?"

이제 그는 눈앞의 영희를 바라보며 가만히 고개를 끄덕였다. 하지만 치밀어 오르는 화를 참느라 주먹을 쥔 손에는 땀이 차

오르고 있었다.

"어? 그럼 그 남자는 뭐예요?"

"그 남자?"

재혁은 영희가 하는 말을 이해할 수 없어 얼굴을 찌푸렸다.

"네, 그 남자요. 제작 발표회 때 보았던 친구라는 그 남자."

"친구입니다."

그제야 재혁은 영희가 누구를 말하는지 알아차렸다. 항상 자신을 골탕 먹이기를 좋아하는 진성으로 인해 자신에 대한 오해는 더욱 굳어졌을 것이다. 그는 다음에 진성을 만나면 정말 가만두지 않겠다는 결심을 했다.

"어? 그 남자가 그쪽한테 내 사랑 어쩌고 했잖아요."

영희가 아직도 믿을 수 없다는 듯이 재혁에게 따지자 그는 하는 수 없이 말했다.

"그 친구는 게이가 맞습니다. 하지만 저는 아닙니다. 그땐 친구가 장난을 한 겁니다."

"아…… 그러셨구나."

"그렇습니다."

고개를 끄덕이며 말하는 영희를 보며 재혁은 한숨을 쉬었다. 이제 여자의 얼굴에 있던 의심스런 표정은 사라져 가고 있었다.

"어머, 그러셨구나. 어쩐지. 사실 아깝다고 생각하고 있었어요. 내가 처음 그쪽을 봤을 때, 딱 소설 주인공감이라고 생각했었거든요. 어우, 그런데 게이라는 말을 들었으니 제가 얼마나 충격을 받았겠어요. 헤헤.”

여자는 이제 아무 일 없었다는 듯이 수다를 떨기 시작했다. 재혁은 쉴 새 없이 종알거리는 여자를 바라보다 조금 전에 계획했던 일에 여자를 끌어들일 수 있을지 걱정이었다.

“이봐요, 그쪽에서 소문에 일조한 것을 제가 모를 것 같습니까?”

“네? 제가 무슨…….”

“우리 가족들에게 한 말은 뭡니까?”

“어우, 전 그런 말 한 적 없어요.”

여자는 손사래까지 치며 부정했다.

“힘든 사랑을 이해해 달라고 했다면서요.”

“제가 그쪽이 게이란 말을 안 했으니까 모르시겠죠. 어우, 저도 그 정도의 눈치는 있어요.”

의기양양하게 말하는 여자를 보며 재혁은 지끈거리는 관자놀이를 손가락으로 눌렀다.

“이봐요, 어제 당신이 한 말에 따르면 당신이 우리 가족에게 내가 게이라고 말한 것이나 다름없단 말입니다.”

그는 간밤에 영희가 했던 말을 떠올렸다. 가족들에게 자신과의 첫 만남에 대한 이야기를 했다고 했다. 물론 여자는 그것이 자신이라는 것은 말하지 않았다고 했다. 또 여자는 자신이 게이라는 것은 말하지 않았다고 강조를 했다. 하지만 그 뒤의 정황으로 미루어보아, 여자의 말로 인해 가족들은 자신을 오해했을 것이라는 추측을 할 수 있었다. 물론 그전에 자신에 대한 소문은 이미 번져 있었을 것이고, 여자의 말로 인해 소문의 불씨에 기름을 부은 격이 되었을 것이다. 그리고 지금 자신에게 있어서 소문을 가라앉혀 줄 만한 여자는 눈앞의 이 여자뿐이었다. 이것이 밤새 그가 내린 결론이었다.

"네? 설마요? 전 진짜 말 안 했는데……."

재혁은 한숨을 쉬며 말했다.

"어찌 됐든 당신도 소문에 일조한 것이니 내 부탁을 들어줘요."

"부탁이요?"

"당신 소설에 필요한 인터뷰는 내가 다 해줄 테니 당분간 나와 함께 다닙시다. 아니, 한 달만 시간을 내줘요."

"네? 어딜요?"

"회사지 어디긴 어딥니까? 당신이 그렇게 소원하던 인터뷰를 마음 놓고 할 수 있을 겁니다. 게다가 나만큼 그 적임자도 없을 겁니다. 나를 하루 동안 따라다녔다고 해서 다 아는 건 아닐 것 아닙니까?"

"그렇긴 하죠. 그런데 저한테 왜 부탁하시는 거예요?"

"소문은 없애야 할 것 아닙니까?"

그의 말에 영희는 한참 생각에 잠겼다. 어찌 됐든 자신이 손해 볼 일은 없었다. 게다가 어제 한 실수와 더불어 그를 게이라고 오해했던 부분이 생각이 났다. 그리고 그가 자신에게 해준

배려들이 떠오르자 영희는 주저없이 고개를 들었다.

"그러면 회사만 따라다니면 되는 거예요?"

그녀가 묻자 재혁은 안심했다는 얼굴로 물었다.

"그럼 좋단 말입니까?"

"헤헤. 네, 좋아요. 어차피 저는 손해 보는 게 없는 건데요 뭘. 그 대신 나중에 번복하시기 없기예요."

"좋습니다. 그럼 계약은 성립됐습니다."

생각을 끝낸 얼굴로 환하게 웃으며 영희가 손을 내밀었다. 재혁은 그 손을 잡으며 미소 지었다. 이제 그에 대한 오해는 사라질 것이다. 그는 눈앞의 여자를 결연한 눈빛으로 바라보았다.

영희는 재혁의 차가 자신의 집 앞에 멈추자 떨리는 마음으로 내려섰다. 아직까지 이렇게 무단으로 외박을 한 적은 한 번도 없었다. 그녀는 경호원들에게 인사를 한 후, 재혁에게 돌아섰다.

"저, 그럼 들어갈게요. 내일 회사에서 봬요."

"그럽시다."

재혁이 차에 타려는 순간 이 변호사가 나타났다.

"가긴 어딜 가?"

"아, 아빠!"

"너는 가만히 있어. 자네, 지금 얘랑 밤새 같이 있었나?"

밤을 새며 기다렸는지 이 변호사의 얼굴은 초췌했다. 영희는 이 변호사를 두려운 눈으로 바라보았다. 지금 이 변호사는 핏발선 눈으로 재혁을 노려보고 있었다. 평상시에는 부드러운 머쉬멜로우 같았지만, 화가 났을 땐 염 여사도 감당하기 힘든 사람이 바로 이 변호사였다.

"같이 있었습니다. 하지만……."

"이놈 봐라? 뭐 이런 뻔뻔한 놈이 다 있어?"

재혁의 말을 이 변호사가 끊었다. 흥분한 목소리로 말하는 이 변호사를 보며 영희는 안절부절못하고 있었다. 또다시 그에게 폐를 끼치게 되자 그녀는 미칠 것만 같았다.

"저기…… 아빠."

"이영희, 조용히 있으라고 했지?"

"네."

이 변호사의 호통에 영희는 얼른 대답했다. 여기서 아빠의 심기를 거슬리는 순간, 오늘이 바로 자신의 제삿날이 되리라는 것을 너무나 잘 아는 영희였다.

"들어오게."

"네, 어르신."

그녀는 아버지의 뒤를 좇아 들어가는 재혁을 바라보며 풀이 죽은 목소리로 말했다.

"미안해요."

"괜찮습니다."

"빨리 안 들어오고 뭐 해?"

“어우, 알았어요.”

그들이 집에 들어서자 염 여사가 기지개를 켜며 안방에서 나오는 모습이 보였다. 영희는 그 모습에 은근히 화가 났다.

“넌 이른 아침부터 뭐 하니?”

“엄마! 엄만 어떻게 내가 안 들어왔는데도 무사태평이야?”

“어머! 너 어제 안 들어왔니? 여보, 어제 애 안 들어왔어요?”

염 여사는 그들의 뒤를 따라 들어온 재혁을 보고 깜짝 놀라하며 물었다.

“어머, 너 그럼 저 남자랑 자고 들어온 거야?”

“엄마!”

“여보!”

부녀가 동시에 소리를 지르자 염 여사는 얼굴을 찡그렸다.

“어우, 시끄러워. 하여튼 이리 와 앉아요.”

재혁은 자리에 앉기 전에 인사를 했다.

“안녕하십니까. 한재혁입니다.”

“흠흠. 그래, 자네가 같이 밤을 보냈다니 내 두말은 안 하겠네.”

“아빠! 밤을 보내다니요! 우린 같은 호텔에서만 묵었을 뿐이란 말이에요!”

“호텔?”

자신의 말에 더욱 굳어지는 이 변호사를 보며 영희는 마침내 소리 질렀다.

"아니, 그게 아니라, 아이참, 같이 자진 않았다구요!"

"어머! 내 딸이지만 정말 뻔뻔하다. 어떻게 부모 앞에서 그런 말을 할 수 있니? 남세스러워서, 원."

염 여사가 진저리를 치며 말하자 영희는 기막힌 얼굴로 염 여사를 바라보았다.

"엄마, 나는……."

"제가 말씀드리겠습니다. 어제 영희 씨가 많이 취해서 제가 호텔에서 쉬게 했습니다. 하지만 그건 제가 잘못 판단했던 것 같습니다. 죄송합니다."

"흠흠. 그럼 진짜 아무 일이 없었단 말인가?"

여전히 미심쩍다는 듯이 물어보는 이 변호사에게 재혁은 단호히 대답했다.

"네, 그렇습니다."

"어쩜, 우리 애가 매력이 없었나 보네."

염 여사의 중얼거리는 소리에 부녀의 시선이 다시 염 여사에게 쏠렸다. 그러자 염 여사는 그들의 날카로운 시선을 피하며 재혁에게 물었다.

"그런데 우리 애랑은 언제부터 교제한 사이에요?"

"우린 사귀는 사이가 아니야."

"진짜? 그럼 어제 처음 만난 거야?"

"그런 게 아니라, 이분은 그냥 나한테 도움을 준 분이라고요. 제가 말씀드렸잖아요, 대한의 한 실장님."

"잠깐, 한재혁이라고 했나? 혹시 대한 한 회장님의 장남이 맞나?"

이 변호사는 그제야 재혁의 얼굴을 찬찬히 보며 물었다.

"네, 맞습니다."

"어머! 그럼 더 말할 것도 없네. 우리 영희와는 아무 사이가 아닌 게 확실하네 뭐."

"그렇겠군."

자존심이 상하는 말이었지만, 오해가 풀렸다는 것에 안도한 영희는 고개를 크게 끄덕였다.

"그럼, 당연하지."

"아니, 이런 결례가 있나. 여보, 어서 차라도 한 잔 내와요."

이 변호사의 딱딱했던 얼굴이 어느새 부드럽게 변해 있었다.

"괜찮습니다."

"아침 식사했나요? 그럼 같이 아침 식사라도 하고 가요. 호호호."

"아닙니다. 이만 가보겠습니다."

"아니, 식사라도 함께 하고 가지. 하하하, 미안하네. 이런 적이 없는 아이라 내가 실수를 했네."

"괜찮습니다."

그가 대한의 장남이라는 것을 알자마자 변하는 가족들의 모습을 보며 영희는 혀를 찼다. 어찌 저렇게 부부가 싹 변하는지 정말 창피할 지경이었다.

마침내 재혁의 차가 떠나자, 염 여사는 그동안의 가면을 벗어던졌다. 도끼눈을 한 염 여사를 보며 영희는 떨리는 목소리로 물었다.

"어, 엄마, 왜 그래?"

"왜 그래? 애가 얼마나 매력이 없으면, 같이 호텔까지 갔으면서도 그냥 들어와?"

"엄마! 이게 딸한테 할 소리야?"

"애고, 여보, 영철 씨. 이러다가 쟤 시집도 못 가는 것 아니에요?"

"그러게. 난 또 사윗감인 줄 알았지."

"내가 정말 독립을 하든지 해야지. 정말 못살아!"

영희는 부모님에게 치를 떨며 자신의 방으로 들어섰다. 조금 전의 추태가 생각이 났다. 정말 그에게 못 보일 꼴은 다 보인 셈이었다.

"우씨, 쪽팔려!"

다음날, 재혁의 부탁대로 영희는 회사에 나갔다. 영희의 등장에 회사 안은 술렁거렸다. 이미 예전에 영희가 인터뷰하는 모습은 봤었지만, 까다롭고 무뚝뚝한 한 이사가 누군가와 함께 다닌다는 것은 커다란 이슈가 되었다.

오전 내내, 그들은 같은 사무실에서 업무를 봤다. 때론 영희가 질문을 던지기도 했지만, 대부분 조용히 각자의 일을 했다.

그녀는 재혁이 업무를 보는 동안 메모들을 정리했다. 그들이 몇 시간 동안 한 사무실에 있는 것을 놓고도 회사 내에서는 여러 가지 추측이 많았다. 중에서도 제일 유력한 주장은 단순한 인터뷰라는 것이었다.

그들에 대한 의견이 분분한 가운데 점심 시간이 되었다. 재혁은 영희를 이끌고 직원 식당으로 들어섰다. 회사 내의 소문을 불식시키기 위해 직원 식당만큼 좋은 자리는 없을 거라고 생각했기 때문이다. 그는 영희를 안내하며 승억들이 식사하는 곳으로 다가갔다. 하지만 영희에 대한 소문을 익히 들었는지 그의 눈치를 보며 다가오는 여직원의 모습을 볼 수 있었다.

"저, 혹시 이영채 작가님 맞으세요?"

"네, 제가 이영채예요."

영희가 쑥스럽다는 듯이 몸을 꼬며 말했다. 재혁은 그 모습에 픽 웃었다. 여자를 처음 만났을 때가 떠올랐다. 그때에도 자신의 보디가드에게 말하며 저런 모습을 보였었다. 그의 웃음을 본 주위에선 술렁거림이 있었지만 그는 느끼지 못했다. 그의 웃음에 하나둘씩 그들의 주위를 에워싸기 시작했다.

"그럼 사인 한 장 부탁드려도 될까요? 아니, 혹시 내일도 이곳에 오실 건가요? 그럼 내일 책을 가져올게요."

"네, 내일도 나올 거니까 염려 마세요."

영희의 주위를 둘러싼 대부분의 직원들은 너나 할 것 없이 사인을 부탁했다. 사람들에 둘러싸인 영희의 모습을 보며, 재혁은 새삼 이 여자의 유명세를 실감할 수 있었다.

여자의 주변이 어느 정도 한산해졌을 때, 그의 눈에 여자의 주위를 맴도는 남자가 보였다. 명 과장이라고 했던가. 짧은 기간 안에 고속 승진을 했던 인재로 기억되는 인물이었다. 선이 부드러운 얼굴에 호리호리한 몸매의 명 과장은 얼굴을 붉히면서 영희에게 무언가를 말하고 있었다. 여자도 명 과장의 말에 뭐가 재미있는지 연실 웃고 있었다. 재혁은 그 모습에 눈살을 찌푸렸다. 그들의 모습이 왠지 마음에 들지 않았다. 그는 그들 가까이로 다가갔다.

"아직도 멀었습니까?"

그는 영희의 옆에 서 있는 명 과장에게 눈썹을 치켜올리며 물었다.

"아, 아닙니다, 이사님."

서둘러 자리를 떠나는 명 과장을 보며 재혁은 만족스런 미소를 지었다.

"이리 따라와요."

그는 영희를 자리로 안내했다. 이미 그들의 테이블엔 다른 중역들이 있었다. 그들은 영희를 바라보며 그들만의 눈빛을 주고받았다. 재혁은 그들의 행동에 만족을 느끼며 의자를 빼주었다.

"고마워요."

"앉아서 기다려요. 음식은 알아서 가져오겠습니다."

재혁의 친절한 행동에 영희가 의아한 눈빛을 보냈지만, 그는 아무렇지 않은 듯 행동했다. 그제야 영희가 알아차리고 고개를 끄덕였다. 그가 자리를 뜨자 영희의 옆에 앉아 있던 남자가 물었다.

"저, 그럼 '바람의 향기' 이영채 작가님이세요?"

조심스럽게 묻는 남자에게 영희는 고개를 끄덕였다.

"아, 네."

여기저기서 자신에게 사인을 요청하는 사람들은 많았으나 이렇게 점잖은 중년 신사가 그녀에 대해 묻는 것은 익숙하지 않았다.

"오, 이런! 저도 그 드라마 정말 잘 보고 있습니다. 우리 집사람이 이 작가님 팬입니다."

그의 말에 테이블 위에 있던 사람들이 웅성거렸다.

"감사합니다."

"저, 그럼 제가 내일 책을 가져올 테니 사인 좀 부탁드려도 될까요?"

"어머, 그러세요. 제가 당분간은 계속 나올 테니까 언제든지 말씀만 하세요."

영희가 싱긋 웃으며 대답하자 또다시 테이블 위는 웅성거렸다.

"그럼 저도 부탁드려도 될까요?"

여기저기서 질문하는 사람들에게 그녀가 일일이 대답하고 있을 때에 누군가 다가와 그녀의 어깨를 두드렸다.

"영희 아니니?"

"어머, 아저씨."

그녀는 벌떡 일어나 아빠 친구인 변현호 아저씨에게 인사했다. 그녀의 기억 속에 대한에서 상무라는 직책을 맡고 있다고 들었었다. 본사에서 근무하는 것인지는 몰랐었는데 이곳에 근무하고 있었나 보다.

"네가 여긴 어떻게?"

"아, 제 다음 소설 때문에 재혁 씨를 인터뷰하기 위해서 왔어요."

"인터뷰? 한 이사를 인터뷰한다는 거냐?"

변 상무가 의아한 눈으로 바라보자 영희는 고개를 끄덕였다.

"네."

"그래?"

변 상무가 멀리서 식판을 들고 줄을 서는 한 이사를 의미심장한 눈으로 바라보았다. 영희는 그와의 만남을 반가워하며 물었다.

"식사는 하셨어요?"

"그럼, 지금 먹고 나가던 참에 네가 보이더구나."

"헤헤, 그러셨구나. 그럼 아저씨, 나중에 맛있는 저녁 사주세요."

"그래, 그러자꾸나."

변 상무가 나가자 또다시 그녀의 주변에 사람들이 몰리기 시작했다. 너무 많은 사람들로 인해 영희가 난감해하고 있을 때, 재혁이 도착했다.

"식사합시다."

어수선했던 자리가 그의 등장과 함께 일순간 조용해졌다.

재혁은 닫힌 문을 노려보았다. 밖에서는 평소와 달리 시끌벅적한 웃음소리가 들려오고 있었다. 비록 지금이 점심 시간이라지만 항상 조용한 분위기를 유지했던 이곳이 시장통처럼 느껴졌다. 이 모든 것이 바로 저 여자 때문이었다.

회사에 출근한 지 불과 몇 시간이 되지 않았음에도 불구하고, 여자는 부하직원들과 수다를 떠는 사이로 발전을 했다. 이미 한 번 본 사이라고는 하지만 여자의 적응력에 박수라도 보내고 싶었다.

재혁은 조금 전 회사 식당에서의 일이 떠올랐다. 주위를 둘러싼 사람들에게 친절하게 인사하며 생글생글 웃던 여자의 모습이 생각났다. 특히 명 과장에게 미소 짓던 모습이 떠오르자 그의 잘생긴 이마가 구겨졌다.

'아무한테나 웃는 여자라니.'

그는 영희의 웃음을 떠올리며 투덜거렸다.

똑똑—

"들어……."

말이 끝나기도 전에 들어오는 여자를 바라보며 재혁은 부루

통한 표정을 지었다.

"커피 드세요."

향긋한 헤이즐넛이 든 머그잔을 들고 영희가 다가왔다. 지난 번과 같은 일을 겪지 않기 위함인지, 여자는 편한 바지 정장에 단화를 신고 있었다. 여자의 작은 체구가 더욱 작아 보였지만 오히려 재혁은 그 모습이 귀엽게 느껴졌다. 그에게 커피를 내밀면서 생글거리는 영희를 보며 그는 조금 전의 일이 떠올랐다.

"아무한테나 그렇게 웃습니까?"

재혁은 여자의 웃음이 마음에 들지 않았다. 하지만 그렇다고 이렇게 물을 생각도 없었다. 그는 자신이 뱉어놓은 말에 당황해 멈칫했다.

"어머, 웃는 거 싫어하세요? 그럼 안 돼요. 금방 나이 들어요. 참참, 재혁 씨 나이가 서른둘이라고 했지요? 누가 그쪽 나이를 서른둘이라고 생각하겠어요. 좀 웃어요. 그럼 좀 제 나이로 보일 거예요."

재혁은 영희에게 회사 안에서 서로 이름을 부르자고 말했었다. 그래야 친근해 보일 거라는 이유였다. 여자는 자신에게 스스럼없이 이름을 불렀지만, 오히려 재혁이 그녀의 이름을 부르는 걸 힘들어했다.

재혁은 자신이 나이가 들어 보인다는 말에 화가 나 이를 악물며 물었다.

"지금 뭐라고 했습니까?"

“네? 아, 나이 들어 보인다고 해서 화나신 거예요?”

그는 기가 차 아무 말도 할 수 없었다.

“에이, 뭘 또 그런 걸 갖고 그래요. 사실 말이 나왔으니까 말이지, 만날 그렇게 인상 찌푸리고 다니면 누가 좋아 보이겠어요. 아무리 잘생긴 얼굴도 웃고 있어야 좋죠.”

“그만 합시다.”

말을 하면 할수록 여자에게 말려드는 감이 느껴지자 재혁은 두 손을 들었다. 이 여자와 만나고 나서 말로 여자를 이겼던 날이 있었는지 생각해 보았다. 그는 고개를 저었다.

“헤헤. 알았어요. 그런데 오늘은 좀 한가하네요.”

“그래서 싫습니까?”

“싫긴요. 참, 오늘은 한 회장님이 안 보이시네요. 계시면 인사라도 드리려고 했는데.”

“아버님은 경실련에 일이 있으셔서 자리를 비우셨습니다.”

“아, 그러셨구나.”

재혁은 서류에 고개를 돌렸다. 아무래도 여자와 함께 있다 보니 일에 진척이 없었다. 그는 한숨을 쉬며 한 달만 참으면 된다고 자신을 격려했다.

“저기……”

영희의 주저하는 모습에 왠지 모를 불안감을 느끼며 재혁은 고개를 들었다.

“그런데요. 그날 제 옷은 누가 벗긴 거예요?”

재혁은 그녀의 말에 얼굴이 붉어졌다. 궁금하다는 듯이 초롱 초롱한 눈을 한 영희를 보며 그는 헛기침을 했다.

"재혁 씨가 벗긴 거예요?"

"그, 그렇습니다. 하지만 보진 않았으니 걱정하지 마십시오."

영희가 혼잣말을 하듯 중얼거렸다.

"아…… 네. 그런데 벗기면서 보지 않을 수도 있나?"

재혁의 얼굴은 더욱 벌겋게 달아올랐다. 사실 그의 말은 몇 프로 부족한 진실이었다. 여자의 정장을 벗기면서도 여자의 몸을 보지 않으려고 노력했지만, 보지 않을 수 없었다. 자잘한 단추로 이루어진 여자의 블라우스는 그의 노력을 물거품으로 만들었다. 게다가 여자의 아름다운 몸은 그가 벗기면서도 눈길을 뗄 수 없게 만드는 힘이 있었다. 그는 여자의 몸을 다시 떠올리다 여자의 눈길을 피하기 위해 고개를 숙였다. 자신의 표정에서 여자가 눈치챌 만한 빌미를 주고 싶지 않아서였다.

"그럼, 제 가슴을 처음 만진 사람도 그쪽이고, 제 벗은 몸을 본 사람도 그쪽이 처음인 거네요?"

영희의 말에 재혁은 더 이상 빨개질 수 없을 정도로 얼굴이 달아올랐다.

"이봐요, 당신은 어떻게 그런 말을 아무렇지도 않게 합니까? 도대체 부끄러운 줄을 모르는 겁니까?"

재혁은 자신의 당황한 얼굴을 가리기 위해 그녀가 가져다 준 커피를 입가에 가져갔다.

"그런데요, 예전엔 그쪽이 게이라서 별로 신경을 안 썼는데, 이젠 신경이 쓰이네요?"

"앗! 뜨거!"

"어머, 괜찮아요?"

"괜찮습니다."

괜찮다고 말했지만 이미 그의 입가는 벌겋게 변해 있었다.

"거 봐요. 데었잖아요."

재혁은 영희를 노려보았다. 여자 때문에 자신이 데었는데도 여자는 자신을 나무라는 시선으로 바라보고 있었다.

"잠깐만요."

영희가 밖으로 나가 냉장고에 있던 차가운 얼음을 가져와 손수건에 쌌다.

"이걸로 대고 있어요."

"됐습니다."

"어린애같이 왜 그래요? 이리 와봐요."

영희가 손수건을 그의 입가에 대자 차가운 기운이 재혁의 달구어진 입술을 식혀주었다. 다른 때 같았으면 여자의 손을 치우고 직접 했을 그지만, 이상하게 그녀의 시중이 싫지 않았다. 그는 어린애가 된 듯이 가만히 앉아 여자의 손길을 받고 있었다. 그는 자신의 앞으로 몸을 기울이며 손수건을 움직이는 여자의 손을 바라보았다. 하얗고 가느다란 손가락이 자신의 얼굴 위를 부지런히 돌아다녔다. 재혁은 새삼 여자의 몸을 의식했다. 부드러운 여자의 손놀림에 이상하게 몸이 달아올랐다. 여자의 체향이 코끝을 스치자 재혁의 몸이 반응을 했다. 이런 변화에 당황한 재혁은 갑자기 몸을 일으켰다.

"어마나!"

재혁이 갑자기 일어서자 깜짝 놀란 영희의 몸이 기울어졌다. 그는 영희의 몸을 잡으려 다시 앉았지만 그 반동으로 인해 다시 영희가 그의 품으로 쓰러졌다. 영희의 부드러운 몸이 그에게 안기자 재혁은 한동안 움직이지 못했다. 자신의 가슴에 얼굴을 묻고 있는 여자의 하얀 목덜미가 순간 눈앞에 비춰졌다. 그는 여자의 목덜미에 얼굴을 묻고 싶다는 생각을 하다가 자신의 생각에 깜짝 놀라 굳어졌다. 그는 여자의 몸이 빨리 자신에게서 벗어났으면 하는 바람과 이대로 있었으면 좋겠다는 상반된 생각으로 혼란에 빠져 있었다. 여전히 바동거리는 여자의 몸짓 때문에 재혁이 더욱 괴로워졌을 때 그의 방문이 열렸다.

"어머나, 죄송합니다."

비서가 얼굴을 붉히며 나가고 나서야 재혁은 영희가 몸을 일으키는 것을 도와주었다.

"어우, 갑자기 일어서시면 어떻게 해요."

"미안합니다."

"괜찮아요. 어? 그런데 왜 그렇게 얼굴이 빨개요? 다른 데도 데었어요?"

"흠흠. 아, 아닙니다. 갑자기 더워서."

"그래요? 냉방이 잘돼서 난 춥던데. 재혁 씬 더위를 많이 타시나 보네요?"

영희의 순진한 눈동자를 바라보며 그는 죄책감을 느꼈다.

"그, 그렇습니다."

"그렇군요. 참, 입가는 좀 가라앉았나요? 더 대드릴까요?"

"아, 아닙니다. 이젠 괜찮습니다."

"네, 그럼 일하고 계세요. 저도 일할게요."

영희가 생긋 웃으며 자리로 돌아가자 재혁은 이상한 허전함을 느꼈다. 그는 여자를 복잡한 시선으로 바라보았다. 하지만 그의 눈앞엔 자신을 혼란에 빠뜨리는 작은 여자가 열심히 일하고 있을 뿐이었다.

영희는 자신의 노트를 응시한 채 조금 전에 벌어진 일을 떠올렸다. 재혁의 얼굴이 잘생긴 것은 익히 알고 있었지만 이렇게 자세히 본 적은 없었다. 길고 풍성한 속눈썹 아래, 시원한 콧날과 윤곽이 뚜렷한 입술이 그의 매끄러운 얼굴에 조화롭게 자리 잡고 있었다. 특히 그의 입술이 이렇게 관능적으로 생겼을지는 미처 몰랐었다. 그의 입가를 차가운 손수건으로 식히고 있는 영희의 손끝은 너무나 뜨거웠었다. 차가운 얼음이 자신의 뜨거운 열기로 인해 녹아버릴 것만 같았다. 손을 떼어야겠다고 생각을 하면서도 한편으로는 그의 입술을 만지고 싶어 손을 달싹거렸다. 눈으로 보이는 것처럼 부드럽고 따뜻한지 알고 싶었기 때문이다. 마침내 호기심에 찬 영희의 손이 입술에 가까이 간 순간,

벌떡 일어서는 재혁으로 인해 그녀는 안기고 말았다. 그의 품은 그의 어깨만큼이나 넓었다. 그의 가슴에 폭 안겼을 때, 짧은 순간이었지만 가슴이 울렁거렸다. 너무나 떨려 머리 속이 백지가 된 듯했다. 아무 생각도, 아무 감각도 느끼지 못한 채 얼떨결에 그의 품에서 떨어져 나왔다. 하지만 그 순간, 왠지 모를 허전함이 느껴졌다. 부끄러움으로 달아오른 얼굴을 보이기 싫어 그에게 괜히 질책하면서도 떨리는 가슴을 진정시키기 위해 심호흡을 해야만 했다.

사실 재혁이 게이가 아니라는 말을 듣게 된 이후, 이상하게 그가 신경이 쓰였다. 특히 술에 취한 자신의 옷을 벗겼던 사람이 그라는 것을 알게 되니 더욱 그러했다. 물론 그가 이전에 자신의 가슴을 만졌던 것은 사실이다. 하지만 그때는 그가 게이라고 생각했기에 별로 문제 삼지 않았었다.

'잠깐, 그날 내가 속옷을 뭘 입었었지? 세트로 입었었나? 아니, 그냥 아무거나 입었던 거 같은데? 에이씨, 기억이 안 나네. 어우, 만약 너덜너덜한 거 입고 있었으면 어쩌지? 아니, 내가 왜 이런 걸 신경 쓰는 거야?'

영희는 얼굴이 발그레해졌다. 그날 자신이 속옷만 입고 있는 것을 그가 봤을 것이라는 생각이 들자 가슴이 두근거리기 시작했다. 쿵쾅쿵쾅 뛰는 가슴을 손으로 눌러앉히며 그녀는 고개를 돌려 재혁을 바라보았다. 자신을 바라보고 있었는지 눈이 마주치자 고개를 돌려 버리는 그를 볼 수 있었다. 그녀는 고개를 가

웃했다. 벌레 보듯이 자신을 피하는 그를 보게 되자 기분이 상했다.

'쳇, 꼭 저래야 되나?'

그가 자신을 못마땅하게 생각하는 것은 알고 있었다. 하지만 눈으로 보게 되니 우울해졌다. 그녀는 일에 열중하고 있는 재혁을 몰래 째려보며 속으로 투덜거렸다.

'흥! 그래, 나도 안 본다 이거야!'

그러나 마음속의 다짐과는 달리 영희의 눈은 자꾸 재혁을 흘끔거리고 있었다.

퇴근 시간이 되자 다른 날과는 다르게 재혁은 시간에 맞춰 퇴근을 했다. 영희와 함께 있는 모습을 많이 보여줘야 한다는 생각에서였다. 영희 때문에 미루어진 일들은 집에서 하기로 마음먹고 그는 영희를 재촉했다.

"나갑시다."

"잠깐요. 근데 오늘은 제 시간에 가시네요?"

"흠흠, 오늘은 집에 가서 할 일이 있습니다."

"아, 그렇군요."

영희가 노트북과 커다란 가방을 양손에 하나씩 들고 사무실을 나섰다. 그 모습에 재혁의 이마가 구겨졌다. 여자의 작은 몸에 비해 너무나 큰 가방이었다. 지난번에 여자를 계단에서 업고 내려올 때에도 여자의 짐이 상당히 무거웠던 걸로 기억하고 있었다.

“이리 줘요.”

“네?”

커다란 눈을 동그랗게 뜨며 영희가 물었다. 갑자기 문을 나서다 말고 그녀에게 다짜고짜 달라는 말을 하는 재혁을 멀거니 바라보았다.

“가방을 달라고요.”

“아, 가방요? 괜찮은데.”

영희가 사양의 말을 했지만, 재혁은 그녀의 손에서 가방을 옮겨 들었다. 역시 그가 들기에도 묵직했다.

“아침엔 어떻게 왔습니까?”

“버스 타고 왔죠.”

“버스?”

“네, 버스요. 요즘 버스가 참 탈 만한 것 같아요. 환승할 때 돈을 안 받으니까 너무 좋은 거 있죠? 여기까지 오려면 한 번 갈아타야 하는데, 제가 실수해서 잘못 내렸었거든요? 그런데 한 번 값으로 세 대의 버스를 탄 거예요. 얼마나 기분이 좋던지.”

“왜 운전을 안 합니까?”

재혁은 끝도 없이 이어지는 여자의 수다를 끊었다. 여자는 분명 유명한 작가였다. 그런데 차도 없이 다닌다는 게 참으로 이상했다.

“아, 실은요. 헤헤. 제가 운전면허는 있거든요? 제가 만점으로 운전면허를 땄어요. 물론 도로주행도 했고요. 그런데 이상하게도 혼자 차를 몰고 도로에만 나오면 겁이 나서 운전을 할 수 없더라구요.”

“혹시 사고 낸 건 아닙니까?”

“어우, 아니에요. 사실 철희, 그러니까 제 동생 차를 몰고 가다가 사고 낼 뻔한 적은 있어도 사고 낸 적은 없어요. 정말이에요.”

재혁의 의심하는 듯한 눈을 보며 영희가 정색을 했다.

“내일부터는 집 앞으로 갈 테니 시간에 맞춰 나와요.”

“어우, 아니에요. 뭐 하러 번거롭게 그래요?”

“됐습니다. 어차피 나 때문에 회사에 나오는 거니까 그렇게 해요.”

“어우, 안 그러셔도 돼요. 저도 인터뷰하잖아요.”

“그렇게 아십시오.”

재혁은 영희가 앞으로도 이렇게 무거운 가방을 들고 다닐 것을 떠올렸다. 그는 이마를 찌푸리며 결정을 하듯이 말했다.

“알았어요. 헤헤. 고마워요.”

앞장서서 걸어가는 재혁의 등 뒤에서 영희의 목소리가 들렸다. 그의 입가엔 살며시 미소가 지어졌다.

엘리베이터를 기다리며 나란히 서 있는 그들의 모습에 사람들이 웅성거렸다. 아무래도 사무실 안에 있었던 일을 벌써 들은 모양이었다. 엘리베이터가 열리고 그들은 조용히 올라섰다. 엘리베이터의 투명한 창에 비쳐지는 풍경이 조용히 아래로 내려가기 시작했다. 낮이 길어진 탓에 저녁은 아직 제 색을 찾지 못하고 있었다. 창밖으로 비춰지는 퇴근길의 모습이 그대로 눈에 들어왔다. 영희는 그와 단둘이서 내려가는 이 공간이 무척이나 생소하게 느껴져 더욱 유심히 창밖을 내다보고 있었다. 그와 단둘이 있는 시간은 많았었는데 이상하게도 오늘따라 신경이 쓰였다. 그녀는 상상하기 시작했다. 만약 엘리베이터가 중간에서 멈추기라도 한다면 어떻게 될지 궁금해졌다.

'헉, 내가 왜 이러지? 그런 걸 궁금해해서 뭐 하려고?'

아무래도 벗은 몸을 보여줬다는 게 그녀의 마음에서 커다랗게 작용한 것 같았다. 게다가 오늘 그의 품에 안겼기 때문에 더욱 그러했을 것이다.

'저 남자는 신경 쓰지도 않을 텐데 내가 왜 이러는 거냐고.'

영희가 속으로 투덜거리는 동안, 엘리베이터가 일층에 도착했다. 문이 열리고 내리는 순간, 옆에서 한 회장의 음성이 들려왔다.

"아니, 이 작가가 아닙니까?"

"어머, 안녕하셨어요?"

영희는 한 회장을 보며 반가운 표정을 지었다. 그의 집에 방문한 후, 이렇게 만나게 된 것은 처음이었다.

"이곳엔 어쩐 일로?"

한 회장은 영희와 재혁을 번갈아 보며 물었다.

"아, 네. 재혁 씨가 인터뷰를 연장해 주셨어요."

“흠흠, 그랬냐?”

한 회장은 번쩍이는 눈으로 재혁을 바라보았다. 이전에 인터뷰하는 것을 극구 반대했던 재혁이 인터뷰를 연장했다는 사실이 한 회장을 놀라게 했다.

“네, 제가 그렇게 하겠다고 했습니다.”

“허허, 그래. 잘했다. 인터뷰하는 동안 이 작가가 불편하지 않도록 특별히 신경 쓰도록 해라.”

“네.”

짧은 대답이었지만 한 회장은 만족스럽다는 듯이 고개를 끄덕였다.

“그래, 창립 기념일 준비는 잘돼가고 있는 거냐?”

“네. 담당 부서가 열의를 갖고 여러 가지를 준비하는 중입니다.”

“그래. 참, 이 작가, 이번 창립 기념일 연회에 참석해 주시겠습니까? 이 작가가 온다면 영광일 텐데.”

“어머, 무슨 말씀을요. 저야말로 초대해 주시면 영광이지요.”

한 회장이 흡족한 표정을 지으며 영희를 바라보았다. 아내의 말대로 너무나 상냥하고 싹싹한 아가씨였다. 이런 아가씨가 재혁의 옆에 있다면 재혁의 성격도 나아질 것이다.

“이 작가, 우리 집에도 언제 한번 와요. 지난번에 그냥 그렇게 가서 내가 좀 서운했어요.”

한 회장의 말에 주변은 소란스러워졌다. 놀라는 시선을 그들에게 던지는 사람들을 보며 재혁의 얼굴엔 은근한 미소가 스쳤다. 빠르게 지나간 미소였지만, 한 회장은 너무나 또렷이 그의 미소를 보고 말았다. 지금 재혁의 모양새는 상당히 우스꽝스러웠다. 말쑥한 양복에 어울리지 않게 여성용임이 분명한 커다란 가방과 노트북을 양손에 하나씩 들고 서 있는 모습에 한 회장은 왠지 모르게 흐뭇한 생각이 들었다. 그와 동시에 이렇게 만든 영희가 대단해 보이기까지 했다.

"아니, 제가 대접해야지요. 항상 제가 신세만 져서 죄송한걸요. 나중에 모시도록 꼭 허락해 주세요."

"하하, 그럽시다. 그럼."

한 회장은 영희의 손을 토닥거리고 나서 남은 일정 때문에 자리를 떠났다. 한 회장의 발걸음은 어느 때보다 날아갈 듯 가벼웠다.

한 회장이 자리를 떠났지만, 그가 남겨놓고 간 파문은 쉽게 사라지지 않았다. 대한그룹 회장과 미소 지으며 말할 수 있는 몇 안 되는 여자를 사람들은 경외에 찬 눈으로 바라보았다.

"갑시다."

재혁은 만족스런 미소를 지으며 영희를 자신의 차로 안내했다.

영희가 회사에 나온 지도 벌써 이 주가 흘렀다. 그녀가 회사에 나오는 시간이 길어질수록 소문은 더욱 파다해졌다. 재혁과 영희가 연인이라는 소문이었다. 그 소문과 함께 재혁이 게이라는 루머는 자연스럽게 사라져 갔다. 그는 영희가 회사에 나온 날부터 소문이 나기 시작한 것을 알고 있었다. 소문의 진상이야 어찌 됐든, 그의 품에 안긴 그녀를 목격한 비서가 그들의 관계를 오해하기 시작한 것이 발단이었다. 거기다 한 회장과 영희가 스스럼없이 대화하는 것을 본 후, 소문은 더욱 구체적으로 변화하고 있었다. 그녀가 재혁의 약혼녀라는 소문과 함께 얼마 후에 결혼할 것이라는 소문까지 돌았다. 이렇게 소문이 분분했음에도 불구하고 그는 여전히 영희를 회사에 나오게 했다. 이제 영희가 나올 필요가 없다는 것은 알고 있었다. 하지만 이상하게도 여자에게 그만 나와도 된다는 말을 하고 싶지 않았다.

'이상하군. 정말 이상해.'

재혁은 여태까지 느껴보지 못했던 감정이 자신의 가슴속에서 꿈틀대는 것을 느꼈다. 분명 자신을 귀찮게 만드는 여자였다. 그런데 영희를 보면서 야릇한 느낌을 갖는 것도 사실이었다. 작은 공간에 단둘이 있으면서 그는 몰래 영희를 훔쳐보곤 했다. 쾌활하게 웃는 여자를 바라볼 때면 그의 마음도 상쾌해지는 것 같았다. 여자가 열심히 일하는 모습을 보면 신기하기도 했고, 다른 누군가와 웃고 떠드는 모습을 보면 그 모습이 못마땅하게 여겨졌다. 재혁은 마음속에서 일어나고 있는 여러 가지 감정에 갈팡질팡했다.

재혁은 누군가와 통화하고 있는 영희를 복잡한 심정으로 바라보았다.

“여보세요.”

[엄마다.]

“엄마, 왜?”

[이게 말하는 거 하고는. 엄마가 전화했으면 그냥 ‘네’는 못할망정 뭐? 왜?]

“어우, 알았어. 왜?”

[이게 또?]

“헤헤, 알았어요. 네.”

[그럴 것이지. 이번 주 목요일, 대한호텔 다섯 시다.]

“그게 무슨 말이야? 밑도 끝도 없이 이번 주 목요일, 대한호텔 다섯 시라니?”

[그놈이 결혼했다며? 너 그날 그래서 술 마시고 외박한 거지?]

“누가 그래? 철희가 그래?”

[하여튼 선이나 보자.]

“선? 무슨 선?”

영희의 말에 재혁의 어깨가 움찔거렸다. 그녀의 입에서 나온 선이란 말은 그의 신경을 곤두서게 만들었다.

[그때 희영 아줌마가 말한 사람 있잖아. 그 사람이랑 선이나 보자.]

“싫어. 내 나이에 무슨 선이야.”

[몰라. 난 약속 정했으니까 일단 나가보기나 해.]

"엄마 맘대로 그러는 게 어디 있어?"

[안 나가면 엄마가 망신당하니까 알아서 해. 그럼 난 끊는다.]

"엄마! 엄마!"

영희는 끊긴 전화기를 들고 소리를 질렀지만, 이미 전화는 끊겨 있었다.

"어우, 진짜 못살아."

"무슨 일 있습니까?"

"어우, 깜짝이야!"

재혁이 갑작스레 끼어들자 영희는 깜짝 놀라 소리 질렀다. 전화를 하다 보니 여기가 어디인지 망각하고 있었다. 휴대폰을 내려놓으며 그녀는 시무룩하게 말했다.

"선이요."

"선?"

"네, 선보라고 하시네요."

"그래요? 그래서 어떻게 하기로 했습니까?"

"일방적으로 약속을 정하셨다네요. 할 수 없죠 뭐. 보는 수밖에 없어요. 저희 엄마가 정하신 일은 거스를 수 없거든요."

"그렇군요."

재혁은 그 말을 끝으로 고개를 돌렸다.

영희는 신경질적으로 노트에 낙서를 했다. 선이라는 엄마의 말에 기분이 묘하기도 했지만, 아무렇지 않게 대꾸하는 재혁으

로 인해 기분이 상했다. 그리고 기분이 상하는 자신의 마음에
혼란스러웠다.

'에이. 기분이 상할 게 뭐가 있어? 그냥 섭섭할 뿐이야. 아니,
아니다. 섭섭할 것도 없어. 그냥…… 그냥, 그래. 선보는 게 싫
어서 그런 거야. 그래, 그런 거야.'

그렇게 되뇌어보지만, 영희의 마음속에 드는 의문은 사라지
지 않았다.

재혁은 여자가 선본다는 말에 기분이 상했다. 여자도 원하는
것은 아니겠지만, 그래도 별일 아니라는 듯이 말하는 목소리가
듣기 싫었다. 그는 서류를 뚫어지게 바라보았다. 하지만 눈에
들어오지 않았다. 고개를 들어 여자를 바라보았지만 열심히 무
언가를 적고 있는 모습만 보였을 뿐이다.

재혁은 볼펜 끝으로 책상을 두드렸다. 왠지 모르게 초조해졌
다. 그의 마음속엔 알 수 없는 불안함으로 광풍이 몰아치고 있
었다. 그는 그 거친 바람에 휩쓸리고 싶지 않아 호흡을 가다듬
었다. 여자는 분명히 그의 신경을 건드리고 있는 존재였다. 하
지만 그녀는 그의 이상형이 아니었다. 저렇게 자기 할 말을 다
하고, 눈치없고, 덜렁대는 여자는 사절이었다. 그는 자신의 마
음을 자꾸 두드리는 여자에게서 시선을 돌렸다. 이제 그녀에게
시선을 두지 않으리라 생각했다.

하지만 모니터를 향하고 있는 그의 눈이 자꾸 같은 곳을 반복
해서 읽고 있었다.

　목요일이 되자 한 시간 간격으로 영희의 전화벨이 울렸다. 염여사의 확인 전화였다. 영희는 수화기를 손으로 가린 후 조용하게 말했다.

　"엄마, 알았어. 안 잊었어. 걱정 말라니까."

　[지금 나와. 그래야 머리도 하고 옷도 갈아입지.]

　"아이 참, 누가 선 안 본달까 봐 그래?

　영희는 소리를 꽥 지르려다 재혁의 사무실이라는 것을 상기해 목소리를 낮췄다. 지금 입고 있는 옷도 나쁘지 않은데 염 여사는 못마땅한지 계속 성화였다.

　[오늘 선보는 걸 알면서도 그렇게 입고 나간 네가 잘못이지.]

　"휴우, 알았어. 알았다고."

　영희는 자신의 옷차림을 내려다보았다. 베이지 색 바지 정장을 입은 그녀의 모습은 깔끔해 보였지만, 선보는 복장이라는 게 따로 있는 모양이었다. 그녀의 대답에 만족했는지 염 여사는 다시 한 번 일찍 나오라는 말을 하고 끊었다. 영희가 휴대폰 시계를 보니 벌써 세 시에 가까워지고 있었다.

　영희는 한숨을 쉰 후, 재혁에게 다가갔다. 일에 열중에 있었던 듯, 그녀가 가까이 가니 움찔하는 그의 모습을 볼 수 있었다.

　"저…… 재혁 씨."

　"말씀하십시오."

　"오늘은 제가 먼저 가봐야 할 것 같네요."

“무슨 일이 있습니까?”

재혁은 오늘 영희가 선보러 간다는 것을 알고 있었지만 모르는 척했다.

“아니, 오늘 제가 선을 보거든요.”

영희의 말에 재혁은 가만히 앉아 있었다. 그의 무응답에 영희의 고개가 갸웃거렸다.

“재혁 씨?”

“아, 네. 먼저 가십시오.”

그의 말에 영희가 서둘러 가방을 챙겼다. 언제 또 염 여사의 전화가 올 줄 몰라 하는 행동이었지만, 재혁의 눈에는 선보기 위해 서두르는 분주함으로만 비췄다. 재혁은 갑자기 기분이 상했다. 여자의 서두르는 행동이 왠지 눈에 거슬렸다.

“그럼 먼저 갈게요.”

영희가 환하게 웃으며 인사를 하고 나갔다. 그런 영희의 뒷모습을 보는 재혁의 얼굴엔 힘이 없었다. 서류에 얼굴을 묻고 있었으나 눈에 들어오지 않았다. 왜 이렇게 심기가 불편한지, 정신이 집중이 되질 않는지 알 수 없었다. 마음속에서 소용돌이치는 혼란 속에서 재혁은 그 원인을 찾을 수 없었다.

“생각을 해봐, 한재혁.”

중얼거리며 책상을 톡톡 두드리는 그의 손가락이 더욱 빠르게 움직였다. 머리 속에서 맹렬히 움직이는 것은 많았지만, 번뜩 떠오르는 것이 없었다.

그때 간결한 노크 소리가 그의 생각을 방해했다.

똑똑—

"들어와요."

그의 대답과 함께 김 비서가 문을 열고 들어섰다.

"오늘 저녁 스케줄을 확인해 드리겠습니다."

"아, 오늘 스케줄이 있었죠?"

재혁의 말에 김 비서가 놀랍다는 듯이 눈썹을 치켜올렸다. 여태까지 그녀의 상사가 일과 관련된 것을 잊은 적이 단 한 번도 없었기 때문이다.

"네, 여섯 시 고려호텔에서 명성공업과의 약속이 있으십니다."

"흠흠. 약속 장소를 변경해 달라고 전화를 넣어봐요."

"네? 어디로 말씀이십니까?"

"대한호텔로 변경하자고 양해를 구해봐요. 내가 오늘 그곳에 갈 일이 있어서."

"알겠습니다."

목례를 하고 나가는 김 비서의 얼굴엔 의아함이 가득했다. 이렇게 일방적으로 약속을 변경한 적도, 잊은 적도 없었던 한 이사다. 멋쩍은 얼굴로 약속을 변경해 달라는 한 이사의 얼굴이 떠올랐다. 그녀는 비록 일이 한 가지 늘었지만, 조금씩 사람처럼 행동하는 한 이사가 오히려 반가웠다. 김 비서는 어깨를 으쓱하며 장소를 변경하기 위해 수화기를 들었다.

영희는 호텔 커피숍에 앉아 한숨을 쉬고 있었다. 선보기 위해 거추장스러운 분홍색 정장으로 갈아입고 얌전히 앉아 있었다. 약속했던 것보다 한 시간을 먼저 만나자고 했던 상대방은 오히려 약속 시간보다 십 분이나 늦게 나타났다. 영희는 화가 났지만, 염 여사와 절친한 희영 아줌마의 소개이기에 참고 앉아 있었다.

영희는 건너편에 앉아 있는 남자를 쳐다보았다. 이름이 박해준이라고 했던가. 허여멀거니 생긴 게 병자같이 보이는 인상의 남자였다. 그의 마른 체격에 어울리지 않는 감색 양복은 그의 인상을 더욱 병약해 보이게 했다. 하얀 얼굴에 짙은 눈썹과 진한 쌍꺼풀의 그는 느끼해 보였다. 영희는 기생오라비 같은 인상이라고 생각하며 속으로 투덜거렸다.

'어우, 아줌마는 어떻게 저런 남자를 소개시켜 주는 거야. 집에 가기만 해봐, 내가 엄마한테 다 이를 테니.'

사실 남자의 외모보다 더욱 마음에 안 드는 것은 남자의 태도였다. 벌써 남자가 온 지 삼십 분이 흘렀지만 제대로 된 대화는 하나도 나눌 수 없었다. 남자는 영희의 말에 시큰둥하게 대답하며 대화의 맥을 끊었다. 아무 말 없이 흘러간 시간만 해도 절반 이상을 차지할 거라는 생각이 들었다. 영희는 대화를 잇기 위해 노력했다. 아무 말 없이 앉아 있는 것은 그녀로서는 참기 힘든 일이었기 때문이다. 재혁도 말이 없는 편이었지만 이 남자는 더욱 심했다.

"저, 미국에서 오신 지 얼마 안 되셨으면 한국 영화는 거의 못 보셨겠네요?"

스무 살에 선우 선배한테 반해 미팅 한번 해본 적이 없는 영희였지만, 그래도 들은 말은 있어서 영화나 취미 이야기라도 해야겠다고 생각했다.

"그렇지도 않습니다. 비디오도 들어오고, 인터넷으로도 볼 수 있으니까요."

"아…… 네."

또다시 침묵이 흘렀다.

"흠흠, 그러면 영화는 어떤 장르를 좋아하세요?"

"그냥 다 보지요 뭐."

해준이 피식 웃으며 대답하자 영희는 기분이 상했다. 하지만 끊기는 대화를 어떻게 해서라도 이어보려고 계속해서 질문했다.

"아…… 네. 그럼 '올드가이'도 보셨어요?"

영희는 외국에서 입상도 한 영화라 유명해서 봤을 거라고 짐작했다.

"아뇨, 그건 못 봤습니다."

"아…… 네."

대화의 맥이 또다시 끊겼다.

"그럼 '태극기 휘두르며'는 보셨어요? 그거 미국에서도 많이 봤다던데.”

영희는 언젠가 본 기사를 떠올렸다.

“아뇨, 그건 제가 한국에 나오려고 준비하던 중에 나와서 못 봤어요.”

해준이 그 말만 하고 또다시 침묵했다. 영희는 숨 막힐 것만 같았다. 이건 무슨 인터뷰하러 나온 것도 아닌데, 계속 대화를 잇기 위해 질문해야 하니 미칠 지경이었다. 아무래도 이 남자는 영화와는 담을 쌓고 지낸 모양이었다.

“그럼 취미가 뭐예요?”

“훗, 취미라고 할 게 딱히 있나요? 그냥 가끔 가다 영화나 보고 책도 보고 그러는 거지요.”

그의 심드렁한 말에 영희는 자리를 박차고 일어나고 싶었지만, 그놈의 예의를 지키기 위해 참고 참았다. 그녀는 심호흡을 하며 치밀어 오르는 화를 눌렀다.

“원자력 공학을 전공하셨다고요?”

그녀는 그의 취미에 대해 묻는 것을 포기하고 그의 전공에 대해 묻기 시작했다.

“공부하시는 거 힘이 드셨겠어요. 사실 제가 과학 쪽은 젬병이거든요. 특히 공식이 나오면 더 그랬어요. 제가 아는 물리 공식은 딱 하나예요. F=M*A. 힘은 무게와 가속도에 비례한다. 맞지요?”

영희는 자신의 말이 떨어지는 순간, 반짝거리는 눈으로 변한 해준을 바라보면서 자신의 실수를 깨달았다.

"하하하, 물리 공식만큼 쉬운 게 어딨다고요."

'오, 마이 갓!'

영희는 물 만난 고기처럼 변한 그의 모습에 숨을 삼켰다.

"사실 공식만 외워두면 쉽지요. 모두 대입만 하면 되는 거니까. 운동에너지를 예로 들 수 있는데, 질량 m인 물체가 속도 v로 운동하고 있을 때는…… 가령 운동하고 있는 물체가 마찰을 받아 정지할 때는…… 이 관계를 보통 역학적 에너지보존법칙이라 하구요."

해준은 자신의 전공에 대해 묻자마자 물어보지도 않았던 운동에너지 공식부터 시작해서 영희가 알아듣지도 못하는 전공 분야에 대해 주절주절 읊어대기 시작했다. 여태까지 말이 없던 사람이라고는 믿어지지 않을 정도로 끊이지 않고 말하는 그에게 영희는 진저리를 쳤다. 봇물이 터진 듯 남자는 끊임없이 자신의 전공과 연구 실적에 대해 자화자찬을 하고 있었다.

그녀는 해준을 바라보며 재혁을 떠올렸다. 과묵한 그가 어쩔 땐 답답하기도 했으나 지금은 그의 과묵함이 못내 그리웠다. 만약 그라면 저렇게 잘난 척을 하지 않을 것이다. 어디선가 누군가가 나타나 자신을 구해주길 바랐다. 영희는 울상을 지었다.

'이놈의 입.'

영희는 자신의 입을 저주했다. 어색한 순간을 모면하기 위해 질문한 것이 이렇게 끝도 없이 이어질 것이라고는 생각지도 못했다.

시계를 보자 벌써 한 시간이 지나고 있었다. 영희는 슬슬 일어나고 싶어 몸이 근질거렸다. 하지만 아직도 열변을 토하는 해준을 보니 빠른 시간 내에 끝날 것이 아니라는 것을 깨달을 수 있었다.

'맙소사, 이러다 난 제 명에 못 죽을 거야.'

영희는 해준의 말이 제발 끝나기를 기도하며 애꿎은 냅킨만을 찢고 있었다.

재혁은 약속 장소를 변경한 것으로도 모자라 약속 시간보다 삼십 분을 먼저 나왔다. 시간 낭비를 하는 것을 제일 싫어했던 그가 삼십 분이라는 시간을 미리 나와 서성이고 있었다. 그는 대한호텔의 커피숍과 레스토랑 등을 기웃거렸다. 재혁은 여자가 보는 선이 궁금해서라는 궁색한 변명을 하며 자신의 이런 행동을 정당화했다.

마침내 두리번거리는 그의 눈에 영희의 모습이 잡혔다. 선본 상대인 듯한 남자와 함께 걸어나오고 있는 여자의 얼굴엔 미소가 가득했다. 그들의 모습은 마치 오랜 연인처럼 너무나 편안해 보였다. 재미있는 이야기를 하고 있었는지 여자의 입에서 맑은 웃음소리가 터져 나왔다. 그는 영희가 사라질 때까지 감전이 된 듯 멍하니 서 있었다.

한참의 시간이 흐른 후, 재혁은 천천히 등을 돌려 약속 장소로 향했다. 왜 이렇게 가슴에서 휑한 바람이 부는지 알 수 없었다. 누군가 가슴에 구멍을 뚫은 듯 차가운 한기가 가슴 깊이 스며들고 있었다.

재혁은 식사를 하면서도 다른 때와는 달리 멍하니 앉아 있었다. 명성공업과는 한 달에 한두 차례 같이 식사를 하며 사업을 조율하곤 했다. 하지만 여느 때와는 달리 조용한 재혁의 태도에 모두들 의아해했다.

"이사님, 괜찮으세요?"

옆에 앉아 있던 김 비서가 그의 상태가 걱정이 되는지 조용히 물었다.

"아? 아, 네."

재혁은 짧은 대답을 하고는 명성공업 이사에게 미안함이 담긴 미소를 지었다. 지금은 사사로운 감정에 몰입할 때가 아니었다. 그는 다시 사업적인 얼굴로 돌아와 오늘의 안건에 대해 조용히 입을 열기 시작했다.

영희는 씩씩대며 집 안으로 들어섰다. 이를 얼마나 갈았는지 어금니가 다 아플 지경이었다. 아무리 자신을 빨리 치워 버리고 싶다 할지라도, 어떻게 그런 왕자병 말기 환자한테 자신을 넘길 생각을 했는지 기가 막혔다.

"엄마! 엄마!"

들어오자마자 염 여사를 찾는 그녀의 목소리에 가족들이 의아한 표정으로 식당에서 나왔다.

"네 엄마 나왔다. 왜?"

염 여사가 후식으로 먹을 과일을 들고 거실로 나왔다. 그녀가 소파에 앉자 이 변호사와 철희도 같이 소파에 둘러앉았다. 영희도 염 여사를 노려보며 소파에 앉았다.

"엄마, 어떻게 나한테 이럴 수 있어?"

"뭘? 참, 선은 잘 봤어? 그 남자가 너 마음에 든다더라."

염 여사의 말에 식구들은 눈을 반짝이며 한마디씩 했다.

"그래? 우리 영희를 마음에 들어한대?"

"드디어 누나 너도 결혼을 하는구나."

영희는 철희의 말에 버럭 소리를 질렀다.

"누가 결혼을 해? 누가?"

"어우, 깜짝이야. 왜 소리는 질러? 말해 봐, 왜 그러는지."

염 여사는 사과를 깎던 과도를 내려놓고, 진지한 눈으로 영희를 바라보았다.

"내가 미쳐. 어떻게 그런 남자를 소개시킬 수 있어? 엄마도 그 남자 사진 봤지?"

"난 또. 사진 보니까 인물도 그 정도면 괜찮더만. 요새 그런 남자를 꽃미남이라고 하지 않니? 사실 남자는 인물 다 소용없어. 인물값 하거든."

염 여사는 별거 아니라는 듯이 과도를 다시 집어 들었다.

"엄마는 그럼 왜 아빠랑 결혼했어? 그럼 아빠하고 결혼하지 말았어야지?”

“하하. 우리 영희가 이 아빠를 그렇게 잘생겼다고 하니 아빠가 기분이 좋구나.”

이 변호사의 얼굴엔 흡족한 미소가 지어졌다.

“아빠, 지금 그런 말씀을 하실 때예요? 그 남자, 완전히 사이코라구요.”

“사이코? 그게 무슨 말이야?”

심상치 않은 영희의 표정에 철희의 얼굴도 심각하게 변했다.

“그래, 사이코. 정말 왕자병 말기 환자라니까? 잘난 척은 얼마나 많이 하는 줄 알아? 내가 오늘 하루 종일 그 남자 잘난 척하는 것만 들어주느라 미치는 줄 알았다고.”

“어머, 애. 솔직히 그 정도면 잘난 척할 만하지 않니? MIT에서 박사 학위 받았단다.”

“MIT든 뭐든 나 그 남자 싫어! 그러니까 희영 아줌마한테 말해, 나 그 남자 싫다고. 오늘 아줌마 얼굴 생각해서 참은 거야. 안 그랬으면 벌써 자리를 박차고 나왔을 거야.”

“그 정도야? 그 남자는 너 진짜 마음에 들었다는데?”

영희의 확고한 말과 표정에 염 여사가 걱정스런 표정을 지었다. 막상 거절할 말을 하려니 막막한 모양이었다.

“하! 그 남자가 그래? 미쳤군, 미쳤어. 하여간 난 분명히 싫다고 했어.”

영희는 흥분했다. 정말 오늘 하루를 망친 걸 생각하면 자다가도 벌떡 일어날 지경이었다.

"그리고 다시는 선 얘긴 꺼내지도 마! 다시는!"

그녀는 몸서리치며 염 여사에게 경고했다.

"알았어. 계집애하고는. 네가 그 나이 되도록 연애라도 한번 했으면 이 엄마가 그런 자리를 왜 만들었겠어? 네가 하도 방구석에만 처박혀 있으니까 걱정이 돼서 그런 거지. 밥은 먹었어?"

"못 먹었어. 밥 줘."

영희의 눈치를 보며 염 여사가 흥분했다.

"그놈이 밥도 안 사줬어? 뭐 그런 놈이 다 있어? 시간이 몇 신데?"

영희는 그런 엄마가 못내 얄미웠다.

"괜히 오버하지 마. 빤히 보이니까."

"호호. 그러니? 어우, 얘는 꼭 눈치없는 것 같다가도 이럴 땐 빠르다니까."

"엄마!"

"알았어. 밥 차릴 테니까 얼른 씻고 와."

영희는 마음을 가라앉히고 씻기 위해 자신의 방으로 들어섰다. 다시는 기억하고 싶지 않은 하루였다. 그녀는 재혁을 떠올렸다. 오늘 사이코와 그를 비교하며 하루를 보냈다. 그 왕자병 말기와 함께 있으면서 생각난 것은 재혁이었다. 무뚝뚝하지만 항상 자신을 보살펴 준 그가 못내 보고 싶었다. 그녀는 침대에 털썩 주저앉았다.

"어우, 내가 요즘 왜 그러지? 미쳤어, 미쳤어."

요즘 부쩍 그가 자꾸 생각이 났다. 함께하는 시간이 많아서인지, 아니면 만나는 남자라곤 그 하나뿐이어서인지 그에 대해 생각하는 자신을 자주 발견하곤 했다.

"선우 선배가 결혼한 지 얼마나 됐다고. 내가 이러면 안 되지."

영희는 고개를 흔들며 정신을 가다듬었다. 요즘 정신적으로 힘든 시기를 거쳤기 때문에 그에게 의지를 하는 모양이었다. 게다가 그녀가 힘든 때에 그가 항상 같이 있어주었기 때문일 것이다.

영희는 다시 고개를 흔들며 중얼거렸다.

"정녕 내가 바람둥이가 아니라면 절대 이러면 안 되지. 그럼, 안 되고말고."

가슴에서 부는 봄바람은

자기가 뭔데. 어우, 짱나. 키 크다고 유세하는 것도 아니고. 쳇! 여기가 서양이야? 여긴 엄연히 한국이란 말이야. 그런데 어디다 뽀뽀야, 뽀뽀는?" 또다시 스틱으로 울긋불긋해진 재혁의 얼굴이 떠올랐다. "흥! 쳇! 어떻게 내가 있는 줄 알면서도 그렇게 가만히 있냐?" 그녀는 가희의 늘씬한 몸매를 생각하며 자를 발로 걷어찼다. 의자가 쾅하고 넘어지자 깜짝 놀라 주위를 훑어보다 얼른 일으켜 세웠다. "우씨, 내 가슴 만졌을 때는 어쩔 줄 몰라 해서 순진한 줄 알았더니. 나참, 내 벗은 몸도 슬쩍 봐놓고선, 어떻게 다른 여자랑 뽀뽀하는 모습을 나한테 보일 수 있냐?" 영희는 갑자기 억울해졌다. "난 가슴 한 번 만진 밖에 없는데. 우씨, 내가 손해잖아? 우씨, 나쁜 놈!"

가슴에서 부는 봄바람은

재혁은 딱딱한 얼굴로 출근했다. 마음이 불편한 상태로 출근하니 재혁의 표정은 어느 때보다 차가워 보였다. 그의 표정을 본 사람들은 하나같이 영희가 주요 원인일 것이라 추정했다. 무표정한 그를 움직일 만한 사람은 영희밖에 없다는 결론이었다. 웃음기있는 한 이사의 모습을 보는 것도 힘이 들었지만, 저렇게 냉랭한 표정을 짓는 모습 또한 볼 수 없었던 그들이다. 나흘을 지켜본 회사 직원들은 그들의 관계를 이제는 의심할 여지가 없다고 생각하고 있었다.

지난 이 주 동안과 마찬가지로 점심 식사를 마친 그들은 이사실에서 한가로이 커피를 마시고 있었다. 하지만 여느 때와는 달리 재혁의 얼굴엔 냉기가 흐르고 있었다.

영희는 재혁의 눈치를 보며 고개를 갸웃거렸다. 그의 심기를 거슬리게 하는 게 무엇인지 알고 싶었다.

"오늘은 기분이 별로신가 보네요?"

재혁이 아무 대꾸 없이 고개를 살짝 끄덕였다.

"저도 기분이 별로예요."

"왜 별로입니까?"

"글쎄요. 제가 어제 선을 봤잖아요?"

"그런데요?"

여자가 꺼내는 선에 대한 말에 그의 얼굴은 긴장으로 더욱 굳어졌다.

"진짜 이상한 사람이었어요."

"이상한 사람?"

"네, 완전히 왕자병이었다니까요?"

"그래요?"

재혁의 입가가 씰룩댔다. 일러바치듯이 고하는 여자의 표정에 웃음이 나오려는 것을 억지로 참았다.

"네. 어우, 정말 다시는 선이라는 걸 보지 말아야겠어요."

몸서리까지 치며 영희가 말하자 그의 기분은 더욱 맑아졌다.

"그런데 재혁 씬 어제 저녁 식사 잘하셨어요?"

그는 그녀의 질문에 뜨끔했지만 이내 무표정한 얼굴로 말했다.

“네, 잘했습니다.”

“다행이네요.”

고개를 끄덕이며 중얼거리는 영희에게 재혁은 죄책감을 느꼈다. 하지만 그 죄책감도 잠시, 그의 얼굴엔 옅은 미소가 지어졌다. 가슴속에 휑하니 불던 차가운 바람도 점차 사그라지기 시작했다.

삐—

[이사님, 민가희 씨란 분이 오셨습니다.]

“민가희? 들어오시라고 해요.”

재혁이 전화기를 놓자마자 문 앞으로 다가섰다. 그 모습에 영희는 의아한 표정을 지었다. 하루 종일 말이 없던 그였는데 지금은 어느 때보다 기쁜 표정이었다.

문이 열리고 화려한 옷차림의 여자가 들어섰다. 모델처럼 늘씬한 몸에 하이힐을 신어 더욱 키가 커 보이는 여자였다. 딱 달라붙는 미니스커트 아래로 여자의 쭉 뻗은 다리가 영희의 눈에 들어왔다. 여자가 보기에도 탐나는 아름다운 다리였다.

“한재혁, 내가 왔다.”

여자는 들어서자마자 재혁을 끌어안고, 그의 얼굴에 키스를 퍼부었다. 등 돌린 그의 표정을 볼 수는 없었지만, 경악하는 영희의 눈과 마주친 여자의 눈이 놀라움으로 커다래지는 것을 볼 수 있었다. 영희는 그들의 애정 표현을 보고 있을 수 없어 안절부절못하며 앉아 있었다. 지금 그들을 보며 앉아 있는 것도 그랬지만, 그들을 지나쳐 문을 나서는 것도 이상해 보일 것 같았다.

"여전하구나."

"훗, 너도 마찬가진데? 손님이신가 봐?"

고개를 숙이고 어쩔 줄 몰라 하는 영희를 눈으로 가리키며 가희가 물었다.

"아, 나를 인터뷰하러 온 분이야. 영채 씨, 이리로 와요."

재혁이 부르자 하는 수 없이 영희가 고개를 들었다. 그의 얼굴엔 가희의 붉은 립스틱이 여기저기 수놓아져 있었다. 그녀는 재혁의 얼굴에 찍혀 있는 붉은 키스마크만큼이나 미소 띤 얼굴이 싫어졌다.

"인터뷰? 너 인터뷰하는 거 질색이었잖아."

"그런 인터뷰가 아니라 작가야. 영채 씨, 이쪽은 제 친구인 민가희, 이분은 이영채 씨."

영희는 붉은색 일색인 그의 얼굴을 피하며 가희에게 인사했다.

"아, 안녕하세요. 이영채입니다."

가희가 당당하게 손을 내밀었다.

"안녕하세요. 민가희라고 해요."

영희는 조심스럽게 여자가 내민 손을 맞잡았다. 영희의 작은 손이 가희의 손에 폭 싸여졌다.

"작가시라구요?"

“네? 네.”

“‘바람의 향기’라고, 지금 드라마로 하고 있어. ‘가을 이야기’라는 책도 이미 영화로 만들어지고 있고.”

재혁이 나서서 설명하자 가희의 눈빛이 번쩍 빛이 났다.

“그래? 그런데 왜 널 인터뷰해?”

가희가 취조하듯이 날카로운 눈을 영희에게 돌렸다.

“아, 제가 재혁 씨의 직업을 모델로 삼고 있거든요.”

당당하게 답을 하며 영희도 가희를 똑바로 바라보았다.

그녀의 도전을 알아챘는지 가희의 입가엔 웃음이 지어졌다. 가희가 소파에 앉으며 그에게 고개를 돌렸다.

“나, 커피도 안 주니?”

“아, 잠깐.”

가희의 말에 바로 비서에게 커피를 부탁하는 재혁을 보자 영희는 심술이 났다. 한 번도 본 적이 없는 남자의 행동에 기분이 상했다.

“에스프레소 한 잔 부탁해요.”

전화기를 내려놓는 그에게 가희가 달콤한 미소를 지었다.

“그래도 내 취향은 기억하고 있네?”

“기억하지 못하면 너한테 무슨 말을 들으려고?”

불퉁거리는 재혁의 말엔 따뜻한 애정이 담겨 있었다. 영희의 얼굴이 조금씩 일그러져 갔다. 그녀는 자리를 피해주기 위해 일어섰다.

"저…… 말씀들 나누세요. 전 잠깐 나갔다가 올게요."

"어머, 그래 주실래요?"

재혁이 무슨 말을 하기도 전에 가희가 나서자 영희는 그런 가희가 얄미워졌다. 친근한 그들의 모습에 왠지 심술이 났다. 가희의 당당한 태도에 주눅 들었던 자신이 몹시도 초라하게 느껴졌다.

영희는 조용히 문을 닫고 나와 옥상으로 향했다. 옥상 위에는 작은 휴식 공간이 마련되어 있었다. 따가운 햇볕을 막아주는 차양 밑으로 다가가 털썩 주저앉아 주위를 둘러보았다. 점심 시간이 끝났기 때문인지 아무도 없었다.

"'어머, 그래 주실래요?' 자기가 뭔데. 어우, 짱나."

그녀는 가희의 목소리를 흉내 내며 말도 안 되는 이유를 갖다 붙여 욕했다.

"참나, 키 크다고 유세하는 것도 아니고. 쳇! 여기가 서양이야? 여긴 엄연히 한국이란 말이야. 그런데 어디다 뽀뽀야, 뽀뽀는?"

또다시 립스틱으로 울긋불긋해진 재혁의 얼굴이 떠올랐다.

"흥! 쳇! 어떻게 내가 있는 줄 알면서도 그렇게 가만히 있냐?"

그녀는 가희의 늘씬한 몸매를 생각하며 의자를 발로 걷어찼다. 의자가 쾅하고 넘어지자 깜짝 놀라 주위를 훑어보다 얼른 일으켜 세웠다.

"우씨, 내 가슴 만졌을 때는 어쩔 줄 몰라 해서 순진한 줄 알았더니. 나참, 내 벗은 몸도 슬쩍 봐놓고선, 어떻게 다른 여자랑 뽀뽀하는 모습을 나한테 보일 수 있냐?”

영희는 갑자기 억울해졌다.

“난 가슴 한 번 만진 것밖에 없는데. 우씨, 내가 손해잖아?”

투덜대는 영희의 목소리가 아무도 없는 옥상에 울려 퍼졌다. 자신이 억지라는 것은 알고 있었다. 하지만 기분이 나쁜 것도 어쩔 수 없었다. 또다시 립스틱으로 지저분해진 그의 잘생긴 얼굴이 떠오르자 영희는 얼굴을 찡그렸다.

“우씨, 나쁜 놈!”

아무도 없는 텅 빈 옥상엔 더운 바람만이 그녀의 얼굴을 스치고 지나갔다.

가희는 영희가 문을 닫고 나가자 웃음을 터뜨렸다. 오랜만에 만나는 친구가 반가워 문을 열자마자 습관대로 재혁이 질색하는 포옹과 키스를 했지만, 곧 영희의 놀란 눈동자와 마주쳤다. 그녀도 재혁의 사무실에서 낯선 여자를 발견해 깜짝 놀랐었다. 하지만 처음 자신이 들어왔을 때부터 표정이 안 좋아 보이던 영희를 보며 그녀는 일부러 재혁에게 가까운 척을 했다. 자신을 살짝 째려보고 나가는 영희의 모습에 그녀의 호기심이 발동하기 시작했다.

“푸하하하. 킥킥, 저 아가씨 정말 귀엽다.”

눈물까지 흘리며 웃는 가희를 재혁은 의아한 표정으로 바라보았다.

"무슨 일이야?"

가희의 눈이 예리하게 번득였다.

"저 아가씨랑 어떤 사이야? 그냥 인터뷰하는 사이는 아니지? 인터뷰 같은 걸 질색하는 한재혁이 신문사 인터뷰가 아니라고 허락할 리 없지. 사실대로 말해. 누구야?"

재혁은 한숨을 쉬었다. 아무리 오랜 친구라지만 게이라는 소문이 났었다는 말을 할 수는 없었다.

"진짜 인터뷰하러 온 아가씨야. 아버지가 부탁하신 거야."

가희가 여전히 의심스런 눈으로 재혁에게 확인했다.

"정말?"

"그래."

재혁은 애꿎은 서류를 넘기며 퉁명스러운 어조로 화제를 돌렸다.

"어떻게 된 거야? 갑자기 이렇게 찾아온 이유가 있을 거 같은데, 말해 봐."

"너 이럴 때마다 정떨어지는 거 아니?"

"휴우, 말해."

"알았어. 이래야 한재혁이지. 이 누님이 결혼을 하신다."

"뭐?"

재혁은 그제야 놀란 눈을 들어 가희를 바라보았다. 독신주의자를 당당하게 외치던 소꿉친구의 입에서 결혼이라는 말이 나오자 그는 한동안 멍해 있었다. 자주는 아니지만, 가끔은 연락하던 그들이었다. 대부분 가희가 찾아와 같이 식사를 하곤 했지만, 누군가를 만난다는 말은 들어보지 못했었다.

"누구랑?"

"서재민이랑."

"서재민?"

재혁은 눈썹을 올리며 되물었다. 자신이 잘못 듣지 않았나 고개를 갸웃거리며 한참을 생각했다.

"응, 서재민. 너도 알잖아?"

"서진의 서재민?"

재혁은 기가 막힌 얼굴이 되었다. 그가 알기로 가희는 서재민을 질색했었다.

"그래, 서진의 서재민."

"너, 서재민 싫어했었잖아."

"풋, 그러게."

어울리지 않게 가희가 얼굴을 붉히며 인정했다. 그 모습에 재혁은 더욱 놀랐다. 민가희란 여자가 부끄러움을 타던가. 그는 아무리 생각해도 가희의 이런 모습을 기억할 수 없었다.

"정말 속담이 맞는 것 같아."

"속담?"

"어. '열 번 찍어 안 넘어가는 나무 없다' 더니, 정말 내가 딱 그 짝이잖아."

재혁은 가희의 말에 어깨를 움찔했다.

"그럼 서재민이 너를 그렇게 쫓아다녔단 말이야?"

"훗, 그러게. 처음엔 진저리를 치면서 싫어했는데, 나중엔 그 사람이 자꾸 눈에 들어오더라. 안 보이면 왠지 보고 싶기도 하고."

재혁은 고개를 흔들었다. 정말 믿을 수 없는 소식에 그는 가희를 다시 한 번 바라보았다. 사랑에 빠진 여자답게 가희의 얼굴은 행복한 표정이었다.

"그래서 언제 하기로 한 거야?"

"다음 달에."

"한여름에 하는군. 급했나 보지?"

"그, 그게……."

더욱 얼굴이 빨개지는 가희를 보며 재혁은 이상한 감이 느껴졌다.

"너, 설마."

"맞아. 이 개월이야."

이젠 더 이상 놀라울 것도 없다는 듯 재혁은 고개를 저었다.

"축하한다."

"고마워. 너한테는 직접 말하고 싶었어."

재혁은 어릴 때부터 보아왔던 친구의 모습에서 이제는 성숙한 여인의 모습을 발견할 수 있었다. 무뚝뚝하고 표현을 모르던 그에게 다가와 친구가 되어주었던 가희를 새삼스러운 눈으로 바라보았다. 이젠 엄마가 된다는 그녀가 신기하면서도 작은 감동도 느껴졌다. 가희도 같은 기분인지 눈시울이 붉어졌다.

"너도 결혼해야지."

가희의 말에 그는 영희를 떠올렸다. 요즘 시도 때도 없이 나타나는 여자의 영상에 그는 갈피를 잡지 못했다. 여자가 선보는 곳까지 몰래 따라갔던 것을 떠올리며 그는 한숨을 쉬었다. 그는 차마 떨어지지 않는 입을 떼었다.

"그 사람을 사랑한다는 것을 어떻게 알았시?"

가희가 그의 말에 한참을 생각하더니 갑자기 픽하고 웃었다.

"다른 거 없더라. 자꾸 생각나면 그게 사랑인 거 같아. 밥 먹을 때도 떠오르고, 잠잘 때도 떠오르고, 수시로 떠오르는 사람이 있다면 그게 사랑인 거 같아."

"그렇군."

"나 이만 가봐야겠다. 재민 씨가 데리러 온다고 했거든."

자리에서 일어서며 핸드백을 챙겨 드는 가희를 따라 그도 일어섰다.

"청첩장은 나중에 따로 보낼게. 그리고 이건 선물이야."

"손수건은 왜?"

"이따가 필요할 거야."

손수건을 건네며 윙크하는 가희의 얼굴에 이상한 기운을 느꼈지만 재혁은 아무 말 없이 받아 들었다.

가희가 떠나가고 난 후 재혁은 손수건을 바라보다 번뜩 떠오른 생각에 거울 앞에 섰다.

'이런, 민가희.'

그냥 조용히 사라질 친구가 아니라는 것을 눈치챘어야 했는데, 결혼이라는 충격적인 소식에 까맣게 잊고 있었다. 그는 손수건으로 얼굴을 문지르다 영희를 떠올렸다. 이상한 표정을 지으며 그의 얼굴을 피했던 여자가 생각나자 그의 얼굴이 일그러졌다.

영희는 한 시간 가까이 휴게실에서 시간을 보냈다. 어느 정도 기분을 가라앉히고 다시 사무실로 들어서니, 다행히 아까 그 여자는 간 모양인지 보이지 않았다. 기분이 상하는 자신의 감정에 대해서 스스로 이상하다고 생각하면서도 여자의 부재에 기분이 나아졌다. 재혁의 얼굴도 아까 전과는 다르게 깨끗해져서 그녀의 마음도 정화된 듯했다.

"친구 분은 가셨나 봐요?"

"네, 갔습니다."

짧은 말을 끝으로 재혁은 다시 서류에 얼굴을 묻어버렸다.

영희는 입을 내밀며 자리에 앉았다. 가희라는 여자가 오기 전까지 즐거웠던 사무실의 분위기가 많이 가라앉았다. 일에 열중한 재혁을 살짝 째려보다 그녀도 일에 몰두했다.

오후의 시간은 조용히 흘러갔다. 퇴근 시간이 되자 영희는 말없이 그를 따라나섰다.

“저, 오늘은 약속이 있거든요? 먼저 가세요.”

“그렇습니까?”

로비를 나서자 재혁의 앞으로 차가 다가왔다. 그가 차를 타려는 순간, 영희의 앞으로 은색 BMW가 다가서는 것이 보였다. 그는 멈춰 서서 차에서 내리는 남자를 바라보았다. 영희와 선본 남자였다. 재혁은 얼굴을 굳힌 채 영희에게 다가가는 남자를 지켜보았다.

“이? 여긴 웬일이세요?”

영희는 얼굴을 찡그리며 물었다. 분명 엄마에게 강력하게 싫다고 말한 뒤였다.

“훗, 웬일은요? 당연히 영희 씨를 만나러 온 거죠.”

영희는 남자의 느끼한 얼굴에 진저리를 치며 한 발자국 뒤로 물러섰다.

“여, 여긴 어떻게 아셨어요?”

“아, 집에 전화해서 물어봤더니 어머니께서 이곳으로 인터뷰 나갔다고 하시더군요.”

“엄마가요?”

“네. 제가 이영채 작가님 좀 부탁한다고 하니까 아주 친절하게 말씀하시던데요?”

‘이런, 젠장. 이거 완전히 스토커 아냐?’

“그럼 이름을 안 밝히신 거예요?”

“하하. 영희 씨를 깜짝 놀라게 해드리려고 한 거죠. 놀라셨죠?”

해준은 이미 왁스로 넘겨 빗은 머리를 다시 손으로 쓸면서 영희에게 미소 지었다. 그 모습에 영희는 더욱 그에게 정나미가 떨어졌다.

'어우, 짱나.'

"그, 그러셨어요? 그런데 어쩌지요? 제, 제가 오늘은 선약이 있어서."

"아, 이런, 이런. 그럼 제가 그곳까지 모셔도 되겠지요?"

해준이 하는 수 없다는 듯이 고개를 흔들며 조수석의 문을 열었다. 영희는 난감한 표정으로 아무 말 없이 서 있었다.

해준과 영희의 대화를 지켜보던 재혁은 그들에게 다가가려 한 걸음 뗐다. 아무래도 자신이 나서야 할 것 같았다. 난처해 보이는 여자의 얼굴을 보며 다가서려는 순간, 재혁의 발걸음을 멈추게 하는 여자의 목소리가 들려왔다.

"그럼 부탁드릴게요."

재혁은 잘못 들은 게 아닌지 한참을 생각하다 놀란 얼굴로 여자를 보았지만, 여자는 이미 조수석에 타 있었다. 그는 그들이 떠나고 나서도 한동안 그 자리에 서 있었다.

분명 여자는 그 남자가 싫다고 했었다. 그런 그녀가 남자의 차를 타고 떠났다는 사실이 믿어지지 않았다. 자신이 가까이 있다는 것을 알았을 텐데 왜 부탁하지 않았을까 의문이었다. 다시 그의 가슴에 휑한 바람이 불어왔다.

그는 초여름의 따뜻한 기온 속에서도 알 수 없는 서늘함을 느끼며 차에 올랐다. 또다시 여자가 생각났다. 항상 시끄럽다고 생각하던 여자의 수다가 오늘따라 그리웠다.

영희는 해준에게 자신의 입장을 확실히 전해야겠다는 생각을 했다. 확실히 하지 않으면 해준이 오해를 할지도 모르는 일이었다. 그녀는 차가 목적지에 서자 힘겹게 입을 떼었다.

"저, 해준 씨."

"말씀하십시오, 영희 씨."

특유의 느물거리는 미소를 지으며 해준이 바라보자 영희는 손에 들린 가방 끈을 만지작거리며 시선을 피했다.

"저기, 제가 실은 지금 누군가를 만날 때가 아닌 것 같아요."

나름대로 돌려서 말하는 영희에게 해준이 피식 웃었다.

"아, 저도 바쁘지만 세상사가 다 그런 게 아니겠습니까? 저도 시간을 낼 테니 영희 씨도 시간을 내주십시오."

영희는 속이 터질 지경이었다. 이걸 도대체 어떻게 말해야 할지 난감했다.

"저, 그게 아니라……."

"훗, 제가 영희 씨한테 반했습니다. 여태까지 만나왔던 여자분들 중에서 이렇게 제 얘기를 귀담아준 사람이 없었거든요. 물론 영희 씨가 글을 쓰시는 분이니 저와도 이야기가 통하는 수준이 될 테지만 말입니다. 하하하."

'이거 진짜 사이코 아냐?'

자기가 말해 놓고 자기 말에 미친 듯이 웃고 있는 해준의 얼굴은 마치 정신병자인 양 보였다. 영희는 이 난관을 어떻게 헤쳐 나가야 할지 걱정이었다. 이렇게 될 줄 알았다면 그날 자리를 박차고 나왔어야 했는데, 예의를 차린답시고 자리에 앉아 있었던 자신을 저주했다.

"아니, 저……."

"아무 말 하지 않아도 돼요. 영희 씨 맘은 제가 다 압니다. 사실 여자들이 자기 맘을 드러내기란 쉽지 않죠. 다 이해합니다."

이제 영희는 기가 막혀 말이 안 나올 지경이었다. 또다시 나오는 저 자뻑 증세에 영희는 할 말을 잃었다.

"제가 이번에 들어갈 연구소에 약간의 양해를 구해놨습니다. 저를 무척이나 필요로 하긴 하지만, 미래를 함께할 영희 씨와의 시간이 무엇보다 중요한 것 아니겠습니까?"

이런 사람이 어떻게 박사 학위까지 받았는지 불가사의하다는 생각이 들었다. 영희는 머리가 아파왔다. 눈치없다는 소리를 많이 들어왔던 그녀지만, 이렇게 눈치가 없는 사람은 처음이었다. 영희는 또다시 머리를 쓸어 넘기며 느끼한 미소를 짓는 그의 얼굴을 피했다. 그녀는 심호흡을 하며 단호한 표정을 지었다. 이대로 그의 페이스에 말려들 수는 없었다.

"죄송하지만, 저는 지금 누군가를 사귀고 싶지 않아요."

"영희 씨, 제가 싫은 건 아니죠?"

해준이 진지한 얼굴로 묻자 영희의 몸이 흠칫했다.

"시, 싫은 건 아니고요."

"그럼 됐습니다. 제가 영희 씨의 마음을 사로잡겠습니다."

영희는 기가 막혀 한동안 움직일 수 없었다. 걸려도 단단히 걸린 모양이었다. 도대체 저런 자신감은 어디에서 생기는 것인지 궁금했다. 시계를 보니 벌써 약속 시간이 지나 있었다.

"저, 먼저 갈게요. 안녕히 가세요."

"내일 뵙겠습니다, 영희 씨."

그녀는 은색 자동차가 사라지는 것을 보고 나서 약속 장소로 향했다. 쉽게 해결되지 않을 것 같은 해준의 태도에 가슴이 갑갑했다.

친구들이 기다리고 있는 레스토랑에 들어서서도 그녀의 얼굴은 근심으로 펴지지가 않았다. 항상 밝던 영희의 얼굴이 시무룩해 있자 친구들도 걱정스런 얼굴이 되었다.

"너, 얼굴이 왜 그러냐?"

"그래, 무슨 걱정 있니?"

지혜와 연서가 번갈아 물었다. 영희는 그들을 바라본 후 웨이터가 놓고 간 물 컵을 들어 물을 벌컥벌컥 마셨다. 답답한 속이 조금은 진정되는 듯했다.

"어휴, 속상해."

"왜?"

친구들이 동시에 묻자 영희는 우울한 얼굴로 고했다.

"있지, 내가 말했잖아, 어제 선봤다고."

“어. 그래서?”

지혜가 답답하다는 듯이 재촉했다.

“근데 오늘 찾아왔었어, 그 남자가.”

“그 왕자병?”

걱정스런 표정을 짓는 연서에게 영희는 오늘 있었던 일을 간략하게 설명했다.

지혜가 그녀의 말이 우스웠던지 깔깔대기 시작했다.

“쿡쿡, 완전히 인물이네? 나도 나중에 한번 구경 가야겠다. 대한그룹 본사 앞에 있으면 그 남자를 볼 수 있는 거냐?”

영희는 지혜를 째려보았다.

“우씨, 너는 어떻게 웃을 수 있냐? 나는 속이 상해 죽겠는데? 오늘 완전히 일진 꽝이다.”

“왜? 또 무슨 일이 있었어?”

연서가 영희의 그늘진 얼굴에 의아한 눈을 했다.

“몰라. 오늘 여우 같은 여자를 봤어. 얘들아, 이해할 수 있니, 사무실에서 아무한테나 뽀뽀하는 여자를?”

“큭큭, 왜? 너한테 뽀뽀했냐?”

영희가 여전히 웃는 지혜를 노려보았다.

“아냐. 나 말고 남자.”

“남자?”

동시에 묻는 친구들에게 영희가 고개를 끄덕였다.

“어, 한재혁. 그 남자한테 뽀뽀를 하더라니까? 참나, 나도 있는데 어떻게 그럴 수 있니? 하! 거기다 더 웃긴 건, 내가 자리를 피해준다니까 '그래 주실래요?' 이러는 거야. 웃기지 않니? 그리고 말야, 또 치마는 왜 그렇게 짧던지. 참나, 다리 자랑할 일 있나? 또, 다리도 길면서 하이힐까지 신은 거야. 쳇! 키 작은 것도 서러운데 꼭 그렇게 키 큰 거 티내야 하냐? 게다가……."

가희의 목소리까지 흉내 내며 성토하는 영희를 친구들이 멍한 눈으로 쳐다보았다.

"너, 왜 그래?"

"어? 왜 그러냐니? 연서야, 애 왜 그래?"

"영희, 아니, 영채야. 너 혹시?"

"왜들 그래?"

영희는 멀뚱멀뚱한 눈으로 친구들을 번갈아 보면서 되물었다. 왜 저렇게 이상한 눈으로 보는지 이해가 되지 않았다.

"너, 그 남자 좋아하니?"

"어? 그 남자라니?"

"한 이사 말이야, 이것아."

"에? 재혁 씨? 설마."

하지만 재혁을 떠올리는 영희의 가슴이 벌렁거리기 시작했다. 설마 그럴 리가 없었다. 요즘 들어 그를 의식하는 것은 사실이었지만, 그것은 자신의 속옷 차림을 보여줘서일 것이다. 그것도 아니라면 그의 품에 안겼기 때문일 것이다. 만약 그것도 아니라면, 그것도 아니라면, 자신은 바람둥이라서일지도 모른다.

"아냐, 그럴 리가 없어. 그렇다면 난 바람둥이게?"

고개를 흔들며 부정하는 영희의 모습에 친구들은 황당한 얼굴로 쳐다보았다. 누군가를 좋아하는데 왜 저런 반응을 보이는 건지 그녀들은 이해할 수 없었다.

"그게 무슨 말이야? 바람둥이라니?"

연서가 놀란 눈으로 물었지만, 영희는 계속 부정하고 있을 뿐이었다.

"말도 안 돼. 그럴 리가 없어."

"야, 이영희. 빨리 말해 봐. 숨넘어가시겠다."

영희는 중얼거렸다.

"사람의 감정이 이렇게 빨리 변하는 거라고? 말도 안 돼."

그제야 친구들은 영희가 하는 말의 뜻을 이해할 수 있었다. 사랑에 대해 환상을 갖고 있는 친구가 감정의 변화에 대해 혼란스러워하는 것을 느낄 수 있었다. 친구는 첫사랑의 애틋함을 진정한 사랑이라고 믿고 있었다. 그들이 보기엔 영희의 첫사랑은 영웅을 숭배하는 것에 가까웠다. 위기에서 구해준 그에게 반한 것을 그녀는 사랑이라고 생각했고, 그것으로 지난 팔 년간을 보내왔다. 다행히 선우가 결혼을 했기에 망정이지, 그렇지 않았다면 아직도 사랑이라 믿고 기다리고 있을지도 모른다.

그들은 서로 눈빛을 주고받았다. 지혜가 자신보다는 차분한 연서에게 물어보라는 눈짓을 했다.

"저, 영채야. 정말 그 사람은 아니라고 생각해?"

"아니야. 아닐 거야. 아니, 모르겠어."

혼란스런 눈으로 친구들을 바라보는 영희의 눈엔 작은 이슬이 맺혀 있었다.

"그럼 아까 그 여자하고 한 이사랑 뽀뽀할 때 기분이 어땠어?"

"그거야 나빴지! 하지만 누구나 다 그런 거 아니야? 여긴 한국이잖아. 그런 거 본 적도 별로 없고."

"그래? 그럼 여기가 외국의 휴양지라면 어때? 그러면 괜찮을 것 같아?"

영희는 연서가 말한 대로 상상을 해보았다. 끝없는 모래밭이 펼쳐진 해변가에서 재혁과 여자가 키스하는 장면을 그려보았다. 은근히 가슴에서 열이 솟아올랐다.

"싫어! 그런 건 상상하고 싶지 않아!"

어린애처럼 고개를 흔들며 싫다고 하는 영희를 보며 그들은 한숨을 내쉬었다.

"그렇지? 그러면 넌 그게 왜라고 생각해?"

"몰라. 말도 안 돼. 그럴 리가 없어. 그럼, 아니고말고."

영희는 계속해서 부정의 말을 되새겼지만 마음속에 스며든 의문은 계속해서 머리 속을 잠식하고 있었다.

월요일 아침, 재혁은 출근길에 오르면서 지난 금요일에 있었던 일을 상기했다. 주말 내내, 영희의 행동으로 인해 혼란스러

웠었다. 왜 싫다고 했던 남자의 차를 타고 떠났는지 물어볼 작
정이었다. 하지만 그 의문은 그가 묻기도 전에 풀리고야 말았
다.

“어우, 금요일에 그 선본 남자가 찾아온 거 있죠?”

그는 그 상황을 보았음에도 불구하고 시치미를 뗐다. 여자의
일그러진 표정에 웃음이 나왔지만 참고 물었다.

“그랬습니까?”

“네. 저희 집에 전화해서 물어봤다는 거 있죠?”

옅게 진저리까지 치며 말하는 여자의 행동에 재혁은 미소 지
었다.

“휴우, 그런데 쉽게 물러서지 않을 것 같아요.”

여자는 한숨까지 쉬며 설명하고 있었다. 그 모습을 바라보는
재혁의 이마엔 주름이 생겼다.

“그분이 영채 씨가 마음에 들었나 보군요. 영채 씨도 그렇습
니까?”

그는 이미 여자의 표정에서 못마땅한 기색을 눈치챘지만 이
상하게도 긴장이 되었다.

“어우, 저는 그런 타입 싫어요. 전 그렇게 말 많고, 잘난 척에,
남의 말을 무시하는 그런 남자 싫어요. 저는요, 말수도 없고, 겸
손하고, 여자를 배려할 수 있는 남자가 좋아요. 내가 기댈 수 있
는 남자, 또 내가 힘들 때 아무 말 없이 지켜주는 남자, 그리
고……”

　　재혁은 갑자기 말을 하다가 말고 골똘히 생각하는 여자가 의아했지만 이내 고개를 돌렸다. 영희가 가끔 가다가 자신만의 생각에 빠지는 것을 종종 목격한 그였다. 그는 어깨를 으쓱하며 자신의 스케줄을 점검하기 위해 PDA를 꺼냈다. 하지만 그는 이내 아까 영희가 말한 이상형에 대해 생각하고 있었다.

　　'조용하고, 겸손하고, 배려할 줄 아는 남자라. 그 남자가 그랬나?'

　　재혁의 머리 속에 선우가 선명하게 그려졌다. 그가 본 바로도 선우가 영희의 이상형에 가까웠다. 기분 좋았던 아침이 갑자기 우울해졌다.

　　영희는 하루 종일 울리는 휴대폰 진동에 짜증이 났다. 어떻게 알았는지 해준이 보낸 문자가 삼십 분에 하나 꼴로 도착하고 있었다. 또다시 문자가 도착하자 영희는 신경질적으로 전원을 꺼버렸다. 벌써 열두 번째 문자가 도착하고 있었다. 문자 내용은 황당하기 그지없었다. 회사 앞에서 기다리겠다는 것을 비롯해서 보고 싶다, 자신의 마음을 받아달라는 것 등 정말 느끼한 내용들로 이루어져 있었다. 영희는 이 난관을 어떻게 헤쳐 나가야 할지 막막했다. 그나마 다행이라면 주말엔 해준을 만나지 않았다는 것이었다. 그러나 풀어졌던 마음이 해준의 문자 때문에 다시 조여왔다.

　　그렇게 고민하는 동안, 벌써 퇴근 시간이 가까워지고 있었다.

밖에서 기다릴지도 모를 해준 때문에 영희는 초조했다.

"갑시다."

재혁이 영희의 앞에 놓인 휴대폰을 흘깃 보며 일어섰다.

"네."

영희는 부지런히 가방을 챙겨 재혁을 따라나섰다. 해준과 마주치고 싶지 않아 차라리 투명 인간이라도 되고 싶었다. 하지만 정문에 도착하자마자 기다리고 있는 해준의 모습을 볼 수 있었다.

'젠장!'

영희는 왠지 재혁이 신경 쓰였다. 이렇게 자꾸 끌려 다니는 모습을 보여주기 싫었다.

"영희 씨."

잰걸음으로 해준이 다가왔다.

"해준…… 씨."

영희는 난감한 표정을 지었다. 그녀는 옆에 서 있는 재혁을 슬쩍 바라보았다. 재혁이 관망하듯 그들을 지켜보고 있었다.

"이제야 끝나신 겁니까? 가시죠. 집까지 모시겠습니다."

"아니, 안 그러셔도 돼요. 이분이 절 데려다 주실 거예요."

그제야 해준이 옆에 서 있는 재혁의 존재를 눈치챘다. 해준은 재혁을 가늠하기라도 하려는지 한참을 관찰하더니 마침내 입을 열었다.

"그래요? 그런데 어쩌죠? 오늘 영희 씨 댁에 인사드리러 가기로 해서 제가 모셔야 할 것 같군요."

해준의 폭탄 같은 선언에 세 사람 사이엔 침묵이 흘렀다.

세 사람의 표정은 제각각이었다. 그중에서도 제일 눈에 띄는 것은 영희의 경악하는 표정도, 해준의 의기양양한 표정도 아닌 재혁의 무심한 표정이었다. 해준은 아무 표정 없이 서 있는 재혁을 다시 한 번 관찰했다. 하지만 재혁의 얼굴에서 아무것도 찾아낼 수 없자 이내 영희에게 고개를 돌렸다.

"무, 무슨 말이에요? 인사라뇨?"

영희의 얼굴이 하얗게 질렸다.

"말씀 못 들으셨습니까? 어머니께 전화 드렸더니 오라고 하시더군요."

영희는 가방에서 휴대폰을 꺼내 해준 때문에 꺼놓았던 전원을 다시 켰다. 염 여사에게서 온 문자가 보였다. 해준 말대로 오늘 약속을 한 모양이었다. 영희는 속으로 부아를 삼키며 그들에게 양해를 구하고 자리를 옮겼다. 아무래도 오늘 한바탕하지 않으면 안 될 것 같았다.

영희는 로비 한쪽에 마련된 휴게실로 들어섰다. 퇴근 시간이라 그곳엔 아무도 없었다. 영희는 단축 번호를 눌렀다. 신호가 흐른 뒤 염 여사의 목소리가 들렸다.

"엄마!"

[아이고, 귀 따가워.]

"엄마, 이게 어떻게 된 거야? 왜 박해준 씨가 우리 집에 온다는 거야?”

　[무슨 소리야? 그건 내가 물을 소리다. 둘이 만나고 있었다며? 교제하기로 했다며?]

　“뭐라고? 누가 그래? 해준 씨가 그래?”

　[그래, 이것아. 도대체 어떻게 된 거야? 싫다고 난리칠 때는 언제고?]

　“누가 만나, 만나길? 저 사람이 일방적으로 쫓아다니는 거란 말야.”

　[몰라. 네가 알아서 잘 해결해. 괜히 일 이상하게 만들어서 희영 아줌마한테 미안할 일 생기게 하지 말고. 알았어?]

　“휴우, 알았어요.”

　영희는 전화를 끊고 의자에 주저앉았다. 미칠 노릇이었다. 자기 마음대로 행동하는 해준을 어떻게 해야 할지 갈피를 잡을 수 없었다. 게다가 재혁 앞에서 이런 꼴을 보였다는 것이 마음에 걸렸다. 영희는 긴 한숨을 내쉬며 일어섰다.

　영희가 자리를 비운 후 해준은 계속해서 재혁을 살폈다. 아무래도 이 남자가 마음에 걸렸다. 아무 말 없이, 아무 표정 없이 서 있었지만 왠지 모를 위압감이 느껴졌다. 게다가 영희가 재혁을 신경 쓰는 것도 해준의 마음을 불안하게 만들었다. 그는 한 번도 자기 것을 놓친 적이 없는 사람이었다. 때문에 자신의 마음을 사로잡은 영희를 놓칠 생각이 없었다. 해준은 앞의 남자가 영희와 어떤 관계인지 알고 싶었다. 단순한 업무 관계인지, 아니면 그 이상의 관계인지 알아야 했다.

"흠흠, 감사합니다. 영희 씨를 데려다 주시려고 하셨다구요."

"제가 할 일을 했을 뿐입니다."

재혁이 영희가 사라진 방향을 보면서 무감각한 표정을 했다. 하지만 미세한 일그러짐이 해준의 눈에 잡혔다.

"인사나 하죠. 박해준입니다."

해준이 내민 손을 물끄러미 보다 재혁도 맞잡았다.

"한재혁입니다."

"오늘은 폐를 안 끼쳐서 다행입니다. 먼저 가셔도 됩니다, 영희 씨는 제가 모시고 갈 테니까. 아! 그리고 이제부턴 제가 영희 씨를 모실 테니 신경 안 쓰셔도 됩니다."

마치 영희의 운전기사 정도로 취급하는 해준의 뉘앙스에 재혁의 눈썹이 올라갔다.

"이영채 씨가 오면 그때 말씀하시죠. 그리고 이영채 씨가 그렇게 하겠다면 그러도록 하죠."

얼음 같은 표정으로 단호하게 자르는 재혁에게 해준은 더 이상 말을 이을 수 없었다. 재혁의 딱딱한 표정이 대화를 거부하는 듯했다. 해준의 머리 속엔 비상벨이 점점 크게 울리고 있었다.

재혁은 해준의 태도에 화가 치밀었다. 거침없이 말하는 해준이 거슬렸다. 그가 보기에 여자는 해준을 못마땅해하는 것 같았다. 아니, 거부하는 것 같았다. 하지만 저렇게 막힘없이 다가가는 해준에게 마음을 열지도 몰랐다. 재혁은 해준을 슬쩍 훑어보았다. 호리호리한 몸을 지닌 그는 하얀 피부에 진한 이목구비를 지니고 있었다. 소위 말하는 꽃미남과에 속했다. 어쩌면 저런 남자를 이상형으로 생각할지도 몰랐다. 해준과는 다른 분위기였지만, 생각해 보면 선우도 호리호리한 꽃미남과에 속했었다. 재혁은 주먹을 불끈 쥐었다. 가슴이 답답해졌다.

"재혁 씨."

영희가 굳은 얼굴로 다가왔다.

"네."

"저기…… 오늘은 먼저 가시겠어요? 전 아무래도 이분과 가야겠어요."

영희의 말에 해준이 다시 의기양양한 표정이 되었다.

"알겠습니다. 그럼."

재혁은 살짝 고개를 끄덕였다. 목례를 하고 그들 사이를 벗어났지만 재혁의 심정은 말할 수 없을 정도로 복잡했다. 그것이 해준이 말한 대로 되어서 그런 것인지, 영희 때문인지 구별할 수 없었다. 아니면 둘 다일지도 몰랐다.

재혁은 차를 타기 전 그들을 다시 한 번 바라보았다. 어떤 심각한 말을 하는지 모르겠지만, 여자의 표정이 평상시와는 사뭇 다르다는 것을 느낄 수 있었다. 재혁은 떨어지지 않는 발걸음으로 차에 올랐다.

"가지."

차가 움직였지만, 재혁의 시선은 창밖의 두 남녀에게서 떨어질 줄 몰랐다.

영희는 재혁이 자리를 뜨자 해준을 확고한 표정으로 바라보았다.

"해준 씨, 정말 이러지 말아요. 이러시면 정말 더 이상 뵐 수 없어요."

"영희 씨, 왜 그러시는 겁니까?"

"전 아직 누굴 만날 준비가 되어 있지 않다고 했어요. 그런데 저희 집까지 오신다니요? 그것도 제 의견을 물으신 것도 아니고, 일방적으로 이러시는 게 어딨어요?"

"아! 그것 때문에 그러신 겁니까? 전 오히려 그게 예의라고 생각했습니다. 제가 영희 씨에게 마음을 빼앗긴 이상, 그것이 영희 씨에게 다가가기 위한 하나의 관문이라고 생각했습니다. 부모님께서 저를 어떻게 받아들이실지도 모를 일이고 하니까요."

"저기, 해준 씨. 그래도 전 이런 식으로 일방적으로 행동하는 거 싫어요. 그리고 전 말씀드렸다시피 누굴 만날 생각이 없구요."

"알았습니다. 그럼 당분간 집에 찾아뵙는다는 말은 삼가하겠습니다. 됐습니까?"

이걸 빌미로 영희는 해준과 만나지 않을 생각이었다. 하지만 이렇게 나오는 이상 뭐라고 할 말도 없었다.

"……네."

'에이씨, 이게 아닌데.'

"그럼 오늘은 댁까지 모시는 걸로 하죠. 그건 허락하시겠지요?"

"……네."

영희는 울상을 짓고, 성큼성큼 앞으로 걸어가는 해준의 뒤를 따랐다. 그녀의 마음은 암울했다. 야멸치게 누구를 뿌리쳐 본 적이 없는 그녀이기에 해준을 어떻게 해야 할지 난감할 따름이었다. 조수석의 문을 열고 기다리는 해준을 보면서 영희는 크게 한숨을 쉬었다.

'에라, 모르겠다. 내일 일은 내일 생각해야지.'

마치 스칼렛 오하라가 된 듯, 그녀는 지금의 어지러운 심경을 털어버리기로 마음먹고 차에 올라탔다. 하지만 시간이 갈수록 숨이 턱턱 막히는 것은 어쩔 수 없었다.

그 뒤로도 해준은 끈질기게 대한그룹 본사 앞에 찾아왔다. 덕분에 영희는 더욱 유명해졌다. 항간에서는 영희, 재혁, 해준이 삼각관계라는 소문까지 일었다. 벌써 며칠째 회사 앞에서 기다리는 해준 때문에 영희는 더욱 입장이 곤란해졌다. 만날 때마다 오지 말라는 그녀의 말을 해준은 무시하고 있었다. 영희의 마음을 빼앗고야 말겠다는 얼토당토않은 말에 그녀는 노이로제에 걸릴 것만 같았다. 회사 앞에서 해준을 발견할 때마다 잘못하다 걸린 어린아이마냥 재혁이 의식되었다. 영희는 꼭 거짓말을 한 기분이었다. 해준을 싫다고 말했으면서도 매일같이 해준과 퇴근하는 자신을 재혁이 어떻게 생각할까 걱정이었다.

재혁과 같이 회사에 다닌 지도 어느덧 사 주째에 접어들고 있었다. 그동안 그와 티격태격한 적도 있었지만 점점 익숙해지고 있었다. 영희가 보는 재혁은 감정을 드러내는 것을 두려워하는 사람이었다. 그의 표정을 드러내지 않으려 애쓰는 행동도, 툭툭 던지는 말도 이젠 제법 이해하게 되었다. 게다가 서툰 그의 행동들이 귀엽게도 보였다. 때론 그런 그에게 가슴이 두근거리기도 했다.

영희는 재혁과 함께 회사 정문을 나서다 또다시 재연되는 모습에 한숨을 쉬었다.

재혁은 오늘도 여지없이 회사 앞에서 기다리고 있는 해준을 보며 눈살을 찌푸렸다. 옆에 서 있는 영희의 얼굴엔 먹구름이 잔뜩 끼었다. 해준의 등장으로 그의 얼굴에도 덩달아 먹구름이 끼었다. 여자의 표정에 안심이 되었지만, 한편으로는 해준을 확실히 끊어버리지 못하는 영희의 우유부단함에 화가 났다.

"저, 그럼 먼저 갈게요."

재혁이 대답하지 않자 영희는 천천히 몸을 돌렸다. 그녀는 난감하다는 표정을 지으며 차에서 내리는 해준에게 다가갔다. 오늘은 기필코 해준에게 말하리라 마음을 먹었다. 회사 앞에서 실랑이를 하기 싫어 그를 따라갔었지만 이대로 매번 끌려 다닐 수는 없었다.

"영희 씨, 이제 끝나셨습니까?"

"저기, 해준 씨. 이러지 마세요."

"하하하. 제가 말씀드리지 않았습니까, 영희 씨의 마음을 사로잡겠다고."

어렴풋이 들려오는 그들의 목소리에 재혁은 주먹을 쥐었다. 사로잡겠다는 해준의 말이 그의 가슴속에 파고들었다. 그의 기분이 급속도로 나빠졌다. 자신은 한 번도 영희에게 실명을 부른 적이 없었다. 하지만 저 남자는 만난 지 얼마 되지 않았음에도 불구하고, 거리낌없이 여자의 이름을 부르고 있었다.

재혁은 그 자리에 멈춰 서서 움직이지 않았다. 그는 자신의 이런 행동에 고개를 흔들었다. 그답지 않은 행동을 너무나 많이 보이고 있었다. 재혁은 영희가 싫다고 했던 사람이어서 그럴 것이라고 스스로에게 설득하듯 여러 번 되새겼다.

가희에게 들었던 말이 생각났다. 열 번 찍어 안 넘어가는 나무 없다고 했던가. 그렇다면 영희도 저 남자를 받아들일 것이라는 얘기였다. 그는 그들의 다정한 모습을 상상했다. 갑자기 온몸의 기운이 빠져나가는 듯 그의 몸이 비틀거렸다. 그런 그를 홍 실장이 옆에서 부축하자 재혁은 작게 고맙다고 중얼거렸다. 재혁은 차로 다가가다 몸을 돌려 영희에게 성큼 다가갔다. 이대로 그녀를 남겨두고 갈 수는 없었다. 그러기엔 그의 마음이 너무나 불안했다.

“저기, 해준 씨. 제가 그랬잖아요, 전 지금 누굴 만나고 싶지 않다고.”

“영희 씨도 제가 싫지 않다고 하지 않았습니까?”

재혁은 해준의 말에 화가 났다. 저 남자의 말에 따르면 여자는 자신에게는 싫다고 하고 저 남자에게는 다르게 말했다는 것이다.

“어우, 그게 아니라…….”

영희가 뭐라 말을 하려고 하는 것이 보였다. 하지만 떠오르는 말이 없는지 계속 입술만 달싹거리고 있었다.

“죄송하지만, 오늘 영희 씨는 저하고 선약이 있습니다.”

재혁은 다짜고짜 끼어들어 영희의 팔목을 잡고 자신의 차로 끌고 갔다. 영희가 어리둥절한 표정을 지었지만, 지금 그의 눈엔 아무것도 보이지 않았다. 뒤에서 뭐라고 소리 지르는 해준의 음성도 들리지 않았다. 항상 유지되던 그의 이성이 조각나고 있었다. 그들이 앞으로 다가서자 박 실장과 홍 실장이 차 문을 열고 섰다.

“오늘은 이만들 퇴근하지.”

심상치 않은 분위기를 눈치챘는지 조용히 인사하고 떠나는 그들에게 영희도 조용히 목례했다.

“저, 저기, 오늘 약속이 있다고 하지 않으셨어요?”

영희는 재혁의 갑작스런 행동과 굳은 표정에 놀라 평소와는 다르게 겁먹은 목소리로 물었다.

“조용히 하고, 얼른 타요.”

영희는 그의 냉랭한 목소리에 가만히 조수석에 올라탔다. 운전석에 앉아 말없이 운전하는 그의 표정을 살피며 초조하게 앉아 있었다.

한참을 달리던 차가 한적한 공원 앞에서 멈춰 섰다.

“내려요.”

전방을 주시한 채 말하는 그에게 영희도 조금씩 화가 났다. 왜 갑자기 자신에게 화를 내는지 이해할 수 없었다.

‘왜 나한테 화를 내? 쳇!’

영희는 조수석의 문을 쾅 닫으며 내렸다. 그런 영희를 따라 재혁도 내렸다.

“말해 봐요. 왜 나한테 화내요?”

영희는 서늘한 그의 눈길을 직시했다.

“항상 그런 식입니까?”

“네?”

“항상 그렇게 여기서 말하는 거 다르고, 저기서 말하는 거 다르고 그럽니까?”

“무슨 말이에요?”

“혹시 그 남자가 따라다니는 걸 즐기는 거 아닙니까?”

“뭐라구요?”

영희는 재혁의 말에 기가 막혔다. 지금 도대체 무슨 말을 하는 것인지 감이 잡히지 않았다.

"남의 회사 앞에서 그게 무슨 짓입니까?"

"이봐요, 무슨 짓이냐니요?"

"그렇게 남자들이 쫓아다닌다는 것을 광고하고 싶었습니까?"

그의 어처구니없는 말에 영희는 화가 났다. 회사 앞에서 그런 모습을 보였다는 것으로 그에게 이런 소리를 들을 이유는 없었다. 그의 말 한 마디 한 마디가 그녀의 마음을 아프게 했다. 영희는 상처 입은 마음에 재혁에게 쏘아붙였다.

"하! 그러든 말든 당신이 무슨 상관이에요? 내가 남자를 만나든 말든 무슨 상관이냐구요! 그 사람이 쫓아다니는 것도 내가 맘대로 할 수 있는 거예요? 그리고 그 남자가 쫓아다니는 걸 내가 왜 재혁 씨한테 양해를 구해야 되지요?"

그녀의 말에 재혁이 멍하니 대꾸를 못하고 있자 마지막 일침을 가했다.

"난 당신을 인터뷰하러 간 거지, 제 사생활을 터치 받으려고 간 게 아니에요. 이 말 하려고 하셨다면 저는 이만 갈게요. 그리고 죄송했습니다. 이제부터는 회사 앞에서 다시는 그런 모습 보일 일 없을 겁니다. 안심하세요."

영희는 그 말을 끝으로 뒤돌아 걸었다. 눈물이 차 올라 앞이 잘 보이지 않았다. 영희는 눈물을 흘리지 않으려 껌뻑거렸다. 하지만 그녀의 바람과는 다르게 주르륵 눈물이 흘러내렸다. 울음소리가 삐져 나오지 않도록 주먹으로 입을 막고, 휘청거리는 다리에 힘을 주며 꿋꿋이 걸어갔다.

도로가에 나가 택시를 잡아타자마자 서글픔에 꺽꺽 울어댔다. 날카로운 송곳에 찔린 듯 가슴이 콕콕 쑤셔왔다. 소리치던 재혁이 생각나자 더욱 가슴이 아팠다. 운전기사가 힐끔힐끔 돌아보는 것이 느껴졌지만 개의치 않았다.

빠르게 달려가는 도로 위엔 어느새 어둠이 내리고 있었다.

재혁은 영희가 떠난 자리를 망연히 보고 있었다. 왜 그렇게 화를 냈는지, 그리고 왜 그런 말도 안 되는 소리를 퍼부은 건지 스스로를 이해할 수 없었다. 돌아서는 여자의 눈에 차 오르던 눈물이 생각나자 그의 가슴이 먹먹해졌다. 재혁은 한동안 짙어가는 하늘을 올려보았다. 앞만 보고 달려온 그에게 하늘을 볼 기회는 그리 많지 않았었다. 언제나 머리 위에 있던 하늘이지만 오늘은 낯설게 느껴졌다. 아름다운 남빛 물결을 보다가 이내 떠오르는 여자의 뒷모습에 고개를 숙여야 했다. 상처 입은 여자의 눈망울이 계속해서 그의 머리 속을 헤집고 있었다. 여자의 영상을 털어내고 싶었지만 더욱 뚜렷해질 뿐이었다.

'왜 그렇게 이성을 잃었을까.'

그는 자신의 마음을 두드리는 여자를 부정하고 있었다. 하지만 정신을 차리고 보면 항상 여자의 곁에 서 있는 자신을 발견하곤 했다.

'도대체 왜지?'

답을 알 수 없었다. 그는 한참을 넋 나간 듯 멍하니 서 있다가 차를 타고 집으로 향했다.

　터덜터덜 들어서는 그를 보며 식구들은 의아해했지만, 그는 식구들을 신경 쓸 겨를이 없었다. 그저 쉬고 싶었다.

　다음날, 영희는 계속해서 그의 시선을 피하고 있었다. 퉁퉁 부어버린 눈 때문에 아침에 눈을 뜰 수가 없었다. 아침 내내 숟가락을 얼려 부어오른 눈가에 대고 있었지만, 가라앉을 기미가 보이지 않았다. 그녀는 머리칼로 얼굴을 가리며 고개를 숙이고 있었다. 엉망인 얼굴을 보여주고 싶지 않았다.

　오전 시간은 너무나 느리게 흘러갔다. 사무실의 냉랭하면서도 어색한 공기가 그들 사이를 맴돌고 있었다. 점심 식사 때에도 너무나 조용한 영희의 모습에 직원들은 웅성거렸다. 항상 미소를 잃지 않던 영희의 표정이 다른 때와는 달리 우중충했기 때문이다.

　창밖엔 비가 내리고 있었다. 장마의 끝자락을 놓지 않으려는 듯 하늘은 굵은 빗줄기를 내리뿜고 있었다. 어두운 하늘을 바라보며 영희는 한숨을 쉬었다. 오늘 몇 번의 한숨을 쉬었는지 셀 수도 없을 지경이었다.

　그녀는 여전히 말이 없는 상태로 일하고 있는 재혁을 몰래 살폈다. 어제 이후, 그는 아무 말이 없었다. 내심 그가 사과하기를 바라고 있었지만, 그는 함구하고 있었다.

　'쳇! 내가 만날 헤헤거릴 줄 알고?'

속으로 구시렁거리기는 했지만 그녀는 초조해하고 있었다. 어쩌면 모르는 척 말을 해야 할까 하는 생각도 들었다.

'우씨, 이러다가 날이 다 가겠네. 이제 며칠 후면 못 만날지도 모르는데, 어쩌지? 휴우.'

긴 한숨을 내쉬며 그를 바라보다가 고개를 든 재혁과 눈이 마주쳤다. 영희는 깜짝 놀라 고개를 돌려 버렸다.

'아니, 내가 왜 눈을 피하는 거야? 잘못을 한 사람은 내가 아닌데?'

영희는 다시 고개를 돌려 그를 노려보았다. 어떤 상태로 마주쳐도 그의 눈길을 피하지 않을 작정이었다. 그녀의 눈길을 느꼈는지 그가 고개를 들었다. 또렷이 쳐다보는 영희의 시선에 재혁이 움찔하는 게 느껴졌다. 영희는 속으로 쾌재를 불렀다. 하지만 그녀의 만족했던 표정도 바람 빠진 풍선처럼 푹 꺼져 버렸다. 이번엔 재혁이 고개를 돌려 버렸기 때문이다.

'우씨, 뭐야? 이게 아닌데? 눈이 마주치면 사과해야 하는 거 아냐?'

재혁은 영희가 자신을 피하는 것에 상처를 받았다. 하루 종일 그녀에게 어떻게 사과를 할까 고민하고 있었다. 조용히 업무를 보는 척하고 있었지만, 사실 머리 속엔 그런 생각들로 가득 차 있었다. 마침내 사과를 할 작정으로 그가 고개를 든 순간, 획하고 돌려 버리는 영희를 볼 수 있었다. 단단히 화가 난 모양이었다. 어제 그가 퍼부은 말들이 부메랑이 되어 그를 향해 빠른 속도로 돌진하고 있었다. 그는 다시 용기 내어 고개를 들었다. 하지만 이번엔 영희의 차가운 시선에 눈을 돌릴 수밖에 없었다. 스스로가 한심했다. 저 자그마한 여자한테 미안하다는 한마디가 벅찰 정도로 용기없는 자신에게 경멸을 느꼈다.

그들이 고민하는 사이에 벌써 퇴근 시간이 가까워졌다. 하루 종일 내리던 비도 어느덧 개어 있었다. 재혁은 계속해서 영희의 눈치를 살피며 사과할 틈을 엿보고 있었다. 하지만 좀처럼 그 틈은 생기지 않아 그를 더욱 조조하게 만들었나.

마침내 영희가 고개를 드는 순간, 재혁은 달싹거리는 입술을 열었다.

"저기⋯⋯."

"한재혁, 내가 왔다. 오늘 약속 잊은 건 아니지?"

비서가 자리를 비운 사이 가희가 노크도 없이 들어섰다.

"어, 그래."

가희는 재혁의 힘없는 목소리를 못 들었는지 쾌활한 목소리로 영희에게 인사했다.

"안녕하세요? 우리 지난번에 만났죠?"

"아, 네."

가희를 보는 영희의 표정은 또다시 굳어졌다.

영희의 표정이 어두워지는 것을 본 가희의 눈이 장난스럽게 변했다.

"우리 지금 저녁 식사하러 나갈 건데, 같이 가실래요?"

"네? 아니에요. 저도 약속있어요."

영희는 샐쭉한 표정을 지으며 가방을 정리했다.

"그래요? 아쉽네요. 그럼 나중에 또 봬요. 재혁아, 얼른 가자. 나 배고파."

투정 섞인 표정으로 납작한 배를 만지며 가희가 재촉했다. 재혁이 가희의 손길을 보더니 흠칫했다.

"그럼 먼저 가겠습니다. 박 실장한테 말해 놨으니까 타고 가요. 아니, 같이 내려갑시다."

"아니에요. 그러실 필요 없어요."

"괜찮습니다. 저는 이 친구 차를 타고 가면 되니까."

재혁이 옆에 서 있는 가희를 가리키며 말하자 영희의 표정이 더욱 어두워졌다.

"네, 그럼 그럴게요."

영희는 힘없는 목소리로 말한 후 그들을 따라나섰다. 그들이 사무실을 나서자 축축한 장마의 여운 때문인지 후텁지근한 공기가 훅 밀려왔다. 하루 종일 표정을 굳히고 냉랭한 분위기로 지내던 그들에게 비서도 조심스럽게 인사했다. 아무래도 신경이 쓰인 모양이었다. 영희가 있을 때에는 그나마 간간이 웃음소리가 새어나오던 이사실이 얼음 궁전같이 찬바람만 쌩쌩 부니 이상할 듯도 했다.

그들은 조용히 엘리베이터에 탔다. 영희는 더운 날씨에도 불구하고 붙어 있는 재혁과 가희를 아니꼽게 바라보다가 가희와 눈이 마주쳤다. 영희는 재빨리 바깥 경치로 눈을 돌렸다. 유리창에 비추는 가희의 미소가 마음에 들지 않았다.

띵 소리와 함께 엘리베이터가 열리자 영희는 재빨리 내려섰다. 더 이상 그들의 모습을 보며 뒤따라 걷고 싶지 않아서였다. 로비에서 나왔을 때 그녀는 뒤돌아 인사했다.

"저, 그럼. 먼저 갈게요."

"그래요. 다음에 또 봐요."

"차 타고 가요."

재혁이 자신의 차를 찾으려고 할 때 낯익은 은색 BMW가 눈에 띄었다. 재혁의 얼굴이 눈에 띄게 굳어졌다. 어제도 저 남자 때문에 영희에게 본의 아니게 화를 냈었다.

"뭐 해? 안 가?"

가희가 옆에서 채근하고 있었지만, 재혁은 그 자리에 멈춰 서 영희와 해준의 실랑이를 보고 있었다. 가희도 그런 재혁의 모습이 신기한지 한참을 멈추어 서 있었다.

"가자. 재민 씨가 기다리고 있을 거야."

재혁은 가희의 이끌림에 따라 그들에게서 벗어났지만, 마음은 그 자리를 맴돌고 있었다.

가희는 오랜 친구의 얼굴에 낯선 그림자가 지나가자 영희 쪽으로 다시 한 번 시선을 돌리며 물었다.

"진짜 아무 사이도 아냐?"

"어?"

생각에 잠겨 있던 그는 가희의 물음에 깜짝 놀랐다. 무슨 뜻으로 묻는 것인지 가희의 얼굴을 뚫어지게 보다가 고개를 돌렸다.

"무슨 소리야?"

"그런데 왜 그렇게 신경 써?"

"신경은. 저 남자 싫다고 했었어. 그래서 그래."

"그래?"

재혁은 고개를 끄덕였다. 그의 단단한 심장을 두드리는 소리가 들렸다. 그러나 그는 애써 무시했다. 해준이 눈에 거슬리는 것은 영희가 싫다고 했기 때문일 것이다. 하지만 그의 발걸음을 잡는 무언가가 놓아주지 않았다. 재혁은 가희의 차로 다가가려다 몸을 돌렸다.

"미안해. 잠깐만 기다려. 아니, 먼저 가 있어. 곧 따라갈게."

"어? 어."

가희는 얼떨결에 대답했다. 그녀는 뒤돌아가는 재혁의 뒷모습을 보며 피식 미소를 지었다. 그녀는 재혁의 모습에서 그가 아직 깨닫지 못한 사랑의 징후들을 발견했다. 저 무뚝뚝한 완벽주의자에게도 틈이 있다는 것이 놀라웠다.

"저 아가씨가 사이보그를 인간으로 만들었군."

가희는 이 재미난 구경거리를 놓칠 수 없어 잠시 관망하기로 했다. 빠른 걸음으로 걸어가는 친구의 뒷모습이 오늘따라 남자답게 보였다.

재혁은 해준에게로 다가갔다. 영희의 난처해하는 눈이 그를 사로잡았다.

"해준 씨, 이러지 말라고 했잖아요. 자꾸 이러시면 정말 화낼 거예요."

영희가 하는 말이 귀에 들리지 않는 듯 해준은 딴청을 부렸다.

"영희 씨도 자꾸 이러시면 제가 화낼 겁니다."

씨익 미소 지으며 말하는 해준의 얼굴이 영희에겐 끔찍한 악몽으로 다가왔다. 그녀는 고개를 흔들며 다시 말했다.

"진짜진짜 화낼 거예요. 제발 이러지 말아요."

"하하. 영희 씨, 저도 진짜진짜 화낼 겁니다."

"어우, 농담 아니에요."

"저도 농담 아닙니다."

영희는 진짜 미칠 것만 같았다. 폭발하려는 감정을 고스란히 내비친 채 말을 해도 해준은 농담으로 치부하고 있었다. 그는 강적이었다.

"이봐요, 영희 씨가 싫다고 하지 않습니까?"

갑자기 뛰어든 재혁에게 그들의 시선이 쏠렸다.

"당신은 뭡니까? 어제도 우리 영희 씨를 그렇게 끌고 가고."

해준의 말에 재혁의 주먹이 꽉 쥐어졌다. '우리 영희 씨'란 말이 그를 울컥하게 만들었다.

"왜들 그래요?"

영희는 자신을 도와주려고 하는 재혁을 이해했지만, 사태가 악화되는 것 같아 불안했다.

"괜찮습니다. 이건 남자들끼리 해야 할 이야기니까 영희 씨는 빠지십시오."

항상 웃음기만 담고 있던 해준의 눈동자가 매우 날카로워졌다.

"그래요, 영채 씨는 빠지십시오."

재혁의 낮은 목소리에 영희는 겁이 덜컥 났다. 여태까지 재혁의 이런 모습은 처음 보았기에 더욱 두려웠다. 영희는 재빨리 해준에게 말했다.

"해준 씨, 그냥 가세요. 그리고 이젠 오지 마세요."

"그렇게는 못합니다."

"진짜 왜 이러세요? 자꾸 이러시면 저도 가만있지 않을 거예요."

심상치 않은 영희의 목소리에 해준은 재혁에게 고정시켰던 시선을 영희에게 돌렸다.

"영희 씨, 제가 장난으로 영희 씨를 쫓아다닌 줄 아십니까? 절대 그냥은 못 갑니다!"

해준이 소리를 버럭 질렀다.

영희는 자꾸만 사태가 이상하게 번져 가는 것이 두려웠다. 벌써부터 회사 직원들이 하나둘씩 몰려들기 시작했다.

"갑시다. 이런 사람은 상대할 필요가 없습니다."

조용하던 재혁이 영희의 손목을 잡고 몸을 돌렸다.

"이봐! 뭐 하는 거야!"

아무 반응 없이 영희를 끌고 가는 재혁을 해준이 잡아챘다.

"당신과는 할 말 없습니다."

해준이 재혁을 잡아챈 손에 힘을 주었으나, 재혁은 무시하고 털어버렸다. 너무나 손쉽게 털어내는 통에 해준의 얼굴은 부아로 무참히 일그러졌다.

"이봐! 서보라고!"

또다시 해준이 재혁의 어깨를 잡아챘다. 하지만 여지없이 재혁이 털어내자, 해준이 재혁의 목덜미를 붙잡고 다짜고짜 턱을 가격했다. 퍽 소리와 함께 재혁의 얼굴이 돌아가자 영희는 비명을 질렀다.

"해준 씨! 뭐 하는 거예요!"

이때 항상 냉정한 모습만 보였던 재혁의 눈빛이 싸늘해졌다. 그는 다친 턱을 쓰다듬다가 해준의 얼굴에 일격을 가했다. 갑자기 회사 앞은 싸움터로 변해 버렸다.

"아악! 뭐예요? 깡패예요? 왜 주먹질이에요? 그만 해요!"

영희가 소리를 질렀지만 그들은 아랑곳하지 않고 계속 뒤엉켜 싸우고 있었다. 그들의 싸움을 지켜보는 회사 사람들은 많았지만, 한 이사의 돌발 행동에 감히 말리려는 사람은 없었다.

"이봐요! 그러지 말아요!"

일단 먼저 가격은 했지만, 해준은 재혁에게 훨씬 밀려 있었다. 재혁의 아래에 깔려 두들겨 맞아 피투성이가 된 해준을 보니 영희는 겁이 나 재혁의 어깨를 잡았다.

"재혁 씨, 이러지 말아요. 이러다가 사람 죽겠어요!"

그녀의 말에 아랑곳하지 않고, 그들은 계속해서 주먹질을 했다. 밑에 깔린 해준도 오기로는 밀리지 않는 듯, 계속해서 주먹을 내지르고 있었다. 하지만 기력이 다한 듯 힘이 없어 보였다.

영희는 아무리 말려도 여전히 싸우고 있는 재혁의 어깨를 물어버렸다. 그제야 재혁도 정신을 차린 듯 해준에게서 물러섰다. 어깨의 아릿한 통증을 손으로 감싸며 재혁이 영희에게 돌아섰다.

"지금…… 뭐 하는 겁니까?"

"그만 해요, 제발. 왜 이러는 거예요? 누가 때려달라고 했어요? 사람을 이 지경으로 만들면 어쩌자는 거예요?"

그녀의 얼굴 위로 비난의 시선들이 쏟아졌다. 하지만 영희는 해준에게 다가가 부축했다. 엉망으로 깨진 얼굴 위에 피가 흥건했다.

"진짜 실망이에요."

재혁은 후끈거리는 주먹을 쥔 채 멍하니 서 있었다. 여자로부터 실망이라는 말을 듣게 될 줄은 생각도 못하고 있었다. 그는 이를 악물고 여자의 등 뒤로 나직이 내뱉었다.

"그 사람과 갈 겁니까?"

잠시 멈칫하는 여자의 걸음이 느껴졌다. 여자는 다가오는 가희를 흘깃 보더니 입을 열었다.

"네."

영희의 말에 허탈해진 재혁은 가희가 다가올 때까지 멍하니 서 있었다.

"가자."

"그래……."

가희의 이끌림으로 차에 탈 때까지 재혁은 아무 생각도 할 수 없었다. 여자가 자신을 두고 다른 남자를 선택했다는 사실이 그의 머리를 잠식하고 있었다. 허탈한 마음에 픽하고 웃음이 터져 나왔다.

가희는 재혁의 상처난 얼굴을 쓰린 마음으로 지켜보았다. 분명 재혁은 그 여자를 좋아하고 있었다. 그의 친구로서 지낸 삼십여 년의 시간 속에 이렇게 폭력을 휘두르는 모습은 한 번도 본 적이 없었다. 항상 냉정하고 이성적인 그가 이렇게 흥분하리라고는 예상하지 못했었다. 가희는 멍하니 생각에 잠겨 있는 그의 얼굴을 손수건으로 누르며 한숨을 쉬었다. 얼굴에 난 상처는 깊지 않았지만, 그의 마음에 난 상처는 생각보다 깊어 보였다.

영희는 해준의 차에 오르며 속상함에 눈살을 찌푸렸다. 자신이 내던진 말에 허탈해하던 재혁의 얼굴이 떠올랐다. 원시적인 방법으로 싸우는 그들에게 쏘아붙인 말이었지만 결과적으로는 재혁에게 한 말이 되어버리고 말았다.

영희의 심경이 좋지 않다는 것을 알아서인지 해준은 영희의 집까지 말없이 운전했다. 차가 집 앞에 멈춰 서자, 그제야 영희의 눈치를 보며 해준이 입을 열었다.

"영희 씨, 감사합니다."

"해준 씨, 착각하지 말아주세요. 저는 해준 씨를 받아들인 게 아니에요."

"네? 그게 무슨……?"

엉망으로 부풀어 오른 얼굴을 영희에게 돌리며 해준이 물었다.

"전 해준 씨를 받아들인 게 아니라구요. 왜 폭력을 휘두른 거지요? 왜 제 말을 들으려고 하지 않는 건가요?"

영희는 해준의 상처투성이의 얼굴에서 재혁의 얼굴을 보았다. 해준만큼은 아니지만 재혁의 얼굴에도 적잖은 상처가 있었다. 영희는 새삼 눈앞의 해준이 얄미워졌다. 사건의 발단은 해준이었기에 더욱 그러했다.

"영희 씨를 좋아하니까 그런 겁니다."

영희는 자신의 짜증스러운 심정을 여전히 눈치채지 못하는 해준이 어처구니없었다. 그녀의 굳은 표정도 눈에 들어오지 않는 듯, 엄한 소리만 해대고 있는 그에게 딱딱한 목소리로 입을 열었다.

"해준 씨, 좋아한다고 누구나 그러는 건 아니에요. 제가 싫다고 했을 때는 진짜 싫기 때문인 거예요."

영희의 단호한 말에 해준이 놀란 듯 쳐다보았다.

“이제 저를 찾아오지 말아주세요.”

영희의 심각한 목소리에도 아랑곳하지 않고 해준이 우기기 시작했다.

“영희 씨, 제가 싫지 않다고 하지 않았습니까?”

“해준 씨. 제가 싫지 않다고 했지, 좋다고 하진 않았잖아요. 아니, 이런 말보다 제가 확실히 말씀을 드리지 않아서 죄송해요.”

“죄송하다니요?”

영희의 굳은 의지가 보였는지 해준의 목소리도 이내 딱딱하게 변했다.

“혹시 그 남자 때문입니까? 그런 겁니까?”

“네?”

“사실대로 말해 주십시오. 그 남자 때문입니까?”

영희는 해준이 던진 말에 아무 말도 할 수 없었다.

“해준 씨, 제가 해준 씨한테 확실하게 말씀 못 드린 건 정말 죄송해요. 제가 해준 씨의 마음을 너무나 잘 알고 있기 때문에 잘라 말하지 못했어요. 그런데 오히려 그게 해준 씨에게 잘못한 거 같네요.”

“그게…… 무슨 말씀입니까?”

영희의 진지한 마음을 알았는지, 해준의 얼굴도 진지하게 변했다. 그녀는 한숨을 쉰 후 말을 이었다.

“해준 씨, 저도 혼자 오랫동안 짝사랑이란 걸 했어요. 아무 말

없이 혼자 바라보기만 하는 그런 사랑을 했죠. 그리고 그 사람이 결혼하는 것을 지켜봐야 했어요.”

“그럼…….”

“맞아요. 그 사람은 결혼을 했어요. 마음이 많이, 정말 많이 아팠어요. 그런데…….”

“그런데요?”

해준의 물음에 영희는 그 어느 때보다 솔직한 마음을 얘기하기 시작했다.

“지금 많이 혼란스러워요. 마치 엉켜 버린 실타래같이 제 마음이 그렇게 혼란스러워요. 하지만 확실한 건 그 혼란의 끝에 한 사람이 서 있다는 거예요. 그리고 죄송하지만, 그 사람이 해준 씨는 아니에요. 미안해요.”

영희의 말이 끝나자 차 안은 정적에 휩싸였다. 영희는 해준에게 말을 하고 나서 오히려 자신의 마음이 정리된 듯했다. 이것이 지금 그녀의 솔직한 심경이었다.

“그럼, 정말 전 아닙니까?”

“죄송해요.”

해준의 목소리에서 느껴지는 비통함이 그녀의 마음을 아프게 했다. 누구보다 해준의 심경을 잘 알기에 영희는 그가 안타까웠다.

“해준 씨, 저에겐 제가 한 사랑이 이젠 훈장처럼 느껴지지 않아요. 그렇다고 후회하는 것은 아니에요. 다만 바보같이 느껴질 뿐이에요. 어쩌면 해준 씨를 부러워했을지도 몰라요. 전 제 마음을 고백할 용기도 갖지 못했거든요. 그래서, 그래서 말이에요. 이 마음이 확실해진다면, 그땐 제가 먼저 다가갈 거예요.”

엉망이 된 해준의 얼굴이 슬픔으로 더욱 일그러졌다.

외국에서 공부만 하다가 한국에 들어온 석 달 동안 많은 선을 봤었다. 학교 다닐 때는 공부에 빠져 있었고, 어느 정도 나이가 들었을 때는 연구에 빠져 누군가를 만날 시간이 없었다. 때문에 그의 생활 패턴은 실험실에 국한되어 있었고, 그로 인해 만날 사람도 그리 많지 않았다. 그렇다고 그것이 불만인 적은 없었다. 항상 그래 왔기에 그것이 당연하다고 생각했었다. 그가 만난 사람은 대부분 같은 연구를 하는 사람이었고, 앞으로도 그럴 것이기 때문이었다. 하지만 선을 보면서 그는 자신의 현실을 뚜렷하게 느낄 수 있었다. 그는 한 번도 자신이 유머감각이 없는 사람이라 생각한 적 없었다. 실험 외의 여타 다른 것에 무관심한 그가 그런 것을 알 턱이 없었다. 그가 MIT에서 박사 학위를 받고, 국내 굴지의 연구소에서 높은 직책으로 영입된다는 것을 알고 처음에 관심을 보였던 여자들도 이제는 재미없는 사람이란 낙인을 찍어 그를 외면했다. 그는 영희와의 선도 마찬가지일 것이라고 생각하며 별 기대를 하지 않았었다. 그래서 영희 앞에서 일부러 심드렁한 태도를 보였지만, 그런 그의 태도에도 불구하고 영희는 계속해서 관심을 가져 주었다. 그는 이제껏 만났던 여자들과 다르게 상냥한 영희에게 빠질 수밖에 없었다. 여자를 만나는 것을 포기했던 그가 다시 희망을 갖게 된 것이다. 그는 이 기회를 놓칠 수 없었다. 그래서 무작정 영희를 쫓아다녔지만 자신의 인연이 아니었나 보다. 한 번 더 기회를 달라고 하고 싶지만, 단호한 영희의 눈빛에 그는 마음을 돌려야 했다. 아마 영희를 잊는 것이 쉬울 것 같진 않지만, 아니, 마음이 많이 아프겠지만 한때나마 좋아했던 여자와 깨끗하게 헤어지고 싶어 떨어지지 않는 입을 열었다.

"알겠습니다."

"해준 씨……."

"전 괜찮습니다. 나중에 혹시 우연이라도 만나게 되면, 그때 웃으며 커피라도 한 잔 하죠."

"미안해요. 그리고 고마워요."

"확실해진다면, 고백해 봐요. 저도 영희 씨를 응원할게요."

"고마워요."

해준이 떠나고 난 자리에 영희는 한참을 서 있었다. 항상 부담스러웠던 해준이지만, 쿨하게 물러서 준 것이 고마웠다. 지금은 마음이 아프겠지만 금세 추스를 것이다. 그녀는 그에게 좋은 인연이 생기길 바라며 조금은 가벼운 마음으로 집에 들어섰다. 방에 들어가자마자 침대에 몸을 날렸다. 오늘은 너무나 힘든 날이었다. 포근히 감겨오는 이불의 감촉도 오늘 쌓였던 피로를 날려 버리지 못했다.

씻지도 않고 누워 있던 영희는 이리저리 몸을 뒤척이다 달력을 보고 벌떡 일어났다.

"뭐야, 내일이 마지막 날이잖아?"

어제부터 꼬인 그들의 관계가 더욱 어색해져 버렸다. 자신을 위해 싸워준 남자를 혼자 두고 온 것에 대한 뒤늦은 죄책감이 들기 시작했다.

"이런 바보. 우씨, 어쩌지?"

재혁에게는 홍 실장을 비롯해 부하직원 등 여러 사람들이 있었지만, 해준에게는 아무도 없었다. 사실 그녀는 해순을 자에까지만 부축할 생각이었으나, 다가오는 가희로 인해 마음과는 반대로 행동을 하게 되었다. 즉흥적인 행동이 결과적으로는 재혁을 내친 것 같아 마음이 불편했다.

방 안을 서성이며 고민하는 그녀의 얼굴엔 후회의 그림자가 짙게 내려 있었다.

다음날 아침, 현관을 열고 나서자 화창한 햇살이 쏟아졌다. 정원엔 어제 내린 비의 흔적이 여기저기 묻어 있었다. 깨끗한 바람이 불어오자 상쾌한 공기가 그녀의 코끝을 스쳤다. 계단에서 구른 이후, 스커트를 입지 않던 그녀가 오늘은 화사한 오렌지 색의 원피스를 입고 붉은색의 샌들을 신었다. 오렌지 색이 주는 밝음이 전염되는 것 같아 영희는 기분이 좋았다. 비록 그의 사과를 받진 못했지만, 그를 용서하고 그녀 또한 어제의 일을 사과하기로 마음먹었다.

떨리는 마음으로 그의 차에 오르는 순간, 그녀가 지난 밤 내내 다졌던 각오가 무너졌다. 여전히 싸늘한 그의 눈초리 때문이었다. 게다가 그의 얼굴에 난 자잘한 상처들을 보게 되자 그에게 사과할 용기가 점차 사라지고 있었다. 영희는 재혁의 옆모습을 보며 새삼 잘생겼다고 생각했다. 저런 남자가 자신을 위해 싸워줬다고 생각하니 가슴 한구석이 짜릿했다. 두근거리는 마음으로 영희는 그의 얼굴을 찬찬히 살폈다. 쭉 뻗은 콧날에 이어진 매력적인 턱 선은 그녀의 마음을 두근거리게 했다. 그의 육감적인 입술이 자신의 입술에 닿는다면 어떤 느낌일지를 상상하다가 그녀는 깜짝 놀랐다.

'어마, 내가 지금 무슨 생각이지? 미쳤어, 미쳤어.'

영희는 혹시라도 자신의 상상을 그가 알아차렸을까 봐 얼굴을 붉혔다.

"아…… 안녕하세요?"

그녀의 인사에 그는 딱딱한 시선으로 인사하며 고개를 돌렸다. 재혁은 여자의 옷차림이 변화한 것이 마음에 들지 않았다. 어제 해준과 떠난 이후, 여자의 변화가 무언가를 예견하는 것만 같아 불안했다.

회사로 가는 내내 그는 미리 챙겨 온 서류에 얼굴을 묻고 있었지만, 그의 온 신경은 영희에게 집중되어 있었다. 왜 갑자기 여자의 옷차림이 변한 건지 궁금했다. 하지만 물을 수 없었다. 그는 아직 그녀에게 사과도 하지 못한 상태였다. 시기를 놓친 탓에 이젠 말을 꺼내기도 어색했다. 게다가 어제 그녀로부터 실망이라는 말까지 들은 터라 더욱 그러했다. 이제 얼마 남지 않은 창립 기념일을 끝으로 여자를 볼 구실이 사라질 것이다. 재혁은 아직도 욱신거리는 어깨의 통증을 느끼며 반듯한 이마를 구겼다. 다른 어떤 곳보다 영희에게 물린 어깨가 더 아프게 느껴졌다.

영희는 하루 종일 사과할 기회를 노리고 있었지만, 오늘따라 유독 바쁜 재혁의 일과 때문에 매번 기회를 놓치고 있었나. 득히 외국에서 온 바이어들과 접견하는 자리가 있어서 그녀는 따라가지도 못했다. 그가 없는 사무실에서 그를 기다리는 동안, 영희의 마음은 더욱 초조해졌다. 오늘이 마지막이기에 무슨 일이 있어도 사과해야 한다고 생각했다.

영희는 재혁의 사무실 한쪽에 마련되어 있는 거울 앞으로 다가갔다.

"그래, 오늘은 무슨 일이 있어도 해결을 해야지. 이렇게 찜찜한 기분으로 헤어지는 건 그렇지. 그런데 뭐라고 하지? 저, 재혁 씨, 어제는 미안했어요. 실은 재혁 씨를 탓하려고 한 것은 아니었는데, 아니, 이건 너무 이상해. 흠흠. 재혁 씨, 화 풀어요. 그래도 폭력은 좀 심했어요. 이건 더 화를 부추기겠지? 그러면, 재혁 씨, 진짜진짜 미안해요. 용서해 주세요. 네? 음, 이게 그나마 좀 낫네. 우씨. 아냐, 이것도 아닌 것 같아."

영희가 연습하고 있을 때 휴대폰 벨소리가 울렸다.

“여보세요.”

[접니다.]

재혁의 목소리였다. 영희는 벌렁거리는 심장을 부여잡은 채 목을 가다듬었다.

“흠흠, 네.”

[오늘 먼저 가십시오. 바이어 접견 때문에 아무래도 늦어질 것 같습니다. 저녁 대접도 해야 하고.]

영희는 멈칫했다. 아직은 서먹한 그들이어서 뭐라고 말을 하고 싶었지만 할 수 없었다.

“아, 네. 그럴게요.”

[저…….]

뜸을 들이는 그의 목소리에 영희는 저도 모르게 긴장해 침을 꿀꺽 삼켰다.

“네?”

[아, 아닙니다. 그럼.]

“저, 재혁 씨.”

영희는 다급하게 재혁을 불렀다. 이대로 전화를 끊기에는 오늘 연습한 말들이 아까웠다.

[말해요.]

막상 부르고 나니 막막해 영희는 아무 말도 할 수 없었다. 휴대폰의 열기로 손에선 땀이 났지만, 꼭 붙들고 서 있었다.

“아, 아니에요. 안녕히 계세요.”

한숨 쉬는 소리가 들리는 듯하더니 곧 재혁의 목소리가 그녀의 귓가를 울렸다.

[잘 가요. 그럼…… 나중에 봅시다.]

서로는 한참을 아무 말 없이 휴대폰만 붙들고 있었다. 하지만 이내 수화기 너머 재혁을 부르는 목소리가 들리고 나서야 전화는 끊어졌다.

하루 종일 그에게 사과하는 연습을 했지만, 그녀의 노력은 물거품으로 돌아가고야 말았다. 영희의 초조했던 마음이 소리없이 가라앉았다. 그녀는 소파에 앉아 몸을 묻었다. 푹 꺼지는 소파만큼이나 그녀의 마음도 가라앉는 것 같았다. 왠지 모르게 허전함이 그녀의 심장을 메우고 있었다. 이상했다. 영희는 사무실을 빙 둘러보았다. 지난 한 달 동안 지냈던 이곳을 떠나려고 생각하니 마음이 허전했다.

영희는 사무실에 있던 자신의 물건들을 챙겼다. 제법 많은 양의 물건들이 있었다. 그중 언젠가부터 재혁에게 돌려주려고 했던 두 장의 손수건이 보였다. 그녀는 조심스레 손수건을 꺼내 그의 책상 위에 올려두었다. 그녀가 힘들 때마다 그가 내밀었던 손수건이었다.

나머지 짐을 챙기고 나니 가방 한가득 채우고도 남았다. 영희는 김 비서에게 종이 가방을 빌려 나머지를 정리하고, 사무실을 나서기 위해 문가로 갔다. 손잡이 위에 손을 얹고 다시 주위를 둘러보았다. 책상 위에 가지런히 놓아둔 손수건이 그녀의 눈에 밟혔다. 영희는 그의 책상으로 걸어가 충동적으로 두 장의 손수건 중 하나를 들고 나왔다. 마음속의 허전함이 채워지는 것 같아 발걸음이 조금은 가벼웠다.

엘리베이터에 올라 아래로 빠르게 내려가는 풍경을 바라보며 영희는 한숨을 쉬었다. 알 듯하면서도 알고 싶지 않은 자신의 감정이 아이러니하게 느껴졌다. 고속으로 내려가는 이 엘리베이터처럼 자신의 마음도 어딘가로 향해 빠르게 치닫고 있는 듯했다. 처음 이 회사에 와서 재혁을 인터뷰했던 일이 생각났다. 계단에서 미끄러졌던 날, 자신을 업고 내려오던 그가 퉁퉁 부어오른 다리 위에 차가운 손수건을 올려주던 것이 생각났다. 지금 그녀의 손에 들려 있는 손수건이었다. 비 오듯 흘리던 땀을 닦지도 못한 채, 그녀의 발목에만 신경을 써주던 그가 떠올랐다. 영희의 입가엔 미소가 지어졌다. 무뚝뚝하지만 생각해 보면 항상 자신을 배려해 주던 남자였다. 영희는 여전히 입가에 미소를 지으며 고개를 흔들었다. 아직은 생각할 시간은 충분했다. 급하게 결론 지을 필요가 없었다.

재혁은 바이어와의 접견을 하다가 양해를 구하고 나왔다. 여자를 그렇게 보낸다는 것이 마음에 걸렸다. 게다가 아직 그는 사과도 하지 못한 터였다. 서둘러 사무실로 올라가는 그의 얼굴엔 굵은 땀방울이 맺혀 있었다. 김 비서의 인사도 무시한 채, 그는 사무실의 문을 벌컥 열었다. 하지만 텅 빈 사무실이 그를 반졌다. 직원들의 웅성거리는 모습도 눈치채지 못하고, 그는 문가에 후들거리는 몸을 기댔다. 재혁은 조용히 문을 닫고, 허탈한 마음으로 영희가 앉아 있던 자리에 가서 앉았다. 그의 커다란 몸이 푹신한 소파에 끌려 들어갔다.

"이 자리에서 일하는 게 불편했겠군."

여자의 불편함을 미리 알아차리지 못한 자신을 후회하며 재혁은 고개를 숙였다. 이런 자리에서 허리를 숙이며 일했을 여자에게 미안했디. 그의 미긴에 새겨진 주름이 디욱 깊이졌다.

재혁은 깨끗하게 정리된 사무실을 보다가 여자의 자리 밑에 삐죽이 튀어나온 종이를 발견했다. 그가 종이를 빼내자 몇 장의 종이와 함께 쓰레기가 달려 나왔다. 그는 픽 웃었다. 같은 사무실에 있던 그가 알지 못하게 군것질을 많이도 한 모양이었다. 사탕 봉지와 함께 나오는 과자 봉지들이 그의 입가를 올라가게 만들었다. 재혁은 쓰레기를 줍다가 몇 장의 종이 위에 그려진 그림들을 보았다. 분명 자신의 얼굴임에 분명했다. 캐리커처로 그려진 자신의 얼굴 위에 새겨진 낙서가 그의 웃음보를 건드렸다.

"풋, 하여튼 못 말릴 여자야."

재혁은 자신의 얼굴이 그려진 종이들을 모아 책상으로 다가갔다. 서랍 안에 그림들을 넣고 보니 책상 위에 손수건 한 장이 보였다. 언젠가 여자가 울었던 날 그가 건넸던 손수건이다. 재혁은 손수건을 들어 한참을 바라보다 코끝에 대었다. 여자의 눈

물 자국은 지워져 있었지만, 그녀의 향취는 새겨져 있었다. 시
원한 레몬 향기를 맡으며 재혁은 책상에 걸터앉았다. 여자가 머
물렀던 자리를 보며 레몬 향기를 더욱 깊숙이 들이마셨다.
　　항상 정갈하던 사무실이 오늘따라 숨 막히게 다가왔다.

제9장

엉뚱한 여자 VS 무뚝뚝한 남자

는요, 말수도 없고, 겸손하고, 여자를 배려할 수 있는 남자가 좋아요. 내가 기댈 수 있는 남자, 또 내가 힘들 때 아무 말 없이 지켜주는 남자, 그리
……." 이전에 재혁에게 자신의 이상형을 말했던 것이 생각났다. 그때 그녀는 입 안에서 맴돌고 있던 것을 삼켰었다. 아마 그녀의 마음 한구석은 이미
를 받아들이고 있다는 것을 알고 있었나 보다. '다친 나를 업고 묵묵히 십이층을 내려올 수 있는 남자, 눈물 흘리는 나에게 조용히 손수건을 건네주는 남
내가 곤란한 일을 겪을 때마다 나를 보호해 주는 남자…….'

영희는 며칠을 싱숭생숭한 마음으로 보냈다. 지난 한 달 동안 습관이 들었는지 이른 아침이면 눈이 저절로 떠졌다. 그의 회사에서 모은 자료를 두고 글을 쓰기 시작했지만 진도는 잘 나가지 않았다. 남자 주인공을 생각할 때마다 그녀의 머리를 메우는 것은 재혁의 얼굴이었다. 요 며칠 계속해서 떠오르는 그의 영상에 영희의 머리 속은 뒤죽박죽이 되어버렸다.

"우씨, 왜 그러지?"

아무래도 재혁을 모델로 삼았던 것이 잘못인 모양이었다.

"어우, 짱나."

영희는 생각을 털어버리려는 듯 고개를 흔들었다. 하지만 그의 얼굴이 떨어져 나가기는커녕 더욱 각인될 뿐이었다.

"이상해. 진짜진짜 이상해."

글 쓰기를 포기하고 영희는 침대에 벌렁 누웠다. 또다시 재혁이 떠올랐다.

"젠장."

베개를 들어 얼굴 위에 올려놔도 그의 영상은 사라지지 않았다. 영희는 벌떡 일어나 앉았다. 마음을 차분히 가라앉히고 노트북 화면에 몰두하려 했지만, 자꾸 다른 생각을 하게 되었다. 이런 날은 글을 쓰지 않는 게 낫다는 생각에 영희는 일어섰다. 아이스크림이라도 사다 먹을 생각이었다.

현관 밖을 나서니 숨이 턱턱 막히도록 무더웠다. 따가울 정도로 내리쬐는 햇빛을 맞으며, 아이스크림을 사서 동네 놀이터로 걸어 들어갔다. 그늘진 곳에 마련된 벤치에 앉아 따가운 햇볕 아래에서도 열심히 뛰어다니는 아이들의 모습을 지켜보았다. 그녀는 아이스크림을 먹으며 요즘 그녀의 마음을 어지럽히는 것이 도대체 무엇인지 생각했다. 잡힐 듯하면서도 잡히지 않았다. 생각에 빠진 그녀가 손가락에 흐르는 우윳빛 액체를 혀로 핥고 있을 때, 누군가가 영희의 어깨를 손가락으로 톡톡 건드렸다. 영희는 갑작스런 접촉에 휙하고 몸을 돌렸다. 선우였다.

"어? 선배."

"영희 맞구나."

뜨거운 해를 등지고 선우가 서 있었다.

"여긴 어떻게?"

"은사님 댁에 다녀가는 길이야."

"아……."

"여기가 너네 동네였구나?"

놀이터를 둘러싼 주택가를 둘러보며 선우가 물었다.

"네, 어릴 때부터 이 동네에서 살았어요."

"그렇구나."

"신혼여행은 잘 다녀오셨어요? 얼굴이 소금 타신 것도 같네
요."

영희는 선우의 얼굴을 찬찬히 훑어보았다. 약간 그을린 피부
가 그를 생기있어 보이게 했다.

"어, 얼굴이 많이 탔어. 적도 근처라 햇볕이 뜨겁더라고."

그녀의 시선에 선우가 얼굴을 손바닥으로 쓸었다.

"미란 언니도 잘 계시죠?"

"어, 잘 있어. 실은 햇빛 알레르기 때문에 고생을 많이 했는
데, 지금은 거의 다 나았어."

"어머, 그러셨어요? 그래도 다행이네요, 다 나으셨다니."

"그래. 참, 영희야. 다음 주에 미국에 다시 들어가게 될 거야.
결혼하려고 잠시 들어온 거야. 안 그러면 누가 채갈까 봐 무서
웠거든."

영희는 고개를 끄덕였다. 농담조로 하는 말이었지만, 미란에
대한 그의 사랑을 다시 한 번 깨달을 수 있었다.

"그러셨구나. 전 여기서 정착하실 줄 알았어요."

"아직 한 학기 정도 남았어. 그거 마치면 다시 들어와야지."

"그럼 얼마 후에 다시 뵙겠네요."

"그러겠지. 그때 다시 보자. 잘 지내."

"네. 선배도 잘 지내세요. 언니한테 안부도 전해주시구요."

"그래."

선우가 떠나자 영희도 자리를 털고 일어섰다. 선우의 행복해 하는 모습을 보니 영희의 마음도 덩달아 편해졌다. 예전엔 선우 앞에서 아무 말도 못했었는데, 오늘은 이상하게 편안한 마음으로 얘기할 수 있었다.

"오늘은 더듬지도 않았네."

멀어져 가는 선우의 뒷모습에도 가슴이 아프지 않았다. 그의 모습이 점이 되어 사라질 때까지 영희는 그 자리에 계속 서 있었다. 항상 선우만 보면 미친 듯이 뛰던 심장도 오늘은 가라앉아 있었다. 그를 잊으려고 수많은 시간을 노력했었는데, 그녀도 깨닫지 못하는 순간에 그에 대한 감정이 사라졌나 보다. 영희는 비로소 그에 대한 자신의 마음이 정리되었다는 것을 깨달았다. 뜨거운 햇살이 머리칼을 달구고 있었지만, 영희는 한동안 움직일 수 없었다.

집으로 돌아와 책상 위에 놓인 일기장을 펼쳤다. 선우를 사랑한 시간들이 고스란히 적혀 있었다. 신입생 때 그를 보고 반했던 순간부터, 불과 몇 달 전 그와 재회했던 순간까지 낱낱이 적혀 있었다. 영희는 일기장을 넘기며 추억을 회상했다. 재혁과 그의 결혼식에 갔던 일을 끝으로 선우에 대한 이야기는 더 이상 적혀 있지 않았다. 이제 그 자리엔 재혁의 이야기로 가득 해 있었다.

"저는요, 말수도 없고, 겸손하고, 여자를 배려할 수 있는 남자가 좋아요. 내가 기댈 수 있는 남자, 또 내가 힘들 때 아무 말 없이 지켜수는 남자, 그리고……."

이전에 재혁에게 자신의 이상형을 말했던 것이 생각났다. 그때 그녀는 입 안에서 맴돌고 있던 것을 삼켰었다. 아마 그녀의 마음 한구석은 이미 그를 받아들이고 있다는 것을 알고 있었나 보다.

'다친 나를 업고 묵묵히 십이층을 내려올 수 있는 남자, 눈물 흘리는 나에게 조용히 손수건을 건네주는 남자, 내가 곤란한 일을 겪을 때마다 나를 보호해 주는 남자…….'

차마 하지 못했던 말들이 그녀의 가슴속에서 유영하고 있었다. 무의식 중에 자신의 이상형을 말했지만, 그 이상형은 재혁을 모델로 한 것이라는 것을 이제야 깨닫고 있었다. 이전의 영희는 '위험에서 자신을 구해주는 남자' 라고 했을 것이다. 하지만 그때 그녀는 그렇게 말하지 않았었다.

갑자기 실내의 공기가 그녀를 조여왔다. 그녀는 일기장을 덮고 머그잔에 뜨거운 커피를 가득 따라 옥상으로 올라갔다. 계단 가에 놓여진 색색깔의 자그마한 화분들을 지나 초록빛 파라솔 아래에 놓여 있는 의자에 앉았다. 영희는 하늘을 올려다보았다. 조금씩 먹구름이 끼는 것이 꼭 비가 올 것만 같았다.

아니나 다를까, 커피를 한 모금 마셨을 때 갑자기 빗방울이 후드득 떨어지기 시작했다. 무더운 여름의 열기를 식혀줄 시원한 소나기였다. 쏴아 하는 소리를 내며 제법 내리는 빗줄기에 손을 내밀었다. 시원한 감촉이 손끝을 타고 내려와 뜨거운 체온을 식혀주는 듯했다. 손에 떨어진 빗방울이 다시 포물선을 그리며 아래로 떨어지는 모습을 지켜보았다. 떨어진 빗방울은 다시 원을 그리며 바닥에 스며들고 있었다. 영희는 하루 종일 자신의 가슴을 누르던 그에 대한 감정이 빗방울처럼 서서히 번져 가는 것을 느꼈다. 영희는 또다시 사랑이 찾아왔다는 것을 인정하기로 했다. 비 온 뒤, 선명해 보이는 풍경처럼 자신의 감정이 짙은 색깔을 띠고 선명하게 다가왔다.

갑작스레 내린 비는 언제 그랬냐는 듯 멈추어져 있었다. 다시 청명해지는 하늘을 바라보는 영희의 얼굴도 밝아졌다. 사랑은 갑자기 찾아왔지만, 그 감정을 인정하고 나니 마음이 개운해졌다. 하지만 곧 그에게 어떻게 다가가야 할지 걱정이 되었다.

"우씨, 이럴 줄 알았으면 좀 조신하게 보일걸."

생각해 보니 그의 앞에서는 못 보일 꼴만 보였었다. 첫 만남부터 지금까지 지내왔던 일들을 떠올리니 막막해졌다. 재혁 같은 남자가 자신을 좋아해 줄까 생각하니 이미 걷혀 버린 먹구름이 다시 마음속에 드리우는 것 같았다.

"후우, 난 왜 항상 이 모양이지?"

기나긴 짝사랑이 끝난 지 얼마 되지 않았다. 하지만 다시 찾아온 사랑도 짝사랑이라니 비참하기 그지없었다. 더구나 그를 만날 구실도 이젠 없었다. 영희의 마음이 초조해졌다.

"아니지, 이번엔 정말 짝사랑으로 끝내지 않을 거야."

주먹을 쥐고 다짐했다. 그녀에게 있어서 더 이상의 짝사랑은 사양이었다. 영희는 자신에게 항상 무뚝뚝하지만 배려해 주었던 그에게 희망을 갖기로 했다. 그녀의 마음과 재혁의 마음이 같기를 기도하며 비 온 뒤의 물기 섞인 공기를 들이마셨다. 가슴을 내리눌렀던 묵직함이 조금씩 사그라지고 있었다.

재혁은 가족들에게 인사를 한 후, 방으로 올라갔다. 요즘 들어 가족들의 표정이 조심스럽게 변한 것을 그도 눈치채고 있었다. 하지만 지금은 어느 것도 말하고 싶지 않았다. 근래, 평소와 다른 행동을 보이는 것을 그도 잘 알고 있었다. 평소에 하지 않던 실수를 벌일 때마다 그들의 걱정스런 시선이 재혁을 옭아매는 것 같았다. 어떤 것에도 집중을 할 수 없었다. 서류를 들여다보다가도 여자가 앉았던 의자로 눈을 돌리는 자신을 발견할 때마다 그의 심장이 아릿해졌다. 그럴 때면 여자가 남기고 간 손수건을 만지작거리곤 했다.

기진한 몸을 이끌고 방으로 들어선 재혁은 의자에 털썩 주저 앉았다. 목을 조이는 넥타이를 풀어헤치고, 지끈거리는 관자놀이를 손가락으로 눌렀다. 모든 것이 혼란스러웠다. 복잡한 그의 눈에 자신이 조각했던 여인상이 들어왔다. 가까이 다가가 아름다운 곡선 위에 선명히 찍혀 있는 여자의 지문을 만졌다. 시간이 날 때마다 다시 칠하려고 했지만, 칠하지 않았었다. 왜 그랬을까. 왜?

이미 답을 알고 있었는지도 모른다. 여자의 흔적을 지우고 싶지 않아서였다. 귀찮고 엉뚱한 여자라고 생각했었지만, 여자는 어느새 자신의 마음 한구석을 차지하고 있었던 것이다. 시도 때도 없이 나타나는 여자의 영상을 지우려 했던 시간들이 생각났다. 그 순간, 가희가 했던 말이 떠올랐다. 자꾸 생각나는 것이 사랑이라고 했던가.

'맙소사. 이젠 어떻게 해야 하지?'

머리를 거칠게 쓸어 넘기는 그의 손은 가늘게 떨리고 있었다. 여태껏 한 번도 느껴보지 못한 감정에 그는 어찌할 바를 몰랐다.

여자의 얼굴을 볼 수 없었던 지난 한 주가 생각나자 그의 얼굴이 일그러졌다. 누군가가 자신을 쫓아다니는 것을 싫어하던 그가 이젠 여자와 함께하지 못하는 날들을 두려워하고 있었다. 예기치 못한 감정에 그의 일상이 깨져 버렸다.

재혁은 몸을 돌려 거울을 들여다보았다. 낯선 얼굴이 보였다.

그곳엔 평상시와는 다른 혼란스러운 눈을 가진 남자가 그를 응시하고 있었다.

　영희는 초대장을 들고 있었다. 초대장 위에 선명하게 찍혀 있는 재혁의 이름이 영희의 마음을 복잡하게 했다. 이미 한 회장으로부터 초대를 받긴 했지만, 이렇게 정말 초대받게 될 줄은 몰랐다. 게다가 재혁으로부터 직접 초대를 받게 될 줄은 상상도 하지 못했었다. 하지만 막상 그의 얼굴을 보게 된다니 설레는 마음보다 겁이 났다. 그를 못 본 지 벌써 보름을 넘어서고 있었다. 시간이 흐를수록 그에 대한 마음은 점점 뚜렷한 형상을 띠어가고 있었다. 그녀는 그에게 자신의 마음을 표현할 수 있을지, 표현한다면 그가 받아들일지 모든 것이 두려웠다.
　영희는 축 늘어져 앉아 있었다. 이대로 집에 있긴 싫었다. 이미 하늘이 어둑해지고 있었지만, 그녀는 연서에게 전화를 걸기 위해 휴대폰의 단축키를 눌렀다. 연서에 이어 지혜와의 약속까지 잡은 그녀는 털레털레 집을 나섰다. 그녀의 뒤로 긴 그림자가 그녀의 어깨를 누르고 있었다.
　영희는 약속 장소인 '대한호텔'로 향했다. 대한호텔은 그를 처음 만난 곳이기도 해서 그녀에겐 남다른 장소였다. 호텔 로비에 들어서서 레스토랑으로 향하는 그녀의 눈에 가희의 모습이 잡혔다.
　'젠장, 또 저 여자잖아.'

영희는 가희가 싫었다. 사실 가희는 여자가 봐도 멋있는 외모를 하고 있었다. 딱히 자신에게 잘못한 일은 없었지만, 재혁과 함께 있던 가희의 모습은 그녀의 신경을 거스르게 하고도 남았다. 가희가 지나가기만을 기다리며, 영희는 조용히 서 있었다. 그녀와 마주치기 싫었기 때문이다. 하지만 가희는 지나가기는커녕 누군가를 기다리는 모양이었다.

잠시 후, 가희가 누군가에게 반갑게 걸어가는 모습이 눈에 띄었다. 영희는 기둥 뒤에 몸을 숨기고 가희가 기다리는 사람이 누군지 유심히 살폈다. 맙소사, 재혁이었다. 영희는 이 자리에서 가희와 함께 있는 그를 만났다는 사실이 슬펐다.

재혁은 가희로부터 걸려온 전화를 받고 레스토랑을 나왔다. 거래처와의 만남이 끝나가던 중이라 잠깐의 양해를 구하고 나왔다. 예전에 일방적으로 약속을 취소한 것이 마음에 걸렸었는데, 가희와 재민이 이곳에 있다는 말에 또다시 거절할 수 없었다. 재민은 어디를 간 건지, 가희 혼자 레스토랑 앞에서 기다리고 있었다.

"왜 혼자 있어?"

"재민 씬 내가 속이 거북하다고 했더니, 뭐 좀 사러 갔어."

가희가 아랫배를 보호하듯 살짝 감쌌다.

재혁은 곧 걱정스러운 얼굴이 되었다. 가희의 얼굴은 며칠 전보다 핼쑥해 보였다. 에어컨 때문에 한기가 느껴지는지 가희가 드러난 팔을 살짝 쓸었다.

“걱정하지 마. 임신하면 다 그래.”

고개를 끄덕이는 재혁이었지만 얼굴의 먹구름은 여전히 그대로였다.

“추운가 보군.”

가희가 얼굴을 붉히며 쑥스러워했다.

“괜찮아. 감기가 들렸는지 한기가 좀 드네. 이것도 임신 초기 증상인가? 잘 모르겠네.”

재혁은 가희의 어깨에 정장 상의를 벗어 걸쳐 주었다. 오랜 친구의 연약한 모습으로 인해 재혁의 마음엔 안쓰러움이 일었다.

“이거라도 걸치고 있어. 감기 들면 안 되니까. 그리고 어디 먼저 들어가 있어. 곧 나올게.”

“그래도 돼?”

“그래. 너 영양 보충 좀 해야겠다. 네가 좋아하는 한정식 집으로 먼저 가 있어. 곧 따라갈게.”

“알았어. 천천히 와.”

재혁이 들어가자 가희도 천천히 등을 돌렸다.

영희는 그들의 모습을 지켜보며 마음속으로 온갖 상상의 나래를 펼쳤다.

‘저 여우가 재혁 씨한테 약한 척을 한 거야. 분명히 벗어달라고 했겠지. 흥! 쳇! 아니, 연약하면 누구든지 벗어주나? 우씨, 짱나!’

재혁이 옷을 벗어 가희의 어깨에 조심히 걸쳐 주는 모습이 그녀의 눈을 아프게 하고 있었다. 저렇게 다정한 모습을 다른 사람에게 보일 줄은 상상도 하지 못했었다. 자신 외에 누군가를 만나는 모습을 보지 않아서였을까. 회사 내에서도 항상 조용하고 말이 없던 그이기에 이런 모습들은 생소하기 그지없었다.

"뭐 하냐?"

"어마, 깜짝이야!"

영희는 뒤에서 자신의 어깨를 두드리는 친구들에게 화들짝 놀라 소리 질렀다.

"왜 그래? 뭘 그렇게 숨어서 봐?"

"쉿! 조용히 해."

"어? 한 이사잖아? 그런데 저 여자는 누구야?"

영희처럼 덩달아 기둥 뒤에 몸을 숨긴 친구들은 재혁과 가희의 모습을 숨어서 지켜보았다.

"와! 한 이사가 저렇게 다정할 때도 있구나?"

중얼거리는 지혜의 말에 영희의 고개가 휙하고 돌아갔다. 매서운 그녀의 눈길에 지혜의 어깨가 움찔거렸다.

"왜, 왜 그래?"

"넌 어쩌면 그럴 수 있니? 내가 또 짝사랑에 빠지게 되었는데 위로는 못해줄망정, 뭐? 다아정?"

"영채야, 그럼 네 감정을 인정하기로 한 거야?"

"몰라."

영희의 커다란 눈에 맑은 물이 꽉 들어찬 것을 본 지혜의 얼굴엔 미안함이 가득 찼다. 영희는 잠깐 기다리라는 말을 웅얼거리면서 자리를 피했다. 주책맞게 눈물이 흘러 그곳에 있을 수 없었다. 아직 그들의 관계가 어떤 것인지 모르지만 그 모습을 본 것만으로도 가슴이 아팠다.

영희의 고개 숙인 뒷모습을 본 친구들의 얼굴엔 걱정으로 가득 찼다. 긴 세월을 짝사랑으로 보낸 영희에게 새로운 사랑이 왔는데, 눈앞의 저 여자 때문에 또다시 아파할지도 모른다는 생각에 친구들도 덩달아 여자가 미워졌다. 저번에 말한 여자도 저 여자인 게 분명했다.

영희는 화장실에서 눈가를 닦고 있었다. 재혁이 누군가를 보살피는 모습이 그녀의 가슴을 짓눌렀다. 벌게진 콧등 위에 파우더를 바르고 있을 때, 휴대폰 벨이 울렸다. 연서였다.

"여보세요."

[영희야, 밖으로 나와.]

"왜?"

[어? 아니, 거긴 그냥 별론 거 같아서.]

"그래? 난 여기 괜찮던데……. 알았어. 거기 밖이야?"

[어. 얼른 나와. 로비 앞에서 기다릴게.]

전화를 끊은 영희는 고개를 갸웃거렸다. 몇 번이나 이곳에서 만족스럽게 식사를 했던 그들이었는데, 아무래도 일부러 장소를 변경하자는 것 같았다. 영희는 다시 얼굴을 가다듬고 씩씩하게 밖으로 향했다.

밖으로 나서자 더운 공기가 폐부 깊숙이 스며들었다. 어느덧 거리엔 땅거미가 짙게 깔려 있었다. 그녀는 이미 로비 앞에 차를 대고 서 있는 친구들에게 빠른 걸음으로 다가갔다.

그들이 도착한 곳은 대한호텔에서 멀리 떨어지지 않은 조용한 일식집이었다. 초밥을 먹고 싶다는 영희의 말에 친구들이 그곳으로 움직였다. 아무래도 오늘은 영희의 기분에 맞춰줄 모양이었다.

"영희, 아니, 영채야, 괜찮아?"

연서의 걱정스런 시선에 영희는 고개를 크게 끄덕였다. 친구들에게 우울한 모습을 보여주고 싶지 않았다. 아직 재혁과 가희가 연인인지 친구인지 확실치 않았다.

"응, 괜찮아. 내 마음을 깨달은 것도 얼마 전이야. 그리고 나……."

영희는 뜸을 들이다가 마침내 입을 열었다.

"이번 주 금요일에 고백할 거야."

그녀의 폭탄선언에 친구들은 젓가락질을 하다가 그대로 굳어버렸다.

"저, 정말이냐, 이영희?"

"이영채."

"그래, 이영채. 정말이냐고? 고백할 거야?"

"그래, 고백할 거야."

영희의 단호한 대답에 연서도 놀랍다는 듯이 물었다.

"확신이 들어?"

"응, 확신이 들어."

"그럼…… 저질러 봐."

연서조차 영희의 말에 동조하자 지혜는 고개를 흔들었다. 친구들 중에 가장 이성적인 연서조차 인정했다면, 지혜도 하는 수 없었다.

"그래, 네 맘대로 한번 고백해 봐. 이 언니들이 밀어줄 테니."

"헤헤, 고마워. 그런데 싫다고 하면 어쩌지?"

"누가 우리 이영…… 채를 싫어하겠냐. 그렇게 나오면 말해, 이 언니가 이단 옆차기로 날려줄 테니까."

"헤헤. 알았어. 고마워."

영희의 눈가가 촉촉해졌지만 다들 모르는 척 열심히 응원했다. 영희는 든든한 아군들에게 미소를 지으며 며칠 있을 창립 기념일을 기다렸다.

제10장

해피걸(happy girl)

멋진 남자가 되지는 못하겠지만, 좋은 남자가 되도록 노력하겠습니다." "저도, 저도 그럴게요. 좋은 여자가 될게요." 영희가 눈가의 물기를 닦아냈다. 재
은 영희를 덥석 껴안았다. 작고 부드러운 영희의 몸이 그의 몸에 쏙 들어왔다. "사랑해요." 재혁의 가슴에 얼굴을 묻으며 영희가 속삭였다. 어떤 말보다
름다운 단어가 그의 심장을 울렸다. 재혁은 영희의 머리 위에 쓰린 턱을 갖다 댔다. 그리고 그의 인생에서 통틀어 한 번도 하지 않았던 말을 하기 위해
을 열었다. "사랑합니다." 영희의 귓가에 재혁의 나직한 목소리가 계속해서 메아리쳤다. 영희의 행복한 미소 위에 재혁의 얼굴이 천천히 내려왔다. 영
는 눈을 감으며 마음속으로 외쳤다. '빙고!'

영희는 연회장 안으로 들어섰다. 화려한 조명 아래에 많은 사람들이 물결치고 있었다. 영희는 자신의 옷차림을 살펴보았다. 재혁과 함께 산 보랏빛 원피스를 입은 그녀의 모습이 이곳과 대체적으로 어울린다고 생각하며 재혁이 있는 곳을 찾고 있었다. 두리번거리며 연회장을 둘러보고 있을 때, 뒤에서 그녀를 부르는 소리가 들렸다.

"영희 아니니?"

변현호 아저씨였다. 그녀는 낯선 사람들이 대부분인 이곳에서 변 상무를 만나게 된 것이 반가웠다. 그의 옆에는 부하직원인 것 같은 남자가 서 있었다.

"어머, 아저씨."

"혼자 왔니?"

"아, 네. 한 회장님의 초대를 받았거든요."

"그래? 그렇구나."

변 상무는 '한 회장의 초대'란 말에 내심 놀랐다. 여느 재벌들과는 다르다는 것을 알긴 했지만, 그래도 어려운 분이라고 생각했었다. 영희를 다시 한 번 살펴본 후, 그는 동행한 사람과 함께 내빈을 맞이하기 위해 자리를 떠났다.

아무리 둘러봐도 재혁이 보이지 않자 영희는 한숨을 쉬었다. 그를 만나 고백할 생각을 하느라 하루 종일 아무것도 먹을 수가 없었다. 영희는 마른 목을 축이기 위해 음료가 마련된 테이블로 다가가 샴페인 잔을 집어 들었다. 아무래도 맨정신으로는 힘들 것 같았다. 빈속에 달콤쌉싸르한 샴페인이 들어가니 화한 기운이 퍼졌다. 영희는 한 모금씩 마시며 재혁이 나타나길 기다렸다.

잠시 후, 한 회장의 인사말이 시작되자 장내는 조용해졌다. 영희는 재혁을 찾느라 급급해 한 회장의 말도 귀담아 듣지 않았다. 드디어 그녀의 눈에 연단 뒤에 서서 한 회장의 말을 경청하는 재혁이 들어왔다. 영희는 목이 타는 듯해 샴페인을 벌컥벌컥 들이켰다. 여전히 그는 딱딱한 모습으로 서 있었지만, 그 모습조차 그녀의 마음을 설레게 했다.

마침내 한 회장의 연설이 끝나자 주위는 다시 조용한 음악과 함께 사람들의 소음으로 메워졌다. 한 회장에게 인사를 하려 했지만, 그의 주위는 이미 많은 사람들이 에워싸고 있었다. 영희는 우선 재혁을 만나야겠다는 생각을 했다. 하지만 장애물이 너무나 많았다. 그동안 그의 회사에서 알게 된 직원들이 그녀가 움직일 때마다 따라붙고 있었다. 그녀는 그들을 따돌리고 재혁 쪽으로 향했지만, 곧 또 다른 장애물을 만나야 했다.

“어머, 이 작가. 그동안 잘 있었죠?”

“안녕하세요, 한 실장님.”

영희는 마음이 급했다. 하지만 자신을 붙들고 있는 한 실장을 물리칠 수는 없었다.

“회사에 나왔었다면서요?”

재희가 호기심을 가득 채운 눈을 반짝였다.

“아, 네. 인터뷰 때문에요.”

“그래요?”

영희의 눈길이 초조하게 재혁에게 향했다.

재희가 영희의 눈길이 향하는 곳을 바라보더니 이내 몸을 비켰다.

“재혁이한테 인사 안 했죠?”

가려운 데를 긁어주는 재희의 말에 영희는 고개를 크게 끄덕였다.

“훗, 가봐요. 조금 있으면 인사할 시간도 없을지 몰라요.”

“네. 고맙습니다.”

　자신이 뭐라고 말을 한지도 모른 채 영희는 급하게 재혁에게 향했다. 그 모습에 재희가 픽 웃었다. 고맙다고 말한 영희를 어떻게 해석해야 할지 그녀의 표정엔 고민을 담고 있었다. 하지만 곧 긍정적으로 해석하기로 했는지 고개를 끄덕였다. 요 몇 주 동안, 평소와는 다른 재혁의 모습을 본 그녀였다. 가족들은 재혁 앞에서 아무 말도 하지 않았지만, 원인이 영희라고 생각하고 있었다. 영희가 회사에 나오지 않았을 때부터 재혁의 행동이 확연히 달라졌기 때문이다. 게다가 상처투성이의 얼굴로 들어온 날 홍 실장으로부터 영희를 두고 다른 남자와 싸웠다는 소식을 들었었다. 그 소식을 듣고 가족들은 놀라움을 금할 수 없었지만 그의 변화를 긍정적으로 받아들였다.

　"음, 우리의 바람대로 되어가는 건가?"

　영희가 비로소 재혁에게 다가서려는 순간, 그의 옆엔 이미 가희가 서 있었다. 영희는 주춤해서 그 자리에 못 박힌 듯 서 있었다. 가희의 손에 재혁이 반지를 건네는 것이 보였기 때문이다. 한동안 벼락을 맞은 듯 몸을 움직일 수 없었다. 하지만 재혁으로부터 반지를 건네받는 가희의 행복해하는 모습을 더는 볼 수 없어 몸을 돌렸다. 영희는 휘청거리는 걸음으로 발코니 쪽으로 향했다. 마음속 한구석에 있던 설마 했던 일이 사실이 되어 그녀의 가슴에 비수를 꽂았다. 아파오는 가슴을 부여잡고 그녀는 후들거리는 걸음으로 한 발자국 한 발자국 발을 떼었다. 발코니 앞에 이르자 한쪽 구석에 비치되어 둔 테이블에 와인 병이 보였다. 그녀는 와인 병과 잔을 들고 발코니로 들어섰다. 그녀의 첫 사랑을 쭉쭉빵빵인 영문과 언니에게 뺏겼듯이 두 번째 사랑도 저 여우 같은 쭉쭉이한테 뺏기고 말았다. 저 여자에 대해 너무나 단순하게 생각한 게 실수였을 것이다. 그의 볼에 키스까지 했던 여자인데, 왜 저 여자를 친구로만 생각했는지 자신이 한심스러웠다. 아무에게나 볼을 내줄 남자가 아니라는 것을 잘 알면서도 말이다.

"그래. 그래도 창피하게 고백은 안 하고 끝났잖아. 내가 고백했어 봐, 그럼 얼마나 비웃었겠어."

오늘 고백을 위해 입은 보랏빛 드레스도 거추장스럽게 느껴졌다. 며칠 동안 외웠던 고백의 말들이 허공에 산산이 흩어져 버리고 말았다. 슬픔이 밀려왔다. 왜 항상 짝사랑만 하고 마는지, 도대체 무엇이 그녀를 그렇게 만드는 것인지 알 수 없었다.

한 잔, 두 잔 마시고 나니 술병이 벌써 바닥을 드러냈다. 머리가 핑 돌았다. 영희는 이제 집에 가야겠다는 생각을 했다. 빈 병과 잔을 한쪽에 내려놓고, 영희는 발코니를 나섰다. 빈속에 와인 한 병을 마셔서인지 정신이 몽롱해졌다. 그녀는 휘청거리는 다리에 힘을 주고 안으로 들어섰다. 여전히 실내는 소음으로 시끄러웠다. 영희는 그 소음들이 듣기 싫었다. 인상을 찌푸리며 걷던 그녀는 힘이 풀린 다리로 인해 휘청거리다가 벽에 손을 짚었다. 손에서 냉기가 느껴졌다.

"음, 이게 뭐지?"

　차가운 기운이 느껴지는 벽에 몸을 싣자 벽이 바닥으로 꺼져 버렸다. 벽이 무너짐과 동시에 시끄럽던 소음도 조용해졌다. 영희는 신기하다고 생각하면서 퍽하고 꺼져 버린 벽을 주저앉아서 살폈다. 얼음이었다. 입구를 장식하고 있던 얼음 조각상이 깨지고 만 것이었다. 바닥을 흥건히 적시는 물기와 함께 산산조각난 얼음을 보자 영희의 커다란 눈에 눈물이 차 올랐다. 깨져 버린 얼음 조각들이 자신의 마음을 대변하고 있는 것 같았기 때문이다. 영희는 서글픔에 목이 메어 꺽꺽 울어댔다.

　재혁은 영희를 찾아 다녔다. 분명 재희와 대화하는 그녀를 보았었다. 가희가 자랑하던 약혼반지를 보고 나니 영희가 사라졌다. 그의 마음은 초조해졌다. 영희의 얼굴이 눈앞에서 사라지자 그의 심장이 오그라드는 것 같았다. 영희가 도착했다는 말을 미리 비치해 둔 요원에게서 들었을 때부터 떨리는 심장을 주체할 수 없었다. 그가 보낸 초대장을 보고도 영희가 안 오면 어쩌나 걱정했었다. 오늘을 기다리며 초조한 심정으로 보낸 지난 며칠이 생각났다. 그는 오늘 무슨 일이 있어도 그녀와의 관계를 진전시켜야 된다고 생각하고 있었다. 영희의 모습이 보이지 않아 전전긍긍하고 있을 때, 무언가가 깨지는 소리가 들려왔다. 사람들의 시선이 한곳으로 집중되자 재혁도 그곳으로 눈을 돌렸다. 영희였다. 그는 갑자기 주저앉아 울어대는 영희에게 급히 다가갔다. 하지만 그의 발걸음은 그를 원망스런 눈으로 바라보는 여자 때문에 멈출 수밖에 없었다.

“엉엉. 한재혁, 너 그러는 거 아니야. 훌쩍. 네가 뭔데! 네가 뭔데 나한테 이럴 수 있어! 우엉.”

울먹이는 그녀의 말에 많은 사람들이 호기심 가득 찬 눈으로 그를 바라보았지만 그는 이해할 수 없었다. 재혁은 사과하지 않은 자신 때문에 화가 아직도 풀리지 않았나 하는 생각을 하며 급히 한 발자국 내디뎠다.

“엉엉. 내 가슴도 만져 놓고. 훌쩍. 내 옷도 벗겨놓고. 우엉. 책임져! 책임지란 말야! 우엉. 어떻게 다른 여자를 만날 수 있어! 엉엉.”

재혁은 영희의 울먹이는 말에 멈칫했다. 물론 여자가 내던진 말에 부끄러웠지만, 다른 여자를 만났다며 원망하는 여자의 말이 그에게 가져다 주는 의미는 적잖은 것이었다. 그의 가슴이 이루 말할 수 없을 정도로 두근거렸다. 하지만 그는 두근거림을 뒤로한 채, 영희에게 다가갔다. 비난의 눈을 담은 시선들이 그에게 쏟아졌기 때문이다. 한 회장을 비롯해 많은 사람들이 경악의 표정을 짓는 것이 보였다. 그의 얼굴이 벌겋게 달아올랐다. 마치 자신이 여자를 성추행한 것 같은 기분이었다. 여자는 위태위태했다. 재혁은 한숨을 쉬며 예전의 기억이 떠올랐다. 그때에도 여자는 술에 취해 횡설수설하며 소리를 쳤었다.

그는 영희에게 얼른 다가가 여자의 몸을 일으켰다. 혹시 모를 사고에 대비하기 위해서였다.

“일어나요, 이러지 말고. 제발.”

재혁은 영희의 귓가에 속삭이며 부축했다. 여자의 주사를 본 적이 있는 재혁으로서는 다급했다. 하지만 영희는 더욱 크게 소리칠 뿐이었다.

"놔요! 훌쩍. 그 여우한테 가란 말이에요! 우엉. 내가 다 봤어. 반지 주는 거 다 봤단 말이에요!"

사람들의 시선이 이제는 노골적으로 변했다. 그의 얼굴은 더욱 벌게졌다. 재혁은 안 되겠다 싶어 여자를 끌고 출구로 향했다.

"우엉. 내가 좋아하는데! 내가 사랑하는데! 훌쩍."

"알았으니 나가서 말합시다."

"여러부운! 제가 한재혁을 사랑한다고요! 사랑해요!"

영희는 마치 시상식에서 여배우가 팬에게 말하는 것처럼 요상한 포즈로 선언했다. 소리치며 고백하는 영희에게 사람들은 환호했다. 영희는 무릎까지 굽히며 고개 숙여 인사했다. 그러자 사람들은 박수까지 치며 응원했다. 재혁은 더 이상 안 되겠다 싶어 영희를 안아 들고 출구로 향했다.

"감사해요, 여러부우운."

그의 움직임에 실내가 소란스러워졌다. 여자는 여전히 몸부림을 치며 사랑한다 외치고 있었다. 재혁은 영희를 보며 한숨을 쉬었다. 여자의 행동이 괘씸하기 그지없었지만, 그래도 입가엔 작은 미소가 흘렀다. 그동안 전전긍긍했던 그의 불안감이 아까 부서졌던 얼음 조각처럼 녹아 없어지고 있었다.

재혁이 밖으로 나가자 변 상무가 다급하게 따라 나왔다.

"한 이사님."

"네, 변 상무님."

재혁은 차로 다가가려는 몸을 돌렸다. 로비에서 나오는 그를 보았는지 벌써 홍 실장이 차 문을 열고 기다리고 있었다.

"영희야, 괜찮니?"

"음, 사랑한다고, 진짜……."

변 상무가 여전히 중얼거리고 있는 영희를 걱정스러운 얼굴로 바라보며 설명했다.

"영희 아버지의 친구 됩니다."

"아, 그러십니까?"

"영희는 제가 데리고 가겠습니다."

변 상무의 눈엔 경계의 빛이 띠어 있었다.

"변 상무님, 영희 씨는 제가 모시고 가겠습니다. 집도 알고 있습니다."

"하지만……."

의심이 담긴 눈으로 변 상무가 말을 흐리자 재혁은 딱 부러지게 말했다.

"영희 씨가 한 말은 오해입니다. 바로 영희 씨 집으로 모시고 갈 거니까 의심스러우시면 영희 씨 댁으로 전화하세요. 삼십 분 안에 도착할 겁니다."

한참 동안 재혁의 진지한 눈을 들여다보더니 이내 변 상무가 고개를 끄덕였다.

"좋습니다. 지금 전화하겠습니다."

"네. 그럼 먼저 가보겠습니다."

재혁은 목례를 하고 서둘러 차로 다가갔다. 여자는 곯아떨어져 있었다. 재혁은 고개를 저었다. 여자는 쿨쿨 잠을 자며 여전히 잠꼬대로 사랑한다고 중얼거리고 있었다. 폭탄을 던져 놓고 아이처럼 잠이 든 여자를 보며 재혁은 행복한 미소를 지었다. 그의 딱딱한 심장을 고무처럼 부드럽게 만든 여자가 그의 팔 안에 소담히 담겨 있었다.

하늘과 땅 사이 꽃들이 만개한 곳에 재혁과 영희가 있었다. 수줍어하는 영희에게 재혁이 한쪽 무릎을 꿇고 반지를 내밀었다.

『영희 씨, 제 청혼을 받아주십시오.』

『어머, 고백도 안 하시고 그냥 청혼하시는 거예요?』

새침하게 고개를 돌리며 영희는 말했다. 하지만 그녀의 기분은 날아갈 듯했다.

『영희 씨, 사랑합니다. 진심으로 사랑해요.』

그제야 영희는 재혁이 내민 반지에 손가락을 끼어 넣었다.

『제 맘을 받아주시는 겁니까?』

환희에 찬 표정을 한 재혁에게 영희는 고개를 끄덕였다.

『그럼요. 저도 재혁 씨를 사랑해요.』

『정말입니까?』

『네, 정말 사랑해요. 백 번이고 천 번이고 말할 수 있어요. 사랑해요. 사랑해요…….』

영희는 재혁의 목을 끌어안았다. 백만 번을 해도 부족할 듯싶었다. 그가 자신을 사랑한다는 말 한마디에 날아갈 것 같았다. 마치 그들의 사랑을 축복해 주는 듯 하늘에선 꽃비가 내리고, 살랑거리는 바람이 그들의 주변을 스치고 지나갔다. 화사한 꽃잎들이 그들의 머리 위로 사뿐히 내려앉아 아름다운 화관을 만들었다. 영희는 벅찬 가슴을 안고 사랑의 밀어를 속삭였다.

"사랑해요. 사랑해요. 음냐, 사랑해요."

"잘한다, 잘해. 이젠 꿈속에서도 사랑타령이냐? 야! 이영희! 안 일어나?"

영희는 그들의 사랑을 훼방 놓는 목소리에 이불을 뒤집어썼다. 하지만 다시 이불이 떨어져 나갔다. 영희는 시끄러운 소리에 무거운 눈을 떴다. 눈을 몇 번이나 깜빡거리자 흐릿한 벽이 곧 눈에 들어왔다.

"음, 왜 이렇게 시끄러워. 우씨. 짱나."

영희는 다시 몸을 돌렸다. 그러나 곧 헉하며 벌떡 일어나야만 했다. 굳은 얼굴을 한 가족들의 얼굴이 그녀 주위를 둘러싸고 있었기 때문이다.

"왜, 왜들 그래?"

"왜들 그래? 왜들 그래?"

염 여사가 소리를 지르며 영희의 엉덩이를 짝 소리가 나게 때렸다.

영희는 갑작스런 아픔에 눈물이 핑 돌았지만 조용히 있었다. 때론 눈치도 볼 줄 아는 그녀였다.

이 변호사가 냉랭한 표정으로 지시했다.

"소희야, 화내지 마. 그러다가 쓰러진다. 철희야, 엄마 부축해서 거실에 나가 있어. 이영희! 너는 얼른 씻고 나와. 십 분 내로 집합한다. 실시!"

심상치 않은 분위기에 영희는 재빨리 일어나 욕실로 향했다. 아무래도 어제 실수를 한 모양이었다. 영희는 다시 재혁이 가희에게 반지를 주던 장면이 생각났다. 그녀의 얼굴이 암울해졌다. 영희는 대충 씻고, 머리만 단정히 한 후 내려갔다. 오늘 같은 분위기에 엉망인 상태로 내려가면 분명 더 혼날 것이 틀림없었다.

"우씨, 내가 독립을 하든지 해야지, 원. 이렇게 다 큰 딸 엉덩이를 그렇게 때리냐?"

영희는 구시렁거리며 계단을 내려가다 서늘한 눈을 한 이 변호사와 마주쳤다. 그녀는 금세 눈을 내리고 다소곳한 걸음으로 조용히 소파에 앉았다. 영희는 철희에게 눈으로 물었다. 하지만 돌아오는 건 철희의 질책하는 표정이었다.

"저, 저기, 제가 어제 뭐 실수라도 했나요?"

"실수? 하! 시일수우? 네가 집안 망신을 시켜도 유분수지. 내가 진짜 창피해서 밖을 나갈 수가 없다."

염 여사가 기가 막힌 듯이 가슴을 손으로 탁탁 쳐댔다.

"여보, 소희야. 진정해. 그러다가 또 혈압 오른다. 내가 말할게. 이영희! 너 진짜 그렇게 술 마시고 다닐래? 그렇게 큰 자리에 가서 주사를 부려?"

"내가 정말 창피해서 이민을 가든지 해야지. 네 아빠 이름에 먹칠을 해도 그렇게 할 수가 없어. 그 자리가 어떤 자린데. 아유, 내가 못살아! 저것 때문에!"

"무, 무슨 일인데요? 제, 제가 사고쳤어요?"

그녀의 질문에 더욱 황당해하는 가족들의 시선이 영희에게 쏟아졌다.

"사고? 하! 사고도 그냥 사고인 줄 알아? 대형사고야. 그것도 초대형사고."

"영희, 너, 오늘 한 회장님 찾아뵙고 죄송하다고 사과해. 그리고 한 이사한테도 사과하고. 무조건 잘못했다고 해. 알았어?"

풀 죽은 목소리로 영희가 대답했다.

"네."

이 변호사의 표정은 살벌하기 그지없었다. 도대체 무슨 일을 벌인 건지 감을 잡지도 못한 채 영희는 주춤 일어섰다.

"저, 저기 그런데, 제가 어떤 사고를 쳤는지…… 아, 아니에요."

염 여사의 얼굴이 눈에 띄게 변하자 영희는 얼른 방으로 올라갔다. 아무리 생각해도 어젯밤의 기억이 떠오르지 않았다.

"우씨, 내가 뭘 잘못한 거지? 물어보면 대꾸를 해주든지. 이 놈의 술, 다신 먹나 봐라."

영희는 옷을 입으면서도 씩씩댔다. 하지만 시간이 갈수록 초조해지기 시작했다. 방 안을 왔다 갔다 하며 지난밤을 떠올리고 있을 때, 노크 소리와 함께 철희가 들어왔다.

"기억이 안 나냐?"

"우씨, 넌 알지? 말해 봐."

"나도 몰라. 어제 현호 아저씨한테 전화가 왔었는데, 아저씨가 누나 네가 많이 취했다고 했나 봐. 그러면서 연회장에서 실수를 좀 했다고 했나 보지. 엄마, 아버지도 자세한 건 모를걸? 그냥 주사 부렸다는 정도? 하지만 그 자리가 얼마나 대단한 줄 아니까 더 그러시는 거지."

"그렇다고 자는 사람을 그렇게 구박하냐?"

"하! 누나, 거기 온 사람들 대부분이 우리 회사 고객들이야. 그런 자리에서 누나 네가 주사를 부렸으니 엄마, 아버지가 화가 안 나시냐? 도대체 술만 마시면 왜 그러는 거야? 지난번엔 외박까지 했다며?"

철희가 세 살배기 어린애한테 말하듯이 다그쳤다. 외박이라는 단어에 영희도 찔끔했다.

"철 좀 들어라. 도대체 왜 그래? 어제도 한 이사한테 업혀 들어왔었어. 지난번에도 그 사람이랑 호텔서 있다 왔다면서?"

"어, 어제 그 사람이 업고 왔어?"

영희의 목소리가 떨렸다. 이젠 재혁만 생각해도 심장이 찌르르 아려왔다.

"그래. 아버지가 얼마나 난처해하셨는 줄 알아? 현호 아저씨한테 네 얘기 들으시고 그 사람을 봤으니 더 민망하셨겠지. 계속 사과하셨어. 물론 그 사람은 괜찮다고 했지만."

"아, 알았어."

고개 숙인 그녀가 안돼 보였는지 철희가 어깨를 토닥였다.

"가서 죄송했다고 사과해. 누나를 좋아하시는 분들이니까 이해해 주실 거야."

영희는 조용히 고개를 끄덕였다.

아직도 부모님은 화가 난 표정으로 거실에 앉아 있었다. 주눅든 표정으로 현관을 나서는 영희를 철희만이 격려해 줬다.

그녀의 심난한 마음과는 다르게 하늘은 화창했다. 더운 바람이 훅 밀려와 아직 머리칼에 남아 있던 물기를 지워 버렸다. 그녀는 도로에 나서자마자 택시를 잡아탔다. 아무래도 토요일이라 한 회장 댁으로 가는 게 나을 성싶었다. 집에 나서기 전, 한 회장 댁으로 전화를 해 미리 약속을 잡아놨다. 박 여사가 친절히 전화를 받으며, 영희의 방문을 열렬히 환영했다. 영희는 박 여사의 반응에 힘을 얻었다. 하지만 막상 커다란 대문 앞에 서니 눈앞이 캄캄해졌다. 어떤 잘못을 저지른지도 모르고 사과를 할 생각에 가슴이 답답해졌다. 어젯밤에 대한 마지막 기억은 재혁과 가희를 보고 속상한 마음에 와인을 들고 베란다에 들어섰던 일이다. 그 다음에 무슨 일이 벌어진 건지, 아니, 무슨 일을 벌인 건지 도통 생각이 나지 않았다.

"후우, 미치겠네."

영희는 초인종에 손을 댔다 뗐다 하는 일을 반복하고 있었다. 한 회장 가족들이 자신을 어떻게 생각할까 겁이 나 도저히 누를 자신이 없었다. 그때 등 뒤에서 낯익은 목소리가 들려 왔다.

"여기서 뭐 하는 겁니까?"

재혁이었다. 영희는 초인종에 손을 올린 채로 몸이 굳어져 버렸다.

재혁이 입가에 옅은 미소를 띠며 다시 물었다. 그는 영희의 어색한 행동이 어제의 일로 인한 부끄러움 때문이라고 생각했다.

"여기서 뭐 하는 거냐고 물었습니다."

그제야 영희는 딱딱하게 굳은 몸을 천천히 그에게 돌렸다. 그녀의 얼굴 위로는 난감한 기색이 스쳤다.

"아, 저기, 흠, 그러니까요."

영희가 고개를 숙이며 버벅거렸다.

재혁의 얼굴엔 빙그레 웃음이 지어졌다. 하지만 영희는 그 모습을 보지 못하고, 비장한 각오로 고개를 들었다.

"사과하러 왔어요."

"사과?"

"네. 제가 어제 실수를 한 것 같아서요."

"실수?"

웃음기가 있던 재혁의 얼굴이 순식간에 굳어져 버렸다. 어제의 일을 실수라 칭하는 영희에게 향하는 그의 눈이 가늘어졌다.

"네, 제가 술을 너무 많이 마신 거 같아서, 그래서 소란을 피운 것 같아서, 저기, 사과 드려야 될 것 같아서요."

재혁의 얼굴이 얼음장같이 단단하고 차가워졌다.

"그럼 어제 한 말이 모두 그냥 실수에 불과한 겁니까?"

영희는 갑작스런 재혁의 변화가 어리둥질했다.

"저기, 흠, 일단, 죄송해요."

영희는 도대체 자기가 무슨 말을 했는지 기억이 나질 않아 일단 사과부터 했다. 하지만 그의 얼굴이 더욱 살벌하게 변하자 두려워졌다. 실수도 아주 큰 실수를 했나 싶었다. 영희는 차마 필름이 끊겼다는 말을 할 수 없었다. 여태까지 그녀가 보여준 추태만으로도 충분했다. 더 이상 그의 기억 속에 자신의 추한 모습을 보여주기 싫었다.

"죄송? 죄송하다면 끝입니까?"

"저, 정말 죄송해요. 잘못했어요."

커다란 눈에 서린 두려움을 알아차렸는지 재혁의 날이 선 눈매가 곧 차분하게 가라앉았다. 그러나 그의 얼굴에 서린 차가움은 꺼질 줄 몰랐다.

"이리 따라와요."

"네? 하지만……."

　영희는 한 회장 부부가 기다린다는 말을 입 안에 삼켰다. 그의 딱딱하게 굳어 있는 입매가 더 이상의 말을 용납하지 않을 것만 같았기 때문이다.

　재혁은 영희의 가느다란 손목을 잡으며 상큼한 레몬 향을 들이마셨다. 여자에게서 나는 달콤하면서도 시원한 향에 재혁의 몸이 반응했다. 지난번 여자의 몸을 껴안은 후, 아니, 여자의 벗은 몸을 보게 된 후부터 그의 몸은 변화를 일으켰다. 후끈 달아오르는 열기를 식히기 위해 그는 정신을 가다듬었다. 어젯밤, 설렘으로 잠 못 이룬 그는 급히 해치울 일이 있어 회사에 가야만 했다. 오늘 영희를 만날 생각으로 부풀어 있는 그에게 들려온 소식은 영희가 집에 방문한다는 것이었다. 하지만 그를 맞이한 것은 지난밤에 대한 영희의 사과였다. 단순한 실수라고 말하는 여자를 어떻게 해야 할지 난감했다. 하룻밤의 꿈이 물거품이 되어버린 것만 같았다.

　재혁은 쓰라린 가슴을 안고 앞장서서 걸었다. 우물쭈물 따라오는 영희의 기척이 느껴졌지만, 지금 그의 머리 속을 잠식하고 있는 것은 어제의 일을 단순한 실수가 아닌 사실로 만들 방법이었다. 아니, 여자의 진심을 아는 것이 시급했다. 여자는 그의 싸늘한 태도에 긴장한 기색이 역력했다. 하지만 여자의 마음을 편하게 해주고 싶은 마음은 추호도 없었다. 만약 어제 그녀가 한 말이 사실이 아니라면, 그렇다면 그는 자신이 어떻게 행동할지 예측할 수 없었다.

재혁이 차 안으로 영희를 밀어 넣고 스스로 차를 몰았다. 항상 그림자같이 따라다니는 홍 실장이 못마땅한 기색을 내보였지만 재혁은 지금 여자와 해결해야 할 일이 있었기에 무시했다.

"저기, 지금 어디 가는 거예요?"

한참을 말없이 차를 모는 재혁에게 영희가 조용히 물었다. 어느새 창밖엔 듬성한 도시의 가로수들을 대신해 푸르름이 물씬 풍기는 나무들이 빽빽이 들어차 있었다. 빠르게 지나가는 풍경이 그녀의 긴장을 더욱 고조시켰다. 그의 눈치를 보느라 이디로 향하는지도 모르고 있었다. 하지만 들려오는 것은 침묵뿐이었다. 영희는 입술을 달싹거리며 재혁의 눈치만을 살폈다. 냉랭한 지금의 공기가 너무나 무겁게 느껴졌다.

"저기…… 많이 화나셨어요?"

영희는 여전히 침묵하는 그에게 다시 한 번 물었다. 아무 반응이 없던 그가 갑자기 영희에게 시선을 돌렸다. 그의 검은 눈동자엔 분노인지, 질책인지, 정체 모를 일렁임이 존재하고 있었다. 영희의 팔엔 소름이 오소소 돋았다.

"아, 아니, 화나셨다면 죄송해요."

계속해서 그녀가 사과했음에도 불구하고, 그의 표정은 풀어질 줄 몰랐다. 그가 원래 칼같이 반듯하고 냉정한 사람인 줄은 알았다. 그렇지만 이렇게 그녀의 반복되는 사과를 내칠 정도일 줄은 몰랐다. 그의 서늘한 태도에 영희는 서러워졌다. 어떤 실수를 저질렀는지는 모르지만, 이런 식으로 자신을 대하는 그에게 서운했다. 가슴속에서 무언가 울컥 치솟았다. 하지만 영희는 치맛단을 손으로 움켜쥐며 울먹임을 삼켰다. 여기서 울 수는 없었다.

마침내 차가 아담한 집 앞에 도착했다. 차에서 내리는 재혁을 따라 영희도 밖으로 나섰다. 상쾌한 공기가 폐 속 깊이 스며들었다. 반짝이는 물결을 이루는 강이 고요히 흐르고 있고, 초록빛을 내뿜는 나무들이 집 주위를 둘러싸고 있었다. 하지만 눈앞에 펼쳐진 아름다운 풍경도 그녀의 불편한 심기를 누그러뜨리진 못했다. 영희는 집안으로 사라진 그를 따라 들어가는 시간을 늦추고 싶었다. 지금의 심정으로는 그녀 자신도 서러움에 폭발하고 말 것 같았기 때문이다. 다시 어제 재혁이 가희에게 반지를 건네는 장면이 떠올랐다. 아직 움켜져 있는 그녀의 두 주먹에 축축하게 땀이 고였다. 영희는 치맛자락에 땀을 쓱쓱 문지르고, 긴장된 얼굴로 재혁을 따라 들어갔다.

"이리로 앉아요."

재혁이 가리킨 소파에 앉으며 영희는 주위를 둘러보았다. 아무래도 가족 별장으로 쓰이는 곳 같았다. 여기저기 놓여 있는 그의 가족들 사진으로 영희는 나름대로 추측했다.

"뭐라도 마시겠습니까?"

"네? 아, 전 그냥 시원한 물이요."

냉장고 쪽으로 걸어가는 그의 넓은 등을 바라보는 영희의 눈은 다시 슬픔으로 가득했다. 이제 다시는 우연이라도 저 넓은 등에 기댈 일이 없을 것이다. 그녀는 그래야 한다고 생각했다. 그래도 그에 대한 감정은 첫사랑만큼 깊지는 않을 것이다. 금세 털어버릴 수 있을 것이라고, 스스로에게 세뇌시키듯 다짐했다. 하지만 가슴을 찌르는 통증이 그녀의 말이 거짓이라고 속삭였다. 재혁이 물 컵을 들고 그녀 가까이 다가오자 영희는 얼른 표정을 바꿨다. 그에게 자신의 감정을 보여주고 싶지 않았기 때문이다.

영희는 물을 마시며 그의 눈치를 살폈다. 여전히 재혁은 그녀를 뚫어지게만 볼 뿐 어떤 말도 하지 않았다.

참을 수 없는 침묵의 시간이 흐르자 영희는 조용히 입을 뗐다.

"흠흠. 저기, 말씀하세요."

"어제 한 말이 그럼 사실이 아니라는 겁니까?"

영희는 어제 자신이 무슨 말을 했는지 한참을 생각해 봤다. 하지만 떠오르는 것은 뿌연 영상이었다. 꿈인지 현실인지 모를 희미한 영상이 그녀의 머리를 휘젓고 있었지만, 그것조차 확실치 않았다.

"저기, 죄송해요."

"죄송하다는 말밖에 할 줄 모릅니까?"

"무조건 죄송해요."

"무조건 죄송하다? 그럼 어제 그 많은 사람들 앞에서 나를 두고 한 말은 뭐였습니까? 내가 치한입니까? 아니면 나를 두고 장난칠 정도로 내가 그렇게 우스웠습니까?"

재혁의 성난 사자처럼 으르렁거리는 말에 영희는 눈을 동그랗게 떴다. 이렇게 화를 내는 그의 모습은 처음이었다. 물론 해준과의 일이 있을 때에도 화를 내는 모습은 봤었지만 이 정도는 아니었었다.

"저기, 죄……."

"죄송하다, 미안하단 말, 더 이상은 듣기 싫습니다. 말해 봐요. 어제 한 말은 진심이 아니었습니까? 다만 술에 취해 그냥 한 말이었습니까?"

재혁의 단호한 말속에 스며 있는 불안감을 영희는 눈치채지 못하고 있었다. 그녀의 머리 속엔 자신이 했다는 말이 무엇인지 기억해 내려는 분주함만이 가득할 뿐이었다. 영희는 계속 죄송하다는 말로 일관할 수 없다는 결론을 내렸다. 잘못을 했다면 달게 받을 것이다. 이렇게 자신의 치부를 가리려 하는 행동이 오히려 드러내는 것 같아, 영희는 마른 입술을 혀끝으로 축이고는 천천히 입을 열었다.

"저, 죄, 아니, 실은 제가 어제 일이 생각이 안 나요. 정말 죄, 아니, 그래요."

죄송하단 말을 듣고 싶지 않다는 재혁에게 뭐라고 말해야 될지 몰라 영희는 더듬거렸다.

"저기, 진짜 생각이 안 나거든요? 제가 무슨 말을 했는지 말씀해 주실 수 있으신지……."

재혁의 황당해하는 얼굴에 영희는 말끝을 흐렸다. 자신이 한심하게 느껴졌다. 비참함이 그녀의 마음을 헤집었다. 이런 모습은 정말 보이고 싶지 않았다. 그의 멍해 있는 표정이 자신을 비웃는 것 같아 영희의 눈에는 말간 물이 차 올랐다. 이렇게 기억되고 싶지는 않았는데, 자신의 대책없는 행동이 오늘따라 짜증스러웠다. 영희는 고개를 숙였다. 눈가에 힘을 주었지만 꾸역꾸역 밀고 나오는 물기를 억누를 수 없었다. 마침내 영희의 커다란 눈동지에서 툭 히고 투명한 눈물방울이 떨이졌다. 손등으로 떨어지는 무게가 어느 때보다 묵직하게 느껴졌다.

"그럼 어제 한 말이 뭔지도 모르고 사과한 겁니까?"

한참을 멍하니 있던 그가 조용히 입을 열었다. 그의 어조가 많이 누그러져 있었다. 영희는 여전히 고개를 숙인 채 고개를 끄덕였다.

"이봐요, 고개 들어봐요."

영희가 천천히 고개를 들었다. 그녀의 시야에 재혁이 한가득 잡혔다. 얼음장 같던 그의 얼굴이 어느새 풀려 있었다.

"나한테 어제 책임지라고 했습니다. 가슴을 만진 사람도, 옷을 벗긴 사람도 처음이라면서 그러더군요."

영희는 재혁의 말에 돌이 된 듯 굳어졌다. 망할 술! 마실 때마다 사고치고 마는 자신의 주사를 그녀는 증오했다. 그녀는 다시는 술을 입에 대지 않겠다고 다짐했다.

"그 자리엔 많은 사람들이 있었습니다. 아버지, 누나, 또 그밖의 많은 손님들까지.”

그의 목소리엔 보기 드문 장난기가 섞여 있었지만, 그녀는 창피함으로 그것까지 신경 쓸 겨를이 없었다. 쥐구멍이라도 있으면 숨고 싶었다. 많은 사람들이 모인 자리에서 그런 추태를 보이다니. 또다시 그에게 폐를 끼친 자신이 한심했다.

“죄, 죄송해요…….”

떨어지지 않는 입을 떼며 영희가 속삭였다. 영희의 고개가 다시 떨어졌다. 그를 보는 것조차 송구스러웠다. 그에게 자신은 정말 하등 도움이 안 되는 사람이었다. 아니, 재앙이었다.

“책임지겠습니다.”

실내엔 정적이 흘렀다. 고개 숙인 그녀의 머리 위로 그의 목소리가 남긴 여운이 울려 퍼졌지만, 영희는 고개를 들지 않았다. 그의 말이 믿어지지 않았다. 굳어 있는 영희에게 재혁이 다시 입을 열었다.

“책임진다고 했습니다.”

또다시 책임진다는 재혁의 말이 들렸다. 하지만 영희는 여전히 재혁에게 반응하지 않았다. 한참을 그대로 앉아 있다가 영희가 마침내 입을 열었다.

“저기, 그러실 필요 없어요. 제가 어제 한 말은 잊어주세요.”

영희는 여전히 고개를 숙인 채로 일어섰다. 그의 얼굴을 마주 보는 것이 힘들었다. 그녀는 자신의 감정을 알리는 게 두려워 몸을 돌렸다. 한 발자국 걸음을 떼며 영희가 떨리는 음성으로 말했다.

"그것 때문이라면, 이제 돌아가요."

그녀의 등 뒤로 재혁의 나직한 목소리가 따라왔다.

"제가 싫다는 겁니까?"

고개를 번쩍 들며 영희가 슬픈 목소리로 질책했다.

"그, 그게 아니라, 재혁 씨한테는 가희 씨가 있잖아요."

그들의 대화에 왜 갑자기 가희가 나오는 것인지 재혁은 영문을 몰라 되물었다.

"가희?"

영희가 재혁에게 몸을 휙 돌렸다.

"네, 가희 씨요. 그분하고 결혼하시기로 한 것 아니에요?"

"결혼?"

영희가 눈물을 글썽이며 원망했다.

"제가 다 봤어요. 반지 건네는 것도 다 봤단 말이에요."

재혁은 그제야 무슨 말인지 깨닫고 빙그레 미소를 지었다. 가희가 자랑하던 반지를 보고 건네준 것을 말하는 것 같았다. 어제 그녀가 한 말이 떠올랐다. 가희를 여우라고 했던가. 재혁은 그녀의 가당치 않은 오해가 귀엽게 느껴졌다. 가슴을 가득 메우고 있던 불안감이 어느새 사라져 가고 있었다.

"그 친구는 다음 주에 결혼해요."

"다, 다음 주요? 그, 그럼 재혁 씨도 다음 주에 결혼하는 거잖아요. 훌쩍."

갑자기 물밀듯 올라오는 슬픔에 영희의 목소리에 물기가 스몄다.

"그 친구는 다른 남자랑 결혼할 겁니다. 제가 그렇게 나쁜 놈으로 보입니까? 결혼할 사람을 따로 놓고, 다른 여자한테 책임진다고 하게?"

"헉, 정말요?"

"네, 정말입니다."

"진짜 정말요?"

"네, 그렇습니다."

그의 말에 영희의 슬픈 얼굴 위로 슬며시 미소가 떠올랐다. 하지만 그 미소는 다시 어두운 빛을 띠었다. 급박하게 변하는 여자의 얼굴을 바라보며 재혁의 눈엔 의아함이 채워졌다.

"그, 그럼 저 책임지신다는 말. 그 말은, 제가 한 말 때문인 거죠? 그럼, 그러실 필요 없어요."

손가락을 이리 꼬고, 저리 비틀며 영희는 재혁의 손끝으로 시선을 돌렸다. 남성다운 손가락이 테이블을 톡톡 두드리고 있었다. 어쩌면 그도 그녀만큼 긴장하고 있을지도 모른다는 엉뚱한 생각에 긴장이 조금 풀렸다. 그러나 그가 일어서서 영희에게 다가오자 그녀의 심장은 긴장으로 벌렁거렸다.

"영채 씨, 아니, 영희 씨."

처음으로 그의 입에서 듣는 자신의 본명이 나쁘지만은 않다는 생각을 하며 영희는 웅얼거렸다.

“마, 말씀하세요.”

“내가 돌려서 말하니까 못 알아듣는 겁니까, 아니면 못 알아듣는 척하는 겁니까?”

“네?”

화등잔만해진 눈으로 재혁을 올려다보며 영희가 반문했다.

“사귑시다.”

그의 말에 영희의 몸이 굳어졌다. 그녀가 들은 말이 환청은 아닌지 영희의 얼굴에 혼란스러움이 자리 잡았다.

“사귑시다.”

영희의 혼란을 잠재우는 재혁의 목소리가 그녀의 고막을 건드렸다. 영희는 믿어지지 않는다는 얼굴로 멍하니 그를 바라보았다. 확신을 갖고 말하는 재혁의 진지한 얼굴이 옅은 분홍빛으로 물들어 있었다. 그의 홍조 띤 얼굴을 보고 나서야 영희는 새삼 실감을 한 듯 입을 열었다.

“저, 정말이에요?”

“농담 아닙니다.”

얕게 고개를 끄덕이며 영희가 중얼거렸다.

“하긴 농담할 분은 아니죠.”

재혁의 말을 멍하게 생각하던 영희가 갑자기 고개를 들어 떨리는 목소리로 다급하게 물었다.

“저를 좋아한다는 말인가요? 그래서, 그래서 만나고 싶다는 건가요?”

무언갈 확신하고 싶어하는 여자의 눈빛에 재혁의 가슴이 울렁거렸다. 그가 사랑하고, 그를 사랑한다는 여자가 눈앞에서 믿을 수 없다는 얼굴로 묻고 있었다. 그는 가슴속의 떨림을 잠재우지 못한 채, 영희의 어깨를 잡았다.

"좋아한다는 말로는 부족합니다. 빨리 깨닫지 못해서 미안합니다. 하지만 영희 씨를 보지 못한 지난 삼 주가 저한테는 지옥이었으니까 용서해요."

그의 고백에 영희는 침을 꿀꺽 삼켰다. 진지한 그의 눈빛이 그녀의 시야를 사로잡았다. 영희는 어떤 말이라도 해야 할 것 같았지만, 벅찬 감동으로 울컥 눈물이 솟아 아무 말도 할 수 없었다. 영희는 얼른 고개를 끄덕였다.

"저도, 저도 그랬어요. 저도 재혁 씨를 못 본 지난 삼 주가 지옥이었어요. 하지만 그래도 전 그 지옥의 시간들이 고맙네요."

영희의 엉뚱한 말에 재혁이 어리둥절한 얼굴이 되었다.

"고마워요?"

"네, 고마워요. 그 시간들이 있기에 서로의 마음을 확인할 수 있었잖아요."

"그렇군요."

그녀의 말에 공감하는지 재혁이 고개를 살짝 끄덕였다.

"재혁 씨를 보는 동안엔 사실 혼란스러웠거든요. 재혁 씨를 향한 제 감정이 사랑인지, 아니면 단지 호기심인지, 그것도 아니면 친절한 행동에 대한 관심인지 확신이 서질 않았어요. 하지만 분명한 건 재혁 씨한테로 향하는 제 시선이 점점 많아진다는 것이었죠.”

“그랬습니까?”

영희를 향한 재혁의 눈동자가 미세하게 떨리고 있었다. 그 눈을 지그시 바라보며 영희가 반짝이는 웃음을 지었다. 항상 자신만만해 보이는 그가 그녀의 말에 반응을 보이고 있었다.

“그랬어요. 재혁 씨가 제 마음을 차지하고 있었다는 것을 깨닫고야 말았죠. 어쩌면 이렇게 떨어져 있지 않았다면, 우린 계속 헤매고 있었을지도 몰라요.”

항상 엉뚱한 모습만 보이던 영희의 또 다른 모습에 재혁은 가슴이 더욱 두근거렸다. 더욱 영희에게 빠져들 것만 같았다. 그 어떤 날보다 영희가 아름답게 보였다. 촉촉하게 젖은 영희의 눈이 재혁에게 향하자 그는 고개를 천천히 숙였다.

영희는 다가오는 재혁의 얼굴을 맞기 위해 살포시 눈을 감았다가 다시 번쩍 떴다. 갑자기 이 모든 게 꿈만 같았기 때문이다.

“이게 꿈은 아니겠죠?”

다시 영희의 얼굴에 다가가며 재혁이 중얼거렸다.

“꿈이 아닙니다.”

하지만 다시 눈을 번쩍 뜨는 영희로 인해 그는 멈출 수밖에 없었다.

“그런데 왜 재혁 씨 같지 않죠? 너무 느끼해요.”

재혁이 좋은 분위기를 자꾸 깨는 영희에게 눈썹을 치켜올렸다.

“어우, 화, 화난 건 아니죠?”

영희는 재혁의 눈을 피하며 더듬거렸다.

“무섭습니까?”

“네? 뭐, 뭐가요?”

“제가 무섭습니까?”

“어, 어우, 하, 하나도 안 무서워요.”

재혁이 떨리는 영희의 몸을 꽉 껴안다가 놓으며 영희의 이마에 살짝 키스했다. 아직은 때가 아닌 것 같아 아쉬운 마음으로 영희를 놓아주었다.

영희는 그의 몸이 떨어져 나가자 안심이 되는 한편, 허전함을 느꼈다. 아직 첫키스도 해보지 못한 그녀이기에 아직은 두려웠다. 하지만 이 좋은 기회를 놓칠 수는 없었다. 영희는 눈을 질끈 감고 그의 목을 잡아 끌어당겼다.

“아야!”

“앗!”

눈을 감고 다짜고짜 밀어붙이는 바람에 영희의 머리가 그의 턱을 부딪치고야 말았다. 영희는 정수리에 거센 통증을 느끼며 재혁을 바라보았다. 턱을 움켜쥐고 있는 그의 모습에 말할 수 없이 미안했다.

“어머! 어떡해! 괜찮아요?”

“괘, 괜찮습니다.”

괜찮다고 말은 하지만 재혁의 턱은 벌써 붉게 변했다. 영희는 얼른 냉장고로 가 얼음을 꺼내 비닐 팩에 넣었다. 그녀는 재혁의 턱에 얼음찜질을 하며 언젠가 있었던 일과 비슷하다는 생각을 했다.

"정말 미안해요."

"괜찮습니다."

"전 왜 이러죠? 만날 사고만 치고."

"풋, 이리 와요."

재혁은 영희의 기죽은 모습이 귀여웠다. 항상 사고를 치는 그녀였지만, 그것이 그를 더욱 사로잡고 있었다. 영희에 대한 사랑을 깨달은 이후, 설레는 마음으로 하루를 시작했다. 물론 영희에게 자신의 마음을 고백하지는 못해 고통스러웠지만, 한편으론 영희를 생각할 때마다 기분 좋은 떨림이 그를 행복하게 만들었다. 자신의 인생에서 이런 감정을 느꼈던 때가 없었기에 더욱 행복했다. 영희에게 고백하기 위해 그는 몇 마디 되지 않는 말을 무수히 준비했었다. 비록 근사한 말은 아니었지만, 지금이라도 준비했던 말을 하기 위해 영희의 맑은 눈을 마주했다.

"멋진 남자가 되지는 못하겠지만, 좋은 남자가 되도록 노력하겠습니다."

"저도, 저도 그럴게요. 좋은 여자가 될게요."

영희가 눈가의 물기를 닦아냈다.

재혁은 영희를 덥석 껴안았다. 작고 부드러운 영희의 몸이 그의 몸에 쏙 들어왔다.

"사랑해요."

재혁의 가슴에 얼굴을 묻으며 영희가 속삭였다. 어떤 말보다 아름다운 단어가 그의 심장을 울렸다. 재혁은 영희의 머리 위에 쓰린 턱을 갖다 댔다. 그리고 그의 인생에서 통틀어 한 번도 하지 않았던 말을 하기 위해 입을 열었다.

"사랑합니다."

영희의 귓가에 재혁의 나직한 목소리가 계속해서 메아리쳤다. 영희의 행복한 미소 위에 재혁의 얼굴이 천천히 내려왔다. 영희는 눈을 감으며 마음속으로 외쳤다.

'빙고!'

20XX년 X월 X일 날씨: 맑음.

오늘은 해랑이의 8번째 생일이다. 그래서 친척들이 모두 축하해 주셨다. 선물도 많이 받았다. 옷, 구두, 인형, 가방, 책, 그리고 자전거도 선물 받았다. 그중에서 제일 마음에 드는 것은 자전거다. 자전거는 아빠가 선물해 주신 거다. 아빠는 항상 약속을 잘 지키신다. 그래서 8번째 생일날 사주기로 한 것도 잊지 않았다. 해랑이가 쬐끔, 아주 쬐끔밖에 말 안 했는데도 기억해 주셨다.

참, 외숙모가 선물해 주신 가방도 마음에 든다. 엄마 핸드백처럼 조그맣게 생겨서 예쁘다. 난 외숙모가 좋다. 우리 외숙모는 너무나 예쁘게 생기셨다. 우리 외숙모는 삼촌처럼 변호사인데, 엄마

친구기도 하다. 오늘 지혜 이모도 오셨는데, 지혜 이모는 진짜 멋있다. 며칠 전에 강도도 잡으셨다고 했다. 그런데 외숙모랑 엄마가 지혜 이모한테 막 뭐라고 하셨다. 지혜 이모는 별거 아니라고 하셨다. 그래서 더 멋있었다. 지혜 이모는 이모부랑 같이 안 오셨다. 강도 잡았다고 이모부랑 싸우셨다고 했다. 강도 잡았는데 왜 싸우셨는지 모르겠다. 그래도 해랑이는 이모부가 보고 싶었는데 안 오셔서 속상했다. 절대 선물 때문이 아니다. 진짜진짜 보고 싶어서다.

내일은 아빠가 자전거 타는 법을 가르쳐 주신다고 했다. 열심히 타서 우리 반 현우한테 보여줘야지.

20XX년 X월 X일 날씨:맑음(점심에 비 잠깐 내리다가 갬).

오늘은 엄마가 텔레비전에 나오셨다. 엄마를 따라서 나도 방송국에 갔다. 나는 엄마가 사회자 아저씨랑 말씀하시는 동안 얌전히 앉아서 구경했다. 그런데 엄마가 말씀하시다가 물 컵을 엎질러서 사회자 아저씨 얼굴이 빨개졌다. 사회자 아저씨 바지가 오줌 싼 것처럼 젖었다. 그런데 엄마가 거기서 막 웃으셨다. 그랬더니 사회자 아저씨 얼굴이 사과처럼 빨갛게 변했다. 내가 봐도 사회자 아저씨가 화나신 것 같았는데, 엄마는 계속 웃으셨다. 나는 조금 웃다가 아저씨가 창피하실까 봐 가만히 있었다. 그런데 나중엔 다른 사람들도 전부 웃어서 사회자 아저씨가 다른 말로 넘겨 버렸다. 우리 엄마가 텔레비전에 나온다고 친구들에게 자랑했었는데,

너무 창피해서 내일은 학교에 가기도 싫다. 현우가 나를 이상하게 볼까 봐 걱정이다.

　20XX년 X월 X일 날씨: 비.

　오늘은 외할아버지랑 외할머니가 오셨다. 그런데 할머니랑 할아버지는 서로 이름을 부르신다. 우리 친할아버지는 '여보'라고 부르시는데, 외할아버지는 '소희야'라고 부르신다. 엄마는 그럴 때마다 뭐라고 뭐라고 중얼거리신다. 그래서 나도 들어보려고 했는데 잘 안 들렸다. 그런데 닭 얘기는 하셨다. 치킨이 먹고 싶다고 하셨나, 그랬다.

　오늘 할머니가 엄마한테 '영희야' 하고 부르시니까 엄마가 '영희'가 아니라고 하셨다. 엄마 이름은 자꾸 헷갈린다. 아빠도 '영희 씨'이러고 부르시는데, 엄마는 자꾸 '영채'라고 하신다. 나한테도 엄마 이름이 '이영채'라고 하셨다. 그런데 저번에 받아쓰기에서 엄마 이름을 '이영채'라고 썼다가 틀렸다. 엄마는 선생님이 잘못 아신 거라고 하셨다. 그래서 선생님께 여쭤봤더니 선생님은 틀리지 않았다고 하셨다. 엄마가 거짓말을 하신 걸까? 엄마는 저번에도 거짓말을 하셨다. 아빠가 아끼는 조각상을 떨어뜨려서 팔을 부러뜨려 놓고선 아닌 척하셨다. 내가 봤는데도 엄마는 아니라고 하셨다. 그래서 내가 아빠한테 살짝 말하려고 했는데, 엄마가 이르는 사람은 나쁜 사람이라고 하셔서 말을 못했다. 그런데 거짓말을 한 사람이 나쁜 걸까, 아니면 이르는 사람이 나쁜 걸까?

20XX년 X월 X일 X요일 날씨: 눈(잠깐 내리다 갬).

　오늘은 첫눈이 왔다. 하늘에서 펄펄 눈이 내려서 마당에서 눈사람을 만들려고 기다리는데 금세 녹아버려서 속상했다. 엄마도 속상하다고 하시면서 나랑 같이 바깥에 나가자고 하셨다. 엄마랑 길을 걷고 있는데 어떤 아저씨가 엄마한테 아는 척을 했다. 엄마도 반가워하셨다. 아저씨 옆엔 남자 아이가 있었는데, 이름이 박혜성이라고 했다. 혜성이는 나보다 한 살 어리다고 했다. 아저씨가 커피 마시자고 하셔서 다같이 예쁜 카페에 갔다. 어른들은 커피를 마시고, 나랑 혜성이는 우유를 마셨다. 엄마께서 아저씨는 과학자라고 하셨다. 난 과학자를 처음 봐서 너무나 신기했다. 과학자는 나이 든 할아버지들만 있는 줄 알았는데, 아저씨는 젊어서 이상했다. 아저씨가 나랑 엄마랑 똑같이 생겼다고 하셨다. 난 속으로 아빠랑 닮았다고 생각했지만, 말하지 않았다.

　참, 혜성이는 이상하다. 자꾸 말을 시켜도 말을 안 하고 배실배실 웃기만 했다. 그래서 막 화가 나서 나도 말을 안 하려고 했는데, 엄마가 자꾸 귓속말로 말을 시키라고 하셔서 하는 수 없이 말을 했다. 그랬는데도 혜성이는 자꾸 대답을 안 하고 웃기만 했다. 정말정말 이상한 애다. 아저씨께서 나를 연구소 견학도 시켜주신다고 약속하셨다. 현우도 데려가도 되냐고 물었더니 된다고 하셨다. 그런데 갑자기 혜성이가 현우는 안 된다고 했다. 아저씨는 된다고 하셨는데, 혜성이가 안 된다고 해서 기분이 나빴다. 아저씨랑 헤어질 때 갑자기 혜성이가 나한테 집에 놀러 오라고 했다. 내가 싫다고 했더니 막 울었다. 그래서 난 엄마한테 막 혼났다. 아저씨는 괜찮다고 하셨는데도 엄마는 막 혼내셨다. 그래서 하는 수 없이 놀러 간다고 했더니 뚝 그쳤다. 혜성이는 정말정말 이상한 애다. 나중에 아저씨가 가시면서 용돈도 주셨다. 나중에 현우한테 맛있는 걸 사줘야겠다.

20XX년 X월 X일 X요일 날씨: 흐리다 맑음.

오늘은 너무 속상했다. 현우한테 예쁘게 보이려고 예쁜 원피스를 입고 갔는데, 현우 앞에서 넘어지고 말았다. 아이들이 막 웃었다. 치마도 올라가서 팬티가 보이고 말았다. 너무너무 창피해서 막 울었다. 그런데 현우도 웃었다. 그래서 화가 나서 하루 종일 현우하고 말도 안 했다.

그런데 현우가 오늘 학교 끝나고 집에 가려고 하는데 나를 불렀다. 왜냐고 물었더니 나한테 추파춥스를 하나 내밀었다. 그냥 먹으라고 하면서 줬다. 그래서 난 고맙다고 하면서 받았다. 기분이 너무너무 좋았다. 현우는 정말 잘생겼다. 키도 나보다 훨씬 크고 공부도 잘한다. 우리 반에서 인기도 많은데 나한테만 사탕을 준 것 같다.

집에 와서 보니까 아빠가 커다란 사탕바구니를 사가지고 오셨다. 엄마 건 진짜진짜 컸다. 엄마가 너무나 좋아하시면서 거실에 장식하셨다. 나한테도 아빠가 주셨는데 내 건 조금 작았다. 쬐끔,

아주 쬐끔 기분이 나빴지만 참았다. 아빠가 나는 나중에 크면, 엄마 것보다 큰 걸 받을 수 있을 거라고 하셨기 때문이다. 나중에 어른이 되면 현우한테 사달라고 해야겠다.

20XX년 X월 X일 X요일 날씨: 맑음.

오늘은 아빠가 동생이 생긴다고 말해 주셨다. 나한테 동생이 생겨서 좋냐고 물으셨는데 좋다고 말했다. 사실 동생이 생기는 게 싫은데 아빠가 너무 기뻐하셔서 아무 말 안 했다. 동생이 생기면 귀찮을 텐데도 아빠는 좋으신가 보다. 하지만 참아야겠다. 원래 동생을 잘 돌보는 어린이가 착한 어린이라고 엄마가 말씀하셨으니까 말이다. 아빠는 해랑이보다 새로 생길 동생이 더 좋은가 보다. 아주 쬐끔 심술이 났지만 나는 착한 어린이니까 참았다.

가희 아줌마가 동생이 생기는 걸 축하해 주러 오셨다. 엄마는 가희 아줌마를 별로 안 좋아 하시는데 아줌마는 자주 놀러 오신다. 엄마는 아줌마가 가시면 막 투덜대신다. 왜냐하면 아줌마가 아빠 얼굴에 자꾸 뽀뽀를 하시기 때문이다. 아빠도 싫어하시는데 자꾸 뽀뽀를 하신다. 그리고 아저씨도 말리시는데도 아줌마는 자꾸 그러신다. 그리고 뽀뽀하고 나선 막 웃으신다. 그런데 엄마를 보고 웃으신다. 내가 보기엔 엄마가 화나신 거 같은데 아줌마는 엄마가 화나실수록 더 웃으신다. 이상하다. 가희 아줌마는 애기가 세 명이나 있다. 그런데 아줌마 아들이 자꾸 동생들을 괴롭혀서 내가 동생들을 지켜주었다. 나는 나중에 내 동생한테 잘해줘야지.

참, 오늘도 현우를 못 봤다. 빨리 방학이 끝났으면 좋겠다.

20XX년 X월 X일 X요일 날씨:맑음.

오늘은 할아버지의 생신이다. 할아버지 생신날은 사람들이 많이 온다. 오늘은 할아버지 생신이라고 해서 나도 예쁜 옷을 입고 갔다. 아빠랑 엄마랑 같이 손 잡고 가니까 할아버지가 너무나 좋아하셨다. 할아버지 댁엔 손님이 너무 많았다. 엄마는 다들 유명한 사람이라고 했다. 그런데 엄마도 유명하다고 했는데 그 사람들이 더 유명한 걸까? 오늘 아빠 회사 사람들이 엄마한테 자꾸 고맙다고 하셨다. 아빠가 변했다는데, 아빠가 어떻게 변할 수 있지? 엄마는 오늘 기분이 좋으신 거 같았다. 빨간 술을 드신 다음부터 자꾸 웃으셨다. 그런데 아빠는 엄마 때문에 계속 걱정하셨다. 그래도 엄마는 좋으신지 자꾸 웃으셨다.

정원에서 고기를 굽고 있는 요리사 아저씨한테 엄마가 직접 해보고 싶다고 하셨다. 그래서 아저씨가 비켜주셨는데 엄마가 그걸 엎어버리셨다. 나는 정원에서 아이들과 놀고 있다가 쾅 소리가 나서 깜짝 놀랐다. 잔디에 불이 붙어서 까맣게 되어버렸는데 아이들은 그게 신나는지 막 소리 질렀다. 그랬더니 엄마는 큰 소리로 웃으셨다. 정말 창피했다. 어떤 애가 나한테 우리 엄마냐고 물었는데, 나는 아니라고 했다. 너무 창피해서 그랬는데, 나중에는 엄마한테 너무 미안했다.

집에 돌아오는 길에 엄마는 차 안에서 잠이 드셨다. 아빠한테 오늘 엄마가 창피해서 우리 엄마가 아니라고 한 말을 말씀드렸다. 그리고선 내일 엄마한테 사과할 거라고 했다. 아빠는 그렇게 하라고 하셨다.

나는 아빠한테 물어볼까 말까 하다가 물어보았다.

"저기, 아빠. 아빠는 엄마가 창피하지 않았어?"

그런데 아빠는 웃으면서 이렇게 말씀하셨다.

"엄마가 가끔 실수도 하시지만 아빠도, 할아버지도 그렇고 우리 가족 누구도 엄마를 창피해한 적이 없어."

"왜?"

"왜냐하면, 엄마는 그래도 언제나 우리 모두를 행복하게 만들어주는 사람이거든."

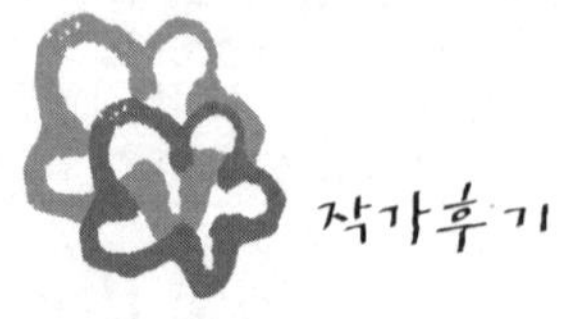 작가후기

안녕하세요, 이영채입니다.

저의 첫 출간작인 『해피걸』로 인사를 드리게 되어 반갑습니다. 대다수의 작가님들 말씀처럼 작가후기를 쓰는 일이 쑥스럽고 어렵네요.

『해피걸』은 어느 날 갑자기 떠오른 아이디어로 쓰게 된 작품입니다. 당시 저는 다른 글을 연재하고 있었는데, 문득 주인공들의 첫 만남이 떠오르더군요. 그리고 하나하나씩 인물들을 설정해 나가기 시작했습니다. 몽상가 기질이 다분한 로설 작가 이영희와 자로 잰 듯 완벽한 그러나 그 완벽함이 오히려 단점이 되는 함재혁을 만들어갔죠. 제가 생각한 『해피걸』은 제목처럼 읽는 동안 행복한 웃음을 짓게 하는 글이었습니다. 여러분도 이 글을 읽는 동안 행복해지셨으면 하는 게 제 바람입니다.

물론 저도 『해피걸』을 쓰는 동안 영희가 된 듯 행복한 상상을 하며 하루하루를 보냈습니다. 아무도 없는 빈방에서 글을 쓰다가도 그들을 상상하다 영희처럼 킥킥대며 웃곤 했죠. 그리고 오늘까지 이들은 지난 육 개월 동안 저와 함께 있었습니다.

이 글을 마치는 순간, 이제 이들을 떠나보내야겠지요. 하지만 이 이별이 끝은 아닐 거라 생각하렵니다. 이들과 함께 있던 시간들이 저에게 정말 소중한 경험이 었듯이 그 경험을 여러분들과 함께 나눈다는 것만으로 저는 행복하니까요.

『해피걸』이 세상에 나오기까지 저에게 힘이 되어주신 많은 분들이 계십니다.
저에게 격려와 힘을 준 내 남편 임상현씨, 이모의 책근에 꼼꼼히 리뷰해 준 조카 은영이, 막내딸이 글 쓰는 것으로 행여나 힘들까 노심초사하시는 우리 엄마, 아직 출간하는 것을 모르시지만 아신다면 분명 누구보다 좋아해 주실 시부모님, 동생의 출간을 자랑스러워하는 우리 언니와 형부, 머나먼 미국 땅에서도 축하해 준 내 친구 현정이와 진현이, 저에게 항상 격려와 힘을 주신 서야님, 일일이 이름을 올리고 싶지만 너무 많아 올릴 수 없는 '사랑, 그 뜻밖의 선물' 식구들, 언제나 든 든한 '유피의 해피걸' 식구들, 연재하는 동안 감상 글을 주신 독자 여러분(최문선 님, 은새님, 다즐링님, 조선영님, 지니002님, 베이비로션님, gimi님, 여름나무님, 푸른이슬님, 천사님, mars님, 레이첼님, Daum sun님, 별나라깜찍님, 큐트라이 온님, 송현희님, 양경옥님, 키스바라기님, wkdehdrjs님, 안수경님, 마스카님, 호산나님, 깊어가는우울모드님, 루다라님 신이치님, 왈가닥소녀님, 선영이야님, 로설조아님, mino님, jakou님, jum형님, 푸른바다님, 하늘그리고나님, 써넝이님, pooh님, 사랑하는남편님, 네모님, 원송숙님, 귀염댕이님, 새벽길님, 푸니아님, legato님, 리디아님, 여우비님, 뽀야님, 케세라세라님, 똘기루루님, 상쾌한아침님, 파파야님, 정이맘님, 여주님, 이은경님, 투비님, 김선희님, 나여님, 사과향기님, shssla님, 아세로라님, 최주연님, 전채영님, 김미선님, 애니님, 그림자님, 니나노님 등 저에게 힘을 주신 모든 분)과 초보 작가의 초조함에 항상 기운을 북돋아주신 김규진 씨, 얼굴을 뵙진 못했지만 열심히 교정 봐주신 이종민 씨, 청어람 관계자 분들께 감사를 드립니다.

그리고 마지막으로 이 글을 읽어주신 여러분께 감사를 드립니다.

여러분, 행복하세요!

—2005년 따스한 봄날에 이영채 드림.